乡愁入梦

刘宏江 著

文匯出版社

图书在版编目(CIP)数据

乡愁入梦 / 刘宏江著.—上海：文汇出版社，2020.8
ISBN 978-7-5496-3290-9

Ⅰ. ①乡… Ⅱ. ①刘… Ⅲ. ①散文集-中国-当代
Ⅳ. ①I267

中国版本图书馆 CIP 数据核字(2020)第 145548 号

乡愁入梦

著　　者 / 刘宏江
责任编辑 / 熊　勇
装帧设计 / 力扬文化

出版发行 / 文匯出版社
上海市威海路 755 号
(邮政编码 200041)
印刷装订 / 成都兴怡包装装潢有限公司
版　　次 / 2020 年 8 月第 1 版
印　　次 / 2020 年 8 月第 1 次印刷
开　　本 / 787×1092　1/16
字　　数 / 380 千
印　　张 / 19

ISBN 978-7-5496-3290-9
定　　价 / 46.00 元

梦中每迷还乡路（自序）

《乡愁入梦》，是我继《村路带我回家》《几度芳草绿》之后出版的第三部散文集。作为文学道路上阶段性小结，书中收录的80多篇长长短短文字，均是2013年以来陆陆续续创作、发表的部分散文新作，其中多篇作品还有幸在全国和省、市级文学征文、大赛中获奖。

但我必须得承认，我是一个生性愚钝而又冥顽不化的人，根基不深，底蕴不足，学业不精，缺乏挥洒自如的才智，更没有舍我其谁的豪情。值得庆幸的是，忙碌无为的工作之余，我还能静下心来，坚持读书和行走，也没停止过思考和写作。虽然一向写得很慢、很累，像蜗牛爬行的样子，但仍乐此不疲，寄情于斯，执拗而笃定地一路前行。青少年时期养成对阅读的兴趣、对文学的这份虔诚，让我初心不改，一直执著地坚守着用文字表达我对世界的认知和体验，构筑属于我自己的精神家园。

回顾我近年来的写作，仍以自己喜欢和熟悉的散文、随笔为主。偏爱散文，应该归结于散文这种文体真诚随性的自由品格和芬芳雅洁的美学特质吧，既可叙事状物，又可寄情感怀；既能浇块垒，又可抒胸臆。用文字表露自己的心迹，在纸上挥洒自己的性情，不亦快哉！所以，我一直把散文创作定义为自然本真的“原生态写作”。

诗人艾青说：“为什么我的眼里常含泪水，因为我对这土地爱得深沉。”散文家董桥说：“没有文化乡愁的心井，注定是一口枯井。”意大利作家萨莱·帕维塞在小说《月亮与篝火》中写道：“有一个故乡，就意味着你并非孤单一人。”长时间地回望乡村，思考乡村，书写乡村，无意中就被人贴上了“乡土派”“乡愁派”标签。是的，我对故乡皖中瓦埠湖畔的那片原野、那座村庄和生活在那里的人们，有着与生俱来的亲缘关系和割舍不断的情感纽带。我常常在幽幽的梦里，沿着一段蜿蜒的村路，回到炊烟袅袅的故乡，回到无忧无虑的童年时光，和我儿时的一群玩伴在一起，和那些亲爱的虫鱼鸟兽在一起，和遍地生长的庄稼草木在一起。

“片片浮云去，愁人正望乡。”写作时，我的思绪常常随窗外那片片浮云，飞得很高，飘得很远。故乡和童年，也就自然而然地涌向我的笔端。写作的过程，总伴有一种萦绕于心的浓浓乡愁。所以，作为对故土家园的深深思恋，对故乡养育之恩的点滴报答，在整理好这本新书的书稿后，也就毫不犹豫地取名为《乡愁入梦》。

轻吟寂寞，淡写流年。每个人的心灵，都渴望诗意的栖居。读书和写作，是我生活不可或缺的一部分，也是我用以抗拒当下这个日益嘈杂物化世界的最行之有效的方法。我常常把写作的过程，比喻为生命的疗养和精神的还乡。

“归去来兮，田园将芜胡不归?”韶华易逝，岁月不居。自觉回归心灵田园，让我的写作动机变得越来越纯粹。更多的，是我个体精神的需求，是为排遣孤独，充盈自我，愉悦身心，怡养性情。

我喜欢用善与爱的思维，去过滤纷繁复杂的世事，留下那些纯真而美好的记忆；我更享受酝酿构思、布局谋篇、调遣文字的写作过程。我不祈望自己的创作可以达到一个怎样的高度，传之久远。我只希望通过点点滴滴的心情文字，真实记录下自己的生活感悟和心路历程，作为人生备忘。这些佶屈聱牙的粗浅文字，实难与“美文”这种纯正高雅的文体相匹配，也很难给读者诸君带来多少阅读快感和心灵启迪。亲爱的读者，如果您愿意在闲暇之余耐着性子翻上一页两页，我就已经非常庆幸满足了！

作者

二〇一九年六月于水家湖

目录

辑一　乡村册页

辑五　心灵水滴

辑一 乡村册页

绿遍山原白满川，子规声里雨如烟。乡村四月闲人少，才了蚕桑又插田。

故园柳色

喜欢一切绿色植物，尤其钟情于故园那一抹青青的柳色。

柳，乡村大地上最普通、最常见的一种树。曾经，在我的皖中丘陵，在生我养我的那座小村庄里，柳树婆娑的身影随处可见。多年以后，故园柳色，那依依可怜的样子，依然让我魂牵梦萦。

民谚云："七九八九，沿河看柳。"早春时节，凌厉的北风还未完全撤退，寒气依然凝重，田野一片苍凉。可我——一个小小乡村少年，早就急不可待了，每天都要跑出院外，跑向村头，看一眼村边的柳树，望一望妩媚的春风是否已经到来。

忽见陌上杨柳色。当我从刚刚浮绿泛金的柳枝上，看见春天的色彩、感受到春天的气息时，心中便有了一种说不出的欢愉。

寒雪梅中尽，春风柳上寻。在所有的树木花卉中，柳树对季节的变化最敏感，最早感知了春天的来临，最早报告了春天的讯息。春风在哪里？春风就挂在柳树的枝梢上。春风和柳树最缠绵。春风一吹，柳枝儿便柔软了，柳梢儿就泛青了。淡淡的一抹绿意，娇软的几声燕语，给我那贫瘠寒怆的小村庄带来几多生机，也给我的心头带来无限的希冀。

"有心栽花花不发，无意插柳柳成荫。"凭此说法，就很好地证明了柳树是适应性极强、极易存活的一种树。在我的印象里，柳树的确不像其他树木花卉那样，对气候、环境有着很高的要求。它一点也不矜持，也不故作尊贵之态。

春天里，只需削一节柳棍，或折一段柳枝，随便往泥土里一插，很快就能生根萌芽，展叶吐绿。柳树这种耐旱、耐涝、耐寒、耐瘠薄的生活习性和坚韧不拔的品格，就像我的那些随遇而安、乐观豁达的父老乡亲。

柳树，从来不择地势，而且生命力极为健旺，无论把它插在哪里，都能蓬蓬勃勃地生长。在我的故乡，人们通常把柳树扦插在村道旁、水塘边、渠堤上。因为长大变粗后的柳树，根系异常发达，可以牢牢抓住身下大片的泥土，很好地起到防浪固坡、减少水土流失的作用。

春催老柳发新枝。树皮皴裂、树干虬曲的老柳，带来春天第一抹鹅黄嫩绿的同时，也让人感受到了生之力的强大。而新栽的柳，要不了一年两年，便绿叶纷披，展现出袅袅娜娜、娇俏柔媚的身姿了。走在春天的原野上，映入眼帘的，是“拂堤杨柳醉春烟”的醉人景致。暮春时节，皖中大地柳暗花明，我们的村庄，就像浮荡在绵绵厚厚的一片绿云里。

在我的家乡，沿袭着清明插柳的古老习俗。清明时节，祭祖上坟，给坟上添一抔新土时，总不忘折几根长长的嫩柳枝，恭恭敬敬地插在荒草萋萋的坟头，以寄托对先人的追忆和哀思。

顽皮的孩子，把柳枝当作玩具。顺手扯下三两根柳枝，胡乱地绕几圈，编成一顶柳条帽，神气十足地戴在头上。孩子们玩得兴起，一边三五成群满村满地里撒欢野跑，一边将小小柳哨衔在嘴里，鼓起腮帮，比赛似的呜哩哇啦地吹，竟吹出一支支婉转动听的曲子。

乡下人亲近柳树，喜爱柳树，原因一定还有很多。柳树，不仅仅是一种很好的庭院绿化树、一种极具观赏性的乡土树种，也不仅仅是守护家园的一道绿色屏障，还因为，青青杨柳像是舞动在春风里的一支支绿色旗幡，纷飞柳絮总能牵动人内心深处太多的情思。

故园年年柳色新。青青柳色，是故乡大地上最鲜亮的颜色！

——原载2014年1月9日《合肥晚报》“杏花村”副刊

白茅情思

闲来翻阅《诗经》，不经意间，读到其中“白茅纯束，有女如玉”“手如柔荑，肤如凝脂”之类的句子。细细一番品味，竟有一种美到心疼的感觉。

几千年前的古老《诗经》里，白茅，是反复多次出现的一类植物，而且总会和美好的爱情牵扯在一起。前一句诗，描写年轻英俊的猎人，用白茅草包裹自己刚刚猎获的一头獐子，满心欢喜地献给一位美丽清纯的少女，以表达爱慕之意。而后一句诗中的“柔荑”，指的是洁白而柔顺的初花之茅。诗人形象地将其比作美人皓白柔嫩的纤纤玉手，以此来称赞女子那惊人的美貌。这样的比喻，不仅贴切生动，而且极富生活气息。

我发现，随着生活节奏的加快和竞争压力的增加，现代人愈发变得心浮气躁。他们对自然万物的感知越来越淡漠迟钝，情感世界也越来越简单粗粝。比较起来，古人更懂得如何用心灵去亲近自然，更善于捕捉和感悟那无处不在的自然之美，说出的话，也最接地气。

读着这样美好隽永的文字，我仿佛已经置身于故乡皖中瓦埠湖畔那片熟稔的平原绣野，脑海里便浮现出许多遥远的童年旧事——

春天，放眼家乡旷阔的田野，田坎边，沟沿处，河堤上，到处都密密茸茸生长着这种叫白茅的野草。它尖尖嫩碧的草芽，就像一柄柄锋锐闪亮的绿矛，齐刷刷地戳向瓦蓝的天空。

草木滋长，野花幽香。春天的乡野，成了孩子们最喜欢的一座天然游乐场。

一场春雨过后，白茅一夜之间冒出一根根像针样长而尖的花苞，我们管它叫茅荑，或茅缨。乡下的孩子，泥土里打滚，草地上爬玩，从小就识得“草性”，知道茅荑是可以采来当零食的。此刻，孩子们就像一匹匹兴奋异常又饥饿至极的小兽，撒着欢地奔向草地提茅荑。指头捏住茅尖，轻轻一拔，便发出一种如利剑出鞘般吱吱的痛快之声。那味道甜润、带着草木清香的茅荑，让我们获得一份因享用天然美味而带来的满足感。但提茅荑、吃茅荑的时光十分短暂，不过三五日，茅荑就渐渐老去，失了水分。

夏末秋初，白茅抽穗开花时，田野里白绒绒一片。艳阳之下，那一簇簇坚韧的茎叶，那一秆秆轻柔的羽状花穗，在风里摇曳的姿态，萧萧瑟瑟，楚楚动人，充满唯美的诗意。

记得上小学的时候，有那么一段时间，我坐在教室里，经常无缘无故地流鼻血，而且毫无征兆。每次殷红的鼻血流淌不止时，能把邻座那个生性胆怯的小女生吓哭。细心的母亲，发现我衣襟上留有几点血渍，以为我在学校里顽皮，和哪个同学干仗了。待我如实告之，她轻轻“哦”了一声，一边安慰我说“不妨事的，不妨事的”，一边领我来到村外的田野里。

母亲走向一道田坎处，弯腰拨开一丛茂盛的茅草，拿锄头掘开一坨湿漉漉的泥土，牵牵扯扯地挖出大把嫩生生的白茅根来。回到家里，一根根洗净，放入小砂锅内煎煮熬汤。

我将信将疑地接过母亲手中的大瓷碗，轻轻抿上一口，有甘蔗汁的那种鲜甜味。接着，很爽快地将满碗清清亮亮的“甜汤”一饮而尽，甚至连煮熟的茅根也从锅底捞出，放进嘴里有滋有味地嚼起来。

母亲极有耐心，连着数日给我挖茅根，煮茅根水。连续喝上几次这样的“甜汤”，我这流鼻血的毛病，居然就好了。看来，母亲的这个土偏方，果真管用得很呢！

勤劳善良的母亲，成天尽心尽力地侍奉着她的土地，也深谙庄稼草木的性情。在别人眼里，一株极卑微的野草，她都视若珍宝。母亲虽然讲不出多么令人信服的高深道理，但让我从此又获得一份有用的生活经验，同时在内心里，对这极不起眼的簇簇野草，充满别样的情愫！

后来，从一些植物学、中药学书本上得知，其实乡间野地里，这随处可寻的白茅根，也是常见常用的一味中草药，一种传统的养身保健饮品。白茅根，亦称茹根、兰根、地筋，寒凉而味甘，有凉血止血、清热解毒、利尿通淋等功效。许多年以后，我坐在朋友那间宽大明亮的书房里，边聊天边品尝白茅根冲泡的茅根茶，味道还真的不错！

“离离原上草，一岁一枯荣。”又逢春天，古老的乡土田园之上，万物竞绿，芳草凄迷。但有一种极普通却极有品性的野草，一直都在我幽寂的心田里安静地绿着，那就是白茅。

——原载 2019 年 7 月 14 日《合肥晚报》“文苑”副刊

青蒿之美

“呦呦鹿鸣，食野之蒿。我有嘉宾，德音孔昭……”这是《诗经·小雅》中优美的句子。

去年，八十五岁高龄的著名女药学家屠呦呦，凭借对药品青蒿素的深入研究，而获得当年诺贝尔生理学或医学奖，成为第一位获得诺贝尔科学类奖项的中国大陆科学家。诺贝尔奖评选委员会在颁奖词中说：屠呦呦发现的青蒿素，应用在治疗中，使疟疾患者的死亡率显著降低，这在提升人类健康和减轻患者痛苦方面的作用是不可估量的。

从铺天盖地的新闻报道中得知，被誉为“中国神药”、用以治疗疟疾、挽救了无数人生命的青蒿素，就来源于一种叫青蒿的野草。这一回，籍籍无名的青蒿，也随着诺奖的至高荣誉，而名声大噪，备受青睐。

屠呦呦的名字，是她很有学问的父亲给取的，出自《诗经·小雅》这首诗，意为“鹿鸣之声”。她对这种生长于《诗经》里的青蒿情有独钟，以毕生之精力研究青蒿素而获奖，果然“一鸣惊人”，真是太大的巧合！三千年前，那位吟哦《诗经》的先人，完全就是个了不起的“预言帝”啊！

印象中，在我的皖中家乡，春夏之际，房前屋后、田头渠畔，这种叫青蒿或蒿子的野草随处可见，绿汪汪的一片，是植物家族中极普通的一种。这种有着芫荽一样细碎叶子的蒿草，有别于地里其他许多野草，味苦，鸡鹅不啄，牛羊不食，在阳光充足的地方，自顾自地生长得特别旺盛。

夏天的晌午，我们一群光屁股孩子，经常蹑手蹑脚钻进茂密的蒿草丛中藏猫儿，或去抓蝴蝶、捉蜻蜓。一阵微风吹过，青蒿嫩绿的枝叶互相摩挲，发出沙沙的响声，送来一种奇异的味儿。别的家伙，都用脏兮兮的小手紧捂鼻子，嫌这青蒿的气味太大，霸道难闻。说来也怪，唯独我，不仅不觉难闻，甚至特别喜欢它那特有的清香。有时，故意连枝带叶捋一把，放在手心使劲搓揉，贪婪地猛吸几口气。当一股浓烈的辛香味钻入鼻腔，心里顿时浮起一阵快慰。

秋天的时候，在大人的支使下，我们就把齐腰高的青蒿连同其他野草割下来，一捆捆背回家去，摊在院子里，晒干后当烧锅做饭的柴火。

依然记得，在我十岁那年，炎天夏日，久旱不雨，奇热难耐。一天中午，我从地里放牛回来，突然中暑，一头栽倒床上，头晕恶心，高烧不退，浑身抽搐不止。我像是被可怕的死亡之神紧紧扼住喉咙，感觉自己小命快要没了。家人根本来不及去请医生，情急之中，我母亲不知从哪里得到一个中医偏方，立即揪来许多青蒿叶子，铁锅里焙干后煮水，捏着鼻子给我猛灌下去。就这样，连续喝下几大碗清汤苦水，不到半日，我便烧退痊愈，完全像个没事人一样了！

从此，这种救命的野草，让我心存感激，并默默记在心里。后来，出于个人爱好，闲暇时阅读了一些中医方面的书籍，才发现，古人对植物的认知，已经远远超出我们的想象。青蒿这种植物的特性及其功效，在《神农本草经》《肘后备急方》《本草纲目》等诸多古代药典中，均有详细记述。现代医学研究证实，青蒿主要含青蒿素、青蒿酸、青蒿醇等萜类成分，以及黄酮类、挥发油等，具有显著的抗疟、抗菌、抗寄生、消暑解热以及利胆、免疫调节、驱蚊等作用。

所以我说，大自然真是神奇得很哩！一些看似无用甚至被人轻贱的东西，其实蕴藏着常人意想不到的功效和神力。山野之中，绝大多数不起眼的草木，它们叶、花、根、茎、果，往往就是一味可以用来祛病疗疾的良药。只是以前，怎么也不曾想到，青蒿这种遍地而生的普通野草，竟是传说中那种“救命的仙草”。屠呦呦的获奖，可谓实至名归，不仅仅是国人的骄傲，也充分证明了中医学的价值。于是，我更加相信，这世间的每一种植物，包括那些极不着眼的薇草，自有一份灵性，一种光华。

现在，每每看见这种青青野草，便记起《诗经》中这首极美的诗，也仿佛闻到青蒿芬芳的药香，心中也多了几分亲切，几分敬意。

——原载2016年10月21日《安徽商报》“副刊·笔记”

摘个春天尝尝

惊蛰刚过，阳气渐升，草木滋长，大地清明。

走进春天，蛰伏一冬的心事，在明媚的春阳下悄然萌动。舌尖上的欲望，也开始一点点膨胀。急不可待地想闻一闻野菜的清香，尝一尝春天的味道。

我的孩提时代，农家的光景普遍过得艰难。记忆里，每年春天，青黄不接，缺粮少食。而这个季节，树上刚刚爆出的嫩芽，地里丛丛簇簇的野菜，便进入人们的视野，走向各家的餐桌。用母亲的话说：多吃点花和菜，既可喂饱肚子，也能节省点粮食。

“阳春三月麦苗鲜，童子携筐摘榆钱。”每年春天，母亲的眼睛一直盯着村口那棵正在返青泛绿的老榆树。瞅准时机，打发我去摘榆钱儿。身手敏捷的我，噌噌噌地爬上高高树巅，两腿夹紧树杈，腾出双手，刷刷刷捋满一篮油光嫩绿的榆钱儿。母亲将洗净的榆钱儿拌上面粉，加上葱姜作料，放在笼屉里蒸熟，为我们做一顿味道特别的榆钱饭。村里的榆树只有那么三五棵，吃榆钱也就那么短短几日，必须抢个早，争个先。行动稍有迟缓，跑得慢了，树上的榆钱儿，转眼被别人家的孩子给摘个精光。

再过些日子，满树槐花，仿佛一夜之间，如爆米花般在枝梢间噼里啪啦炸响了。在带着甜味的阵阵香风中，孩子们又欢呼雀跃地涌向树下。洋槐树的枝干上长满尖刺，不像榆树那样可以随便攀爬，但我们自有办法。竹竿梢上绑一只铁丝弯成的钩子，站在大树底下，踮着脚尖就可以轻轻松松地采摘树丫上那一穗穗晶莹洁白的槐花了。

“马兰不择地，丛生遍原麓。”风和日暖的春天的田野，是乡村孩子没有边界的游乐场。挎着竹篮，带着铲子，村童三五结伴，一去二三里，奔向绿意盈盈的旷阔大野。肥嫩的野菜，遍地皆是，让人应接不暇，但我们依然像比赛似的争先恐后，还故意抢作一团。一双双灵巧的小手，从酥软温润的泥土里，剜一些马兰头、婆婆丁、马齿苋，扯一把豌豆苗、鱼腥草、水芹菜，拔几棵灰灰菜、苦苣菜、野小蒜……

“三月三，荠菜赛仙丹。”野菜家族中，口碑最好、味道最香醇的，当数荠菜了。春风里，荠菜那青碧活泼的身姿，最招孩子们喜爱。

篮里的野菜，早已满了，村童们的玩兴依然不减。河塘里白嫩水灵的芦芽、沟坎边野蔷薇的细茎、麦田里鼓胀胀的豌豆荚，以及遍地而生的尖尖的茅缨儿，也让我们喜不自禁，全都当作免费的零食，给我们充饥解馋。那嫩生生、甜滋滋的味儿，至今难以忘怀。

在一个乡村孩子的眼里，这生机勃发的春天的原野，一切都是簇新、鲜亮的。那一个个绿茵茵、毛茸茸、充满灵性的生命，都是季节的慷慨馈赠，是大地之母带来的最时尚的礼物啊！

“夜雨剪春韭，新炊间黄粱。”不认字的母亲，根本没听说过也不会理解这文绉绉的诗句，但她常常走进自家的小菜园里，割一把青葱茁壮缀满露水的“头刀韭”，掐一把新鲜水灵顶着花蕾的白菜苔，掰几簇嫩碧如丝、香气扑鼻的香椿芽。回到厨房，变着法儿给我们做点好吃的。母亲总是尽可能地把一家人清苦的日子，过得有滋有味些。

现代人生活条件好了，精米细面、大鱼大肉顿顿不断，新鲜水果、时令蔬菜四季不缺。面对丰盛美食，却越来越觉得口中寡淡，食之无味。经常在饭桌上意兴阑珊之时，听到这样的感慨：“这年代，不知道究竟吃什么才是对的、才是好的。满桌的山珍海味，还不如当年一盘野菜吃得欢吃得香呢！”

“城中桃李愁风雨，春在溪头荠菜花。”一场春雨过后，我突发兴致，信步走向暖意融融的郊野。陶醉于阳春烟景的同时，沿着流水淙淙的溪畔，顺手采下一兜熟识而又久违的野菜。

“蓼茸蒿笋试春盘，人间有味是清欢。”把春天的美意带回家，把春天的味道带回家。让脆爽爽的野菜、甜滋滋的树花、香嫩嫩的春芽，从春的田园、从春的枝椏上，一个劲地跳入我的餐盘里来吧！

这春天的味道，真叫一个好！那就别错过了，赶紧的，摘个春天尝尝吧。春天的味道里，一定有清风的味道、雨露的味道、暖阳的味道、泥土的味道，更包含生命初始的味道。

——原载2016年4月8日《合肥广播电视报》“闲趣·湖畔”副刊

采菱

“新秋至，菱花白。”又到采菱的季节。

天高云淡，金风送爽，村野漠漠，菱歌悠悠。乡下人刚刚送走酷热盛夏，便迎来一年中最美的季节，迎来一季丰实而甜蜜的收获。

皖中瓦埠湖北岸的老家，是一处风光秀美的平原水乡。村庄周围，河塘密布，沟渠纵横，水质清幽，水草丰茂，呈现出“漾漾泛菱荇，澄澄映葭苇”的古诗意境。夏秋之际，放眼四望，那些或大或小、或宽或窄的水面，差不多都被莲藕、芡实、茭白、菖蒲、浮萍、水葫芦、水花生之类的水生植物占领了。绝大部分塘面，则铺满碧绿的菱秧。淡薄透明的水汽中，蕴含着一股水草特有的清香气息。

与接天莲叶的霸道张扬相比，贴水而生的菱角，则显得恬静安逸。丛丛簇簇的菱叶，贴着平静的水面，像是养在清水里的一棵棵碧嫩的蔬菜。如果仔细观察，你会发现，菱秧的造型极美。菱茎周围，生出许多带齿的菱叶，呈螺旋状排列，形成一只圆形的漂亮菱盘。海绵状膨大的叶柄上，伸展出绿油油的菱形叶片。叶腋下，缀着粒粒宝石般雪白莹亮的菱花，仿佛水粉画家笔下的一幅美丽图画。

“菱荇中间开一路，晓来谁过采菱船。”采菱，虽是一份劳作，但更让人觉得有趣好玩。采菱，还是个灵巧活，一般都是独坐一只小巧玲珑的木腰盆，边划水，边采摘菱角。而坐木腰盆，就需要有一定的技巧了，关键是掌握好身体的平衡。所以，这份特殊的劳作，理所应当由那些苗条轻盈的村姑和动作敏捷的半大孩子来完成。少年时，每次结伴采菱，一群大呼小叫的顽童中间，几乎少不了我的身影。

有的孩子生性胆小，压根不敢坐木腰盆，只是站在塘边眼巴巴地观望。那些胆大的孩子，则自告奋勇地下水采菱。蹲坐在盆里，一开始，因为精神紧张，笨手笨脚找不到平衡，身子前倾后仰。木腰盆根本不听使唤，一个劲地晃来晃去，而且不停地在水里打圈圈。晃着晃着，木腰盆便完全失去平衡，立即倾覆水中，翻个盆底朝天。坐在盆中的人，一个趔趄，扑通掉入水里，很容易被倒扣在盆底，闷在水中。好在塘水并不太深，而且水乡长大的孩子大都识水性，扑腾一番后，湿淋淋地钻出水面，算是有惊无险。但慌乱之中，免不了呛几口水。每当看见落水者那副狼狈相，站在岸边的孩子，一脸幸灾乐祸，笑得前仰后合，身子都夸张地扭曲成一只只大草虾。

一次，两次，三次……在经历几次失败的教训后，我终于挑战成功。而一旦掌握正确的方法，那只木腰盆很快就驾驭自如了。

木腰盆缓缓而行，在密密的菱秧中划开一条窄窄的水路。掀开菱盘，暗藏于菱叶下的一颗颗菱角便显露出来。一边采摘，一边随手朝身后一丢，只听见菱角落盆时发出响亮的叮咚声。采菱人时不时地将腰盆泊在水中央，只顾剥开鲜嫩的菱角，一颗颗送进嘴里，美滋滋地享用。偶尔，慈心大发，顺手抓一把菱角，用力抛向岸上，赏给那帮眼馋的家伙。半天下来，既能采满几柳条篮子的菱角，也收获满满的快乐。乡下人，有时也表现出特别的慷慨，对于那些属于土地之外的东西，并不特别自私贪心。毕竟池塘属于村人共有的，采摘来的菱角，乡亲邻里，家家有份。到晚上，各家各户的小院里，都飘散着熟菱角那浓浓的甜香味。

菱角，从颜色上看，有青菱、红菱和紫菱之分；从形状上辨，有两角菱和四角菱之别。嫩菱角，水分大，适宜剥壳生食。莹白如玉的菱仁，又甜又脆，齿颊留香。而老熟的菱角，外壳坚硬，肉质饱满，富含淀粉，更适合烀熟吃。还可以做成菱角粥，清香扑鼻，令人食欲大增。

秋风起，菱角香。菱角，是属于平原水乡的特供，是结在水中的果实。鲜嫩、水灵、清香、甜脆，送进嘴里，口舌生津。菱角，补五脏，除百病，既是美食，又是补品。儿时在老家，鲜美的菱角可真没少吃。想想，咱水乡人也真是好口福啊！而且，像菱角这类不施化肥、不添激素、没有农残、自然生长的纯绿色食品，越来越为注重养生保健的现代人所追捧。

“绕城菱莲一千顷，三秋菱歌满街头。”晚风习习，星空如洗。悠闲地坐在自家阳台上，一边剥食刚刚从街市上买回的一兜新菱，一边品味这意境优美的古诗，当年乡间采菱的情景历历在目。我想，什么时候再能回趟乡下老家，划着木腰盆，哼唱一首轻柔婉转带着水韵的《采红菱》，美美地采摘一回菱角，找回那份久违的儿时记忆，感受一番故乡和童年的味道。

——原载 2018 年 9 月 16 日《合肥晚报》“文苑”副刊

冬 瓜

我至今也没完全弄明白，分明是夏季里长出来的瓜，为什么偏偏被人叫作“冬瓜”。

冬瓜最初的皮色是青绿的，身上布满细密的绒毛。就在它渐渐老熟之际，浑身上下生出粉一样雪白的颜色，像是冬日里凝结的一层白霜。或许是因为这个缘故，才有了“冬瓜”的名字。

冬瓜，和南瓜一样，体型庞大，憨憨傻傻地躺在地里。春天，一粒小小的瓜籽种到泥土里，到了夏秋季节，长长的瓜藤上，竟然结出这么个圆滚滚像枕头一般的大家伙来，简直不可思议!

冬瓜，只可以拿来当蔬菜，不像南瓜可以当粮食、作主食。我小时候，就特别爱吃冬瓜。无论是炒食煮汤，还是腌着酱着吃，我都是喜欢的。记得小时候，中午做饭前，母亲笑呵呵地说：“今个杀一头肥猪给你们吃吧!”小孩子都明白母亲的意思，她是在哄我们玩呢。不过年不过节的，哪来的猪肉可吃，平白无故的，别说杀一头猪，就是割一斤肉都不舍得哩。其实，母亲是告诉我们，今天又要吃冬瓜了。因为冬瓜憨态可掬的形象，就像一头肥壮的猪。而冬瓜切成片，滴一点打色的酱油或加一勺黄豆酱烧出来，简直可以和肥肉以假乱真了，让人垂涎欲滴。只是，吃到嘴里，根本没有猪肉的油腻和醇香，一点也不解馋。

过去，我的家乡流行一种“送冬瓜”的古老风俗。哪家娶了媳妇，进门几年还不开怀，肚子上看不出一点动静。家里的老人，因为抱不上孙子也着急上火，整天愁眉不展。这种情况下，村里那些好事者，就会想出“冬瓜送子”的招数来。

早已瞄准“送瓜”对象，只待良辰吉时到来。中秋月圆之夜，一群年轻人跑到村外的冬瓜地里，挑选一只又大又圆、形状周正的冬瓜，拿一管毛笔蘸上墨汁，在粉白的瓜面上勾勒出孩子清晰的五官，眉是眉眼是眼的。立刻，这只冬瓜就变成一个样子可爱的大头娃娃。接着，将冬瓜用几尺崭新的红绸布包裹起来，趁着一片清朗的月色，一路嘻嘻哈哈地送到那户盼着抱孙子的人家。进了院子，只听领头的口中念念有词：“小冬瓜，毛呆呆，八月十五来投胎，今儿送个大冬瓜，明年抱个大胖娃。”领头的人高声大嗓，把这句吉祥的话连说了三遍，让送瓜的场面充满了仪式感。

求子心切的主人家，早已眉开眼笑，急忙把送冬瓜的村人让进屋内，小心翼翼地接过冬瓜。接着，又是递香烟，又是冲红糖水，又是打荷包蛋，忙不迭地招待这些好心的村民。这只冬瓜，一定要让那对小夫妻一同吃了，保不准就能怀上孩子。如果来年这家媳妇真的怀孕生子，送冬瓜的人还要被主人家恭恭敬敬地请过来吃喜面，好吃好喝一番招待。过去在乡下，就有很多被人家背地里叫作“小冬瓜”的孩子。

“送冬瓜”也有送错对象、闹出笑话来的。小时候，我们村子西头住着一对年过半百的老夫妻，膝下无儿无女，日子过得寂寞凄凉。有一年中秋节，村里几个愣头青小伙子临时起意，将一只大冬瓜送到他们家里来。一向和颜悦色的老夫妻俩，立即变了脸色，将送冬瓜的人一顿臭骂，拿笤帚疙瘩轰出门外。等到一帮看热闹的人走后，老夫妻俩伤心不已，老泪横流，控诉说这帮不安好心的家伙，分明就是在看他们没儿没女、断了香火的笑话！

我知道，“冬瓜送子”的说法，其实是没有半点科学道理的，不过是为了表达一份祈愿、一种祝福罢了。几十年后的今天，伴随着村民们思想的解放，见识的增长，“送冬瓜”，这种沿袭已久的古老风俗，在我的家乡差不多已经消失了。

冬瓜，富含营养，而且有防暑解热、利尿消肿的功效，减肥效果尤其明显，是一种有益健康的优质食物，被称作“夏季养生第一瓜”。只是，今天的人们，在菜肴的做法上，尤其讲究食材的搭配和营养的合理性，不断变换出新花样。

作为时令蔬菜，不是冬瓜炖排骨，就是冬瓜肉丸汤。炎炎夏季，餐桌上一份热气腾腾的冬瓜老鸭砂锅汤，更是人们的最爱。吃起来，既有瓜菜的清爽，又有鸭肉的醇香，营养搭配真是恰到好处。

——原载 2018 年 2 月 28 日《合肥晚报》“文苑”副刊

南瓜拾忆

乡下的大姐进城来，大包小包带来自家地里刚刚收获的绿豆、花生和两只大南瓜。晚饭时，当一碗甜甜的南瓜粥端在手上，关于南瓜点点滴滴的记忆，便在脑海里浮现出来。

在我刚记事的年代，生产队里收获的那点粮食，除去交公粮、留种粮，剩下的分到各家各户已经很少了，根本不够吃。为了填饱一个个嗷嗷待哺的胃，各家的自留地、开荒地，尽可能地多种些产量高的瓜菜，来代替口粮。种南瓜，一般选择缺水易旱、土质沙软的岗坡地。这样的地方，因为干旱缺水，不适宜插秧种稻。而种上喜旱怕涝的南瓜，就大不一样，不仅瓜结得多，而且个儿特别大，年年都有好收成，从来不会让人失望。

清明前后，种瓜点豆。天气渐暖，一棵棵南瓜幼苗破土而生，在春风里招摇。暮春初夏，光热充足。瓜秧儿长得好，拖出一根根长蛇样的藤蔓。肥壮墨绿的瓜叶间，开着簇簇喇叭状黄灿灿的大花朵。

开花时节，大人便打发我们小孩子大清早跑去瓜地，趁着浓重的露水给南瓜合花。南瓜，雌雄同株异花，有公花、母花之分。所谓“合花”，就是将不结瓜的公花掐下，再小心翼翼地一朵朵倒扣在母花上，让公花花粉散落在母花花蕊上。那时候，并不懂得植物学中人工授粉是咋回事，也说不出其中的道理来，只是觉得特别有趣，甚至还有那么点神秘感。不久，花儿萎谢了，每朵花下，很快生出一个拳头般大小的南瓜蛋，青碧可爱。

夏秋季节，村边的那片南瓜地里，结满硕大的南瓜，有长圆形的，有扁圆状的。成熟的老南瓜，花纹清晰，棱瓣突出，色泽金黄。光洁的瓜皮上，好似敷了一层薄粉，又像挂了一层白霜，看着都让人心生喜欢。南瓜收获的时节，每每吃力地抱着大南瓜走向地头，总让我联想到小学课本中《田寡妇看瓜》那篇著名的乡土小说，想起小说中那个又穷又懒、经常偷吃别人家南瓜的秋生。

家家户户的屋檐下、墙角处，甚至床底下，堆满了大大小小、敦实憨厚的老南瓜。明丽的秋阳下，金色的南瓜，成了乡村农家小院一道耐看的风景。南瓜极耐储藏，可以一直吃到大雪纷飞的冬天。记忆里，我家每年熬腊八粥，肯定少不了几块又甜又面的南瓜。

南瓜，亦饭亦菜。最常吃的，是蒸南瓜、煮南瓜、南瓜稀饭、南瓜玉米糊、清炒南瓜丝。毛茸茸的嫩南瓜头掐下来，放在开水锅里焯过，拌上麦面和油盐，蒸着当菜吃，味道也很不错。顶好吃的，当数母亲偶尔给我们煎的油滋滋的南瓜饼了，外焦里嫩，香气四溢。南瓜子，算是南瓜的副产品，晒干后收藏在布袋里。冬闲天，拿出来炒熟了，老远闻着都香，是我们孩子口袋里常备的零食。

在乡村学校教书的那几年，每年春天，我都会在自家小院一角辟出巴掌大的一块地方，种上几棵南瓜。周末闲暇时，为南瓜浇水、施肥、除草、松土、捉虫，忙得不亦乐乎。青青瓜藤，顺着墙根一个劲地往上攀爬，很快就爬满整个院墙。待到夏天，藤蔓交错，绿叶婆娑，黄花灿然，蜂飞蝶舞，给小院带来一片清幽，一派生机。俗话说：种瓜得瓜，种豆得豆。享受自己的一份劳动果实，倍觉甜美。离开学校以后，就再也没有机会种一回南瓜了。

虽说这南瓜只是乡间寻常之物，但它甘美甜爽，富含淀粉、维生素、果胶、氨基酸等多种营养成分，又有清热、防暑、利尿、生津、降血糖、降血压、减脂肪等保健功效。腻味了荤腥的现代人，偶尔吃上一顿南瓜粥，既能调节肠胃、平衡营养，也能改换一下口味。炎天夏日，喝一碗甜丝丝的南瓜绿豆汤，鲜甜沁人，暑热顿消。

君不见，当今一些高档饭店的餐桌上，以南瓜为原料，做成黄晶晶的南瓜圆子、南瓜烙饼、南瓜蛋糕、小米南瓜粥、冰糖南瓜汤、香浓排骨南瓜盅等，大受食客欢迎。厨艺高手们将原本上不了大雅之堂的南瓜，做出新花样，抬高身价。南瓜，成了人人喜爱的特色美食。

这些年，家乡的土地上，南瓜种植面积年年扩大，南瓜的商品性进一步提升。从前年开始，家乡举办一年一届的南瓜节。瓜农们将形状各异的南瓜在展台上一字摆开，让参观者大开眼界。蜜橙、红贝、黑帝、黑丰、栗星、贝栗、锦丰、盘龙、江蜜一号、黄金二号，等等，许多都是以前闻所未闻的杂交新品种。有着“南瓜王”之称的巨型南瓜，像个圆圆的大磨盘，重达二百多斤，令人惊骇。一种迷你型的袖珍南瓜，小到只有几十克，玲珑可爱。而那些精美的、充满艺术感的南瓜雕刻，格外吸引眼球。在我的生活词典里，原以为只有“南瓜”这么一个名字，却不知南瓜竟然是一个庞大家族，种南瓜还有这么多的科技含量。

一边吃着甜甜的南瓜粥，一边在心里盘算：将来若有可能，拥有一块属于自己的土地，我还要亲自种一畦南瓜哩！

——原载 2016 年 11 月 13 日《合肥晚报》“文苑”副刊、2017 年第 2 期《未来》

豆的牵念

皖中故乡广袤的田野上，众多的粮食作物中，我尤其钟爱豆子。

豆子，这种古老而主要的农作物，和麦、黍、稻、稷并称为“五谷”。先秦时期，人们管豆叫“菽”。汉代以后，称之为“豆”。三千年前的《诗经·小雅》中，就有“中原有菽，庶民采之”的佳句。三国时，曹植著名的《七步诗》，起首便是“煮豆燃豆萁，豆在釜中泣”。东晋大诗人陶渊明辞官归里，“种豆南山下，草盛豆苗稀”，过起悠然自得的田园生活。可见，在古人眼里，豆子具有极其重要的地位，不仅是一种不可或缺的粮食，也经常走进文人骚客的视野，给他们带来生活的诗意和创作的灵感。

而在今天，同主宰我们一日三餐的大米、白面相比，豆子的地位已发生很大的变化。虽然归于杂粮之类，但它依然是我们人体所需植物蛋白的主要来源，是世间金贵无比的粮食。豆子，给我们带来舌尖上的美味，营养我们的身体，让我们心心系念。

豆子的大家族里，拥有众多的成员。黄豆、绿豆、黑豆、赤豆、豇豆、豌豆、蚕豆、扁豆、芸豆、刀豆、豆角、红小豆、四季豆……同样都称“豆子”，但它们基因差异非常之大，有着各自不同的生活习性，各自开出不同颜色的花儿，结出形状各异的豆子，为人们奉献出各具特色的味道。

在我的故乡，最普遍种植的是黄豆，人们更习惯于把黄豆叫“豆子”。零星种植的其他豆类，便成了田野里的一些点缀。家乡一带，没有南山，只有湖湾，学不来陶渊明“种豆南山下”，而是“种豆南湾里”。

农谚云：“秫秫圆秆麦上场，豆子扛到肩膀上。”种黄豆，一般都在小满前后、麦收过罢。粗放型的种植是撒播，精细一点的是点播。夏日充足的光热、丰沛的雨水，给黄豆的生长提供了适宜的“温床”。豆子出苗了，豆子展叶了，豆子开花了。紧接着，豆子又像年轻孕妇孕育宝宝一样结荚鼓粒了。

地里的杂草，和黄豆争抢水肥，甚至比豆秧子蹿得还快。农人怕豆子被野草给欺了，不敢有半点懈怠。虽然一遍遍地薅锄，一场雨过后，杂草还是疯狂地冒出来。“晨兴理荒秽，带月荷锄归。”光听古人的吟风弄月，感受到的都是田园诗意，甚至亦渴望享此躬耕之乐。如果不是一个真正土里刨食的农民，很难体会到劳作的艰辛。七月响晴天，万里无云，暑热难当。大中午，顶着毒花花的日头下地锄草，脊背上像背着一团巨大、炽烈的火球。淋淋漓漓的汗水，就像密集的雨点，吧嗒吧嗒滴落在翠绿的豆叶上和灰白的泥土里。“一滴汗，一粒豆”的形容，丝毫也不过分。大人告诉我，人怕晒，草更怕晒，天越酷热，越是容易把暴露在日头下的草根给晒死。

在那秋阳明丽的季节，地里的豆子在农人的呵护下走向黄熟，迎来金色的收获。阵阵秋风，把挂在豆秧上的一串串铃铛摇得叮当作响。晒场上，伴随着石磙咿呀的歌唱，一颗颗刚刚从豆荚里蹦出的黄豆粒，像一个个顽皮可爱的光屁股孩子，欢蹦乱跳的，满地里打滚。

“豇豆豇豆不怕羞，五月开花结到秋。”艳阳高照的秋天里，村里的一帮小孩子，每人挎一只竹篮子，唱着这首古老的童谣，蹦蹦跳跳，结伴下湾，拾豆子来了。

收获后的田野，显得旷远而宁静。我们满地里仔细地寻找，捡拾农人收获时遗落的豆子。如果运气不错的话，还可以捡到几颗熟透的马泡儿。那时的孩子，总是对食物充满无限的兴趣。大家毫不吝啬地将捡来的豆荚，连同一堆干枯的豆秸、豆叶放在一起，生火烧豆子吃。在火舌的舔舐下，看豆叶蝴蝶一样纷纷飞起，听豆荚爆竹般噼里啪啦地炸响。很快，空气中弥漫着一股诱人的豆香。等一堆火完全熄灭，孩子们扒开尚有余温的灰烬，争着抢着，把一粒粒烧得黑黢黢的豆子放进嘴里，嚼得嘎嘣嘎嘣脆响。

收获的黄豆，可以做出各种各样的美味食品。蒸毛豆，炒豆米，煮豆饭，发豆芽，磨豆腐，摊豆饼，压千张，打豆浆，晒豆瓣酱，做“神仙豆”，搅一锅喷香的豆面稀饭。当然，最最要紧的，还是把豆子送到邻村的榨油坊去换豆油吃。

不用说，作为粮食的豆子，被称为“植物肉”“绿色牛乳”的豆子，让我们人类倍加珍视，连豆秧儿、豆粕、豆渣也是牛羊等牲畜的好饲料。每到农忙最繁重的季节，为了让牛多出力、多耕地，饲养员总要想方设法给它们提高生活待遇，在草料里拌些牛最爱吃的黄豆糁。记得有一年，生产队饲养的那头大牯牛，趁人不备，挣脱缰绳跑出牛圈，钻进一墙之隔的生产队仓库。贪嘴的大牯牛，因偷吃了太多的黄豆，腹胀如鼓，痛苦得牛眼睁圆，哞哞直叫。要不是兽医老樊的本领高强，手到病除，大牯牛非给活活撑死不可。为此，那个粗心的饲养员被队长一顿恶狠狠臭骂，而且毫不犹豫地扣罚他三天的工分。

大伯家的豆腐坊，是我们小孩子经常光顾的地方。看着大伯把橙黄饱满的豆子磨成一锅雪白的豆浆，又变戏法似的，很快做成一板板水嫩如玉的豆腐。就像欣赏一次艺术创作的过程，觉得特别神奇。豆腐出锅的时候，大伯总会切上一块蕴含豆香的热乎乎的豆腐，送进我们的嘴里。农闲时，就看见大伯晃晃悠悠地挑着一副豆腐担，走村串户卖豆腐，老远就听见“豆腐喽——豆腐喽——”那悠长的叫卖声。腊月里，家家都要从瓮里舀上几大瓢最好的黄豆做年豆腐。那一段时光，大伯的豆腐坊格外忙碌，从大清早一直忙活到深更半夜。

豆子，晶莹圆润，坚硬敦实，光洁饱满，富含营养。尤其黄豆，天生一副好品相，最接近阳光的颜色，而且有着干净洁白的内心。

最近，我的颈椎病又患了，酸胀麻木，头晕恶心，痛苦不堪，吃药吊水、针灸推拿也不好使。朋友推荐一种治疗颈椎既简单又有效的方法——枕黄豆。告诉我，把黄豆装进一条特制的棉布袋里，晚上睡觉时放于颈下当枕头，可以起到对颈部肌肉按摩、促进大脑血液循环的作用。

以豆为枕，伴豆而眠，听上去还蛮新鲜有趣的。不管有无效果，我都打算试它一试。

——原载2017年第2期《未来》、2020年第1期《作家天地》

五月麦香

黎明时分，窗外传来第一声清脆的鸟鸣，那是麦黄鸟欢快而嘹亮的歌唱。它是在告诉我：麦子熟了！

正赶上周末，天气晴好。我决定立即动身，去附近乡下走一趟，亲眼看一看遍地黄熟的麦子。吃罢早饭，疾步出门，穿街过巷，直奔小城郊外旷阔无垠的田野。

“夜来南风起，小麦覆陇黄。”站在阳光如瀑的乡野，放眼眺望，四周大片大片茂盛的麦子已经由绿转黄，涌动着摄人心魄的金色麦浪。温热的南风，送来阵阵沁人心脾的麦香。恍惚间，感觉自己已经回到故乡，置身于故乡五月的麦田。

故乡皖中瓦埠湖畔，属于典型的淮河滩地平原。那里，地势坦荡，土壤肥沃，一直以来，都是优质冬小麦的主产区。蔚蓝天空下，一眼望不到边际的金色麦浪，是故乡五月亘古不变的风景。

记得，小时候在乡下老家，每逢麦季，总会看见我大伯忙碌不歇的身影。大清早，他就蹲在门前的树荫下，一边猛吸旱烟，一边使劲磨镰。时不时地，用他长满老茧的粗糙手指肚，试着刀刃磨得是否锋利。偶尔抬起头，随着一股呛人的烟雾，嘴巴里乍不乍地冒出“蚕老一时，麦熟一晌”“收麦如救火”之类让我半懂不懂的话。现在才真正明白，他是在告诉我，麦子的成熟速度之快，就在他的一袋烟工夫，而即将到来的抢收麦子的农活，更容不得片刻耽搁。是啊，麦子的黄熟，似乎在倏忽之间。

麦子，从播种那一刻起，在田野里经过大半年时光的漫长等待，经历秋霜、冬雪、春雨和夏日的骄阳。五月里，连续几个高温响晴的好天气，一轮劲爆火热的老太阳，就将普天之下的麦子给催黄了，烘熟了。麦熟一晌，这是季节发出的一个召唤、一声指令，是大自然所呈现出的一种无形而又神奇的力量啊！

乡村五月，伴随麦子的成熟，大地厚实的胸脯变得愈发丰腴。麦子令人炫目的金黄颜色，像是从地层深处发出的道道耀眼光芒，带给我强烈的视觉震撼和极大的心灵战栗。麦子无处不在的醇香气息，更像季节之手酿制的浓烈酒香，穿透肺腑，让我渐渐感到几分幸福的沉醉。

这时，我沿着一段青草纷披的田埂，径直走向麦地深处。驻足麦地中央，稍稍平复一下像眼前这麦浪一样起伏不定的心绪，便开始仔细观察身边的麦子。骨节突出的麦秆，依然那么挺拔，在五月炽烈的阳光下，渐渐变得透明发亮。尖锐的麦芒，已经完全舒展开来，向着热辣辣的太阳。齐刷刷的麦穗，像一群顽皮多动的孩子，在风过的一瞬，互相推来搡去。

我弯下腰去，顺手将一束硕大的麦穗紧攥在手中，任一簇如针的麦芒，从指尖上轻轻滑过。我选择其中一棵颀长的麦穗，放在手掌中反复揉搓几下，再轻轻吹去麦壳麦芒。掌心里，留下一把饱满有神的金黄麦粒。我同样急于尝尝这新麦的味道，立即将一颗麦粒送入嘴里，咬得嘎嘣一声脆响。

面对这五月丰饶的田野，我抑制不住内心的喜欢，一遍遍喃喃自语：麦子熟了！麦子熟了！亲亲麦子，你是这古老乡土上最温情的庄稼，不仅可以温暖我们的肠胃，营养我们的身体，更是能够奉献出各种珍馐美味的世间最好的粮食呵！麦子的香，是大地母亲甜润的乳香！

这时，我看见远处宽阔的机耕路上，一台身高马大的大型收割机正呼隆隆驶过来，一直开进田头地畔，准备开镰收割了。

“快黄快割——快黄快割——”五月的晴空里，一只麦黄鸟迅疾飞掠在麦田上空。此时，它的鸣声，变得越发急促，也越发高亢。

——原载 2016 年第 4 期《未来》

瓜夏天

咱乡下人，总爱把瓜熟蒂落时节称之为“瓜季”。这个诱人的季节，一般从麦子黄梢的小满时节算起，一直持续到高粱红穗的立秋过后。此间，人们虽然长时间饱受盛夏高温酷热的煎熬，但也能尽享一场激情四溢的舌尖上的盛宴，真真切切地感受到瓜香果甜的夏日之美。

皖中乡野之间，瓜田星罗棋布，瓜类品种繁多，瓜儿连着藤，藤儿牵着瓜。不同品种的瓜，其大小、形状、味道和成熟期也迥然不同。但不论哪一种瓜，自有它甘甜绵长的滋味，都是让我念念不忘的吃食啊！

犹记儿时，每到瓜季，我们小孩子经常一边吃瓜，一边为玩伴出这样一道谜语：“老大光，老二香，老三软面头，老四长疥疮。”谜底很简单，根本用不着等着别人一一揭开答案。大家心知肚明，这是指瓜类家族中的四兄弟。论资排辈，分别是西瓜、香瓜、面瓜和黄瓜。

“谷雨前后，种瓜点豆。”每到这个节令，父亲总要郑重其事地对母亲重复这样一句话：“种瓜才能得瓜。怎么着，咱家也得留出一块好地，种几垄瓜，到时候，孩子们就不会瞅见人家吃瓜自己眼馋，也不需要心心念念地惦记别人地里的瓜了！”于是，趁着天气晴好，风和日暖，全家老小齐上阵，运肥、起垄、刨埯、浇水、种苗，在家庭范围内展开一场热热闹闹的“大生产运动”。

那个年代，还没时兴大棚种植，也没有“反季节”一说，更不知催熟剂、增甜剂为何物。所有品种的蔬菜瓜果，全都是露地栽种，都能顺应季节规律，自然成熟。

“四月罢，吃黄瓜。”最先登场的，是黄瓜。这瓜家族中的小弟，天生一副急性子，农历四月便可以见到它修长的身影，端午节前后就已经普遍采摘。和其他的瓜相比，黄瓜最大的生理需求，是通风透光，瓜秧不可贴地而生。所以，种瓜人早早就拿树棍竹枝娴熟地搭起瓜架，任嫩绿的藤蔓，一个劲地顺着架子往上攀爬。结的瓜，就一根根直直地垂挂在架子下。黄瓜身形细瘦，草绿色的瓜身上，密密地长满纤细的绒刺，像长了一身难看的癞痢。别看它品相不咋地，但顶花带刺挂满露珠的嫩黄瓜，吃到嘴里，既甜脆，又清爽。黄瓜结实多，产量高，只要水肥充足，管理得当，摘了一茬，又结一茬，一直延续到夏季结束。春天的时候，母亲在园子一角的空地上随意刨埯种上几棵黄瓜苗，整个漫长的夏天，全家人差不多天天都有瓜可吃。

从营养学的角度来说，黄瓜还真是个好吃食，有延缓衰老、减肥瘦身、美白去皱的特殊功效，多吃黄瓜，有益健康。于是在今天，黄瓜格外受人青睐。很多菜肴，黄瓜既当主角，又作配料。特别是那些爱美女士，不仅把黄瓜当零食，甚至一条黄瓜就是一份最佳的“减肥营养餐”。有些美女更是别出心裁，直接把新鲜黄瓜当成纯天然嫩肤保湿的“植物面膜”，一片一片贴在脸颊上。

菜瓜的结实和采摘期，比黄瓜稍稍晚些。其形状和颜色，与黄瓜极为接近，但瓜皮上没有密密的绒刺，比黄瓜要光洁好看得多。小时候，每每看到某个正在换乳牙的孩子，刚刚掉了一颗门牙，说起话来跑风漏气，立刻就成了其他孩子揶揄的对象，一个劲地朝他大喊大叫：“豁牙巴，偷人老菜瓜，一口咬下去，掰掉大门牙。”而那个掉了牙的孩子，经不住别人的一番逗笑，羞怯地捂紧嘴巴，涨红着脸远远地躲开了。

之所以称之为菜瓜，归于蔬菜之列，是因为它不仅是直接生食的瓜，而且更适合当蔬菜吃。在乡下，家里来了客人，大人锅前灶后地忙碌，也不忘打发孩子去园里摘两条鲜嫩菜瓜。瓜均匀地切成薄片儿，撒一把白糖，或拌上蒜臼窝里捣碎的辣椒蒜泥，就是一盘不很错的下酒菜了。小时候，每年夏天，母亲还要给我们做酱瓜吃。将一条条菜瓜剖开去瓤，切成块状，晾至半干，浸入黄澄澄的面酱缸中，过些时日，便成了色泽红亮、甜脆可口的酱瓜。

在所有品种的瓜果中，香瓜是我的最爱，不仅颜值高，而且口感好，香味浓郁，鲜甜爽脆。香瓜，是乡下人的一个普遍叫法，它的学名应该叫“甜瓜”。俗话说“强扭的瓜不甜”，在它还没完全成熟的时候，既不香，也不甜，而是苦到难以入口，吃瓜人一定得耐着性子等它熟透。而一旦瓜熟蒂落，沁人心脾的瓜香，简直让人难以抵御它的诱惑。香瓜里，有一个叫“小麦熟”的品种，正赶上小麦收割登场的时候成熟，瓜形美观，瓜皮极薄，肉色淡绿，又酥又甜，完全配得上“甜瓜王子”的称号。有一种叫“羊角酥”的，瓜形极似山羊角，酥脆多汁，止渴清燥，同样是甜瓜中的佳品。还有一种叫“黄金蜜”的，皮色金黄，瓜肉玉白，捧在手中，如同捧着一只蜜罐子，吃到嘴里，鲜甜沁人，齿颊留香，回味无穷。那时，特别贪婪又不知饥饱的我，简直像个饿鬼投胎，蹲在绿叶婆娑的瓜垄间根本收不住嘴，一口气能“消灭”它好几个，连瓜皮瓜瓤瓜子一股脑全吞进肚里。临走时，还不忘朝烂裤衩里揣上一个香瓜蛋儿。吃香瓜，不光满足口腹之欲，还顺便讨了个“苦尽甜来”的好口彩。

这里所说的面瓜，是甜瓜的一种，也叫“面甜瓜”，俗称“老面头”“面老包”。这种瓜，个头较大，虎皮斑纹，棱沟分明，看上去极像一把粗砂大茶壶，一副体型敦实、憨态可掬的样子。面瓜，在没完全成熟之前，肉质粗硬，一点也不好吃。而熟透了的面瓜，瓜皮由青变黄，瓜肉由硬变软，香味扑鼻，又甜又面，根本用不着费力咀嚼，塞进嘴里，立刻就化了。于是乎，面瓜就成了那些瘪嘴没牙的老头子、老奶奶们的爱物。面瓜能顶饿，可以拿来当饭，一个大面瓜吞下去，就能把肚皮撑得饱圆。小孩子们吃瓜，永远是一副狼吞虎咽的样子，经常因为吃得太猛太急，噎得直翻白眼，表情相当难看。为此，乡下人干脆送它一个虽然不雅却很形象的名字——“噎死狗”。因为太过绵软甜腻，加之商品性差，这种瓜，已属更新淘汰品种，在我的家乡一带已很少种植，瓜市上也难见其踪影。

直到小暑时节才隆重登场的，是瓜类家族中的大哥——西瓜。

西瓜，体型庞大如斗，身披翠衣，光滑圆润，花纹清晰，的确是这一大帮瓜兄弟中的“形象代言人”，是最有分量也最有气质的一个。特别是成熟在暑气熏蒸的高温盛夏，就愈加显示出它的天赋异秉和卓立不群。

西瓜含糖高，水分大，绝对是夏日里消渴解暑的时令佳品。在我的家乡，西瓜品种也有很多，但大多都说不上具体的名字，一律唤作“西瓜”。记得，小时候种过一种叫“落地红”的西瓜，顾名思义，落地即红，是典型的早熟品种。从毛茸茸的瓜纽儿刚刚谢花落地那天算起，数到第十八天左右，瓜儿长到碗口大小，即可成熟采摘。

七月三伏天，天上如下火，大地似蒸笼。晌午头，一天中最热的时辰，知了趴在树上扯开嗓门，一个劲地喊热。吃西瓜，成了此时此刻每个人心中最大的憧憬。

这个时候，我总是自告奋勇，顶着火爆爆的大太阳，径自跑到村外的瓜地里。拨开一片墨绿色瓜秧儿，面对一个个圆滚滚的大西瓜，拍拍这个，敲敲那个，再瞧瞧瓜蒂、瓜须、花纹和瓜肚脐儿。最后，很在行地挑了只最大个儿的西瓜，一溜小跑地抱回家来。将西瓜整个儿放在冰凉的井水中浸透（相当于现在的冰镇西瓜），手起刀落，一剖两半，再等分成若干月牙形漂亮的瓜瓣儿。果然是极好的瓜，熟得恰到好处，红瓤黑籽，晶莹如冰，看一眼，立马让人兴奋得打个激灵，涎水止不住地流淌。瞅瞅站在我身边的两个弟弟吧，那吃瓜速度真是叫人吃惊，一阵猪八戒式的狂啃之后，转眼只剩下一堆布满牙印的瓜皮，简直像正在参加一场比拼激烈的吃瓜大赛。几块西瓜下肚，清火解渴，溽热全消，顿觉凉入衣襟骨生风，五脏六腑都舒坦。这会儿，从吃瓜人那异常享受和满足的表情上可以看出，他们肯定和我一样，打心眼里感激造物主的体贴和恩赐。

种瓜得瓜，种豆得豆。直到现在，我对儿时种瓜吃瓜的记忆依然深刻，对瓜香氤氲的季节充满向往，许多往事历历在目。想想那时，野小子一样无拘无束的乡村少年，有哪个没有过“也傍桑阴学种瓜”的人生经历，有哪个没有过顺藤摸瓜被当作偷瓜贼的陈年糗事，又有哪个没有过在星光满天的夏夜充当“瓜田卫士”的惊悚故事。小时候，从暑假开始，一直到假期结束，几乎天天赖在香雾弥漫的瓜田里不肯回家。正如大人们经常笑骂我的那句话——“怕是连魂儿都丢在瓜田里咧!”

——原载 2019 年第 2 期《未来》

荸荠滋味长

又快到收获荸荠的季节了！

荸荠，肉质洁白，鲜甜多汁，入口脆爽，算是我平生最贪爱的零食之一吧，似乎总没有爱够的那一天。

荸荠属单子叶莎草科，为一年生宿根性草本植物，别名菩荠、地栗、乌芋、马蹄等。荸荠，古称“凫茈”。陆游《野炊》诗，有“凫茈小甑炊，丹柿青篋络”的佳句。苏舜钦《城南感怀寻永叔》诗云：“老稚满田野，斫掘寻凫茈。”凫茈，这叫法很古雅，也很有趣，意为野鸭、大雁爱吃的紫食。

荸荠皮色紫红，像涂了一层温润的釉色。过去，乡下人打制婚床橱柜，喜欢漆成一种紫红锃亮的颜色，称作“荸荠红”，看上去，显得古色古香，厚重沉稳而不失典雅。

我的家乡皖中瓦埠湖畔，恰恰是水乡，最适宜种植荸荠之类的水生作物。但在“以粮为纲”的年代，荸荠种植少之又少。而野荸荠，倒是随处可寻，散布在稻田、泽畔和沟塘浅水处，只是果实要小得多，仅指甲盖般大小。秋天，农人在收获后的稻田里翻耕耖犁，经常能看到一群孩童跟在犁田人身后，顺着犁沟满地里捡野荸荠。孩子嘴馋，带泥的荸荠，搁褂襟上那么胡乱地一抹，就急不可待地丢进嘴里，吃得津津有味。捡得多了，就装进裤兜里，带回家慢慢享用。捡荸荠，也算是我童年的一份乐趣啦。

上世纪八十年代，土地承包到户，村里有不少人家开始种起荸荠来。春夏之交，整好水田，像插秧一样将荸荠苗一棵棵栽下去。整个夏天，荸荠那一丛丛绿得逼人的细圆叶子，像一蓬蓬疯长的野草。秋冬荸荠成熟的季节，将田里的水放干沥尽。待泥土龟裂，小心翼翼地用锄头一块块翻起，用指头从硬泥里将荸荠一颗颗抠出来，洗净装袋，送到集市上出售。

汪曾祺是文坛大家，他的小说名篇《受戒》里，有这样一段精彩文字："——荸荠的笔直的小葱一样的圆叶子里是一格一格的，用手一捋，哔哔地响，小英子最爱捋着玩，——荸荠藏在烂泥里。赤了脚，在凉浸浸滑滑溜的泥里踩着，——哎，一个硬疙瘩！伸手下去，一个紫红紫红的荸荠。"一向喜欢汪老的文字，干净、质朴、恬淡，充满诗性和画面感。美丽善良的村姑小英子踩荸荠的情景，在作家笔下显得妙趣横生。

周作人晚年写过多篇关于荸荠的闲散文字，字里行间寄托了一个游子的乡愁。他的故乡绍兴，属江南水乡，盛产荸荠。周先生管这种深埋地下的荸荠叫"粗水果"，并说荸荠是"有格"的果蔬。这样的称呼，不仅没有丝毫贬损的意思，却恰恰道出了荸荠的朴素低调。我很认同周先生这个观点。的确，荸荠适种范围广，产量又高，实在算不上什么名贵高档水果。但它甜润、清爽、适口，带着一份独特的野泽和泥土气息，又着实那么新鲜诱人。

荸荠属于那种药食兼顾的水果。无论是生食，还是煮熟了吃，都是适宜的。中医认为，荸荠水生而性寒，有生津止渴、降火去燥、清肺化痰、清热解毒的作用。李时珍《本草纲目》中说它："主消渴痹热，温中益气，下丹石，消风毒。除胸中实热气。"《食疗本草》等古代药典中，亦有关于荸荠营养功效的详细记载。

秋冬季节，荸荠大量上市。菜市场里，荸荠多到成筐成车卖，价格也算便宜，小贩在称重时，很夸张地将秤砣撅得老高，以示公平厚道的交易。也有勤快的卖主，将荸荠削了皮卖的，白白嫩嫩的果肉堆在一起，着实让人喜欢。因为增加了人工成本，价格自然要高些。但我还是嫌这样既失了本色，也不够卫生，所以一次也没有买过别人削过的荸荠。

家人知道我有爱吃荸荠的偏好，尽量满足我的口腹之欲，隔三差五从菜市场拎一袋回来。一个个洗净削皮，或生食，或蒸煮，够我吃上三两天的。现在，一年秋冬春三季，差不多都可以吃上新鲜的荸荠。

“仙溪胜得紫琅玕，风味仍同荔子看。何以清漳霜后橘，野人还敢荐君盘。”这是宋代诗人陈宓笔下的荸荠，赞其味甜如霜后的蜜橘。若单单从对荸荠的喜爱程度这一点，我也算是他的知音了。

荸荠，在别人眼里，或许就是稀松平常的“粗水果”，并不稀罕。但在我心里，它也算是我念念不忘的人间佳味了！

——原载 2019 年 9 月 5 日《湛江日报》“百花”副刊

艾草香

“清明插柳，端午插艾。”这是我家乡江淮地区的一则民谚，也是家乡沿袭了数千年的传统习俗。

五月五，过端午。端午来临，家家户户除了炸油香（糖糕）、包粽子，守望传统民俗文化，又见到艾草那质朴的身影，又闻到艾草那淡淡的清香。

小时候，过端午节，大人们总会在这一天起个大早。先是将屋里屋外打扫干净，然后径直出门，踏过露珠晶莹的青草地，从园子里割回一大捆鲜碧的艾草。挑选几枝长长的粗壮的艾草，郑重其事地插在草屋门前的屋檐上，顺便将剩下的艾草晾晒于院子里。于是，端午清凉的晨风里，便充满了一股新鲜艾草特有的香气。记得，插艾草，有时是父亲去做，有时由母亲完成。看上去，大人的神情动作，充满一种仪式感，认真而又恭敬。

艾草，村里人叫它艾、艾蒿。既没有妩媚妖娆的风姿，更没有艳丽夺目的花朵，小时候，总不解其意，觉得这并不起眼的艾草，怎会在这一天受到如此之高的礼遇。但无论如何，我还是非常喜欢，以为这沁人肺腑的艾草的气息，就是最醇正的端午气息。岁月流走，韶华不再，而这份独特的气息，却带着时光的味道，永远地潜入我生命的记忆里。

“日暖桑麻光似泼，风来蒿艾气如薰。”在初夏明丽的阳光里，乡间野地的艾草旺盛地生长，已经快长到半人高了。细碎的艾叶，毛茸茸地绿着、嫩着。微风拂过时，艾草便送来阵阵带着点清苦、微涩的特殊香味。

后来，翻阅《荆楚岁时记》时，看到这样一段记述古代楚地端午习俗的文字："五月五日，四民并踏百草，又有斗百草之戏，采艾以为人，悬门户上，以禳毒气。"进入夏季，气温升高，多雨潮湿，细菌繁殖快，人易染病。古人认为，借助艾草的气味，可以驱除瘴气，清洁空气。

其实，乡间习俗里，端午插艾草的仪式，更多地包含驱邪避疫、祈求安康的意味。

而晾晒过的艾草，母亲细心地将它收集起来，悬于屋梁。蚊虫乱飞的盛夏酷暑，艾草便派上了用场。黄昏时分，母亲偶尔会在屋角点燃一两枝干艾草。顿时，满屋弥漫着艾草浓重的烟雾和辛香的气味。等烟气散去，屋子里的蚊虫果然销声匿迹，空气也顿然变得干净、清爽起来。这一晚，大人孩子都可以踏踏实实睡个安稳觉了。

有许多次，我和弟弟们在外边玩耍，不小心被野蜂蜇伤，被毒虫叮咬，细嫩的皮肤上立即鼓起一个个大红疙瘩，又痛又痒。回到家里，母亲一边轻声责怪我们不小心，一边走到园子里去揪几片艾叶熬水，在患处反复涂抹擦洗。艾草果有奇效，过不多久，伤痛处真的就完全消肿止痒了。现在想来，那种凉丝丝的感觉，那份温柔的母爱，依然让我心里很舒服，很享受，也让我心神安宁。

而今，这种简单实用又不费银子的驱蚊止痛的土法子，早已不再使用。不仅年轻一代的人没有亲身体验过，于我，也已成为一种久远的记忆。在母亲眼里，那些如同仙草的植物，它的药物功效，已被诸如蚊香、电蚊片、杀虫剂、消毒液、风油精、花露水等各类化工产品所替代。

端午节，小孩子戴香荷包、穿虎头鞋、缠五彩丝、喝雄黄酒等诸多习俗，日渐淡化，甚至绝迹。然而庆幸的是，无论乡下还是城里，端午插艾作为传统民俗一直传承下来（每年端午节前夕，城里的大小菜市一定有售）。我想，这既是人类对自然田园的亲近，也包含着一份守望岁月静好的朴素愿望，相信草木有心、万物皆灵，它可以帮助身边的人祛病消灾，保佑平安健康。

年年端午，今又端午。艾草的香，一直延续在我们传统的节日里；艾草的香，一直氤氲在我们民族的记忆里。

——原载《蚌埠广播电视报》

年年此时燕归来

“燕燕于飞，差池其羽。”

燕子，人类的挚友，大自然的精灵。它那轻盈可爱的身姿，两千多年前的《诗经》里可以见到，历代文人的诗词歌赋中更是层出不穷。

燕子，季节的信使，春天的符号，大自然的语言。开春不久，天刚回暖，它们都要从遥远的南方飞回，飞越千山万水，飞抵我的皖中家乡，飞入无数寻常百姓家。

燕子归来，一路迅疾而飞，一路呢呢喃喃。燕子掠过田野，掠过池塘，剪刀似的尾翼，裁出万紫千红的无边春色。燕子飞来，飞进农家的竹篱小院，栖歇在一根长长的晾衣绳上，婉转清丽的燕语，带给人们几多生活的乐趣。

融融春光里，燕子忙着啄泥衔草，或翻修旧巢，或垒筑新窝。一番忙碌之后，便准备在那里生儿育女了。燕子飞来的时候，预示着春到人间，农家的春耕春种就要开始了。

“翩翩新来燕，双双入我庐。”燕子，是与我们人类最为亲近的一种鸟类，一向被视为吉祥鸟，大人孩子不但不会去伤害它们，还敞开大门，任燕子在家中自由进出。燕子成双成对，大大方方地在村子里穿梭逡巡，把燕巢筑在家家户户的屋梁间。为了给雏燕喂食，勤劳的燕子每天无数次地飞进飞出。人和燕子生活在同一屋檐下，和谐相处，其情也依依，其乐也融融。

现代著名作家朱自清在他的散文名篇《匆匆》一文里这样写道："燕子去了，有再来的时候；杨柳枯了，有再青的时候；桃花谢了，有再开的时候。"孩子们会用他们甜甜的童声欢快地唱道："小燕子，穿花衣，年年春天来这里……"春到人间，莺争暖树，燕啄春泥，年年如是。这亘古不变的物候现象，谁也不曾有过半点怀疑。

可是，我发现，近些年来在我的家乡，燕子那伶俐可爱的身影却越来越少了，燕子那天籁般的鸣声也越来越稀疏了。难道燕子已经迷失回家的路？还是燕子另觅新径，真的不再思念自己的故园和旧巢？

大规模的城镇化建设和老旧村庄改造，那些砖木结构的老房子几乎全被拆掉，一律变成钢筋水泥、密封严实的平房和楼房，燕子已经很难找到适合做窝的地方了。加之各类污染的不断增加，生态环境的持续恶化，特别是除草剂、杀虫剂毒死杂草、杀灭飞虫的同时，也殃及无辜，使得燕子的觅食成了一大问题。对于生态环境变化一向敏感的燕子，生存空间受到了严重挤压。

去年春天，媒体上一则看似很普通的新闻，却引来无数人在网上长时间地围观和议论。在河南省新郑市龙湖镇一处在建的楼盘工地，足球场大的一块地方，一夜之间，聚集成千上万只崖沙燕，叽叽喳喳地叫个不停。它们在新开挖的地基坑断面上打洞，筑巢安家，孵卵育雏。施工方为了不伤害燕子，只得暂缓施工，让这群燕子安全地度过繁育期，直至七月下旬，雏燕长大离去。

原来，这处建筑工地，曾经是成片的老旧居民区，家家户户都有燕子窝。后来村子拆迁了，老房子推平了，燕子没了去处，只得临时在这里打洞安家。虽然这家施工企业因此遭受很大的经济损失，但企业爱心护鸟的善举，赢得社会的普遍敬意。环保组织、公益人士盛赞新郑市，是一座"好有爱的城市"。这个工地也因此被网友赞为"爱心工地"。

我可以这么理解：停工护鸟不过是权宜之计，众多的人为一群崖沙燕命运担忧的同时，实际上也是在为人类自身日渐恶化的生存现状深深忧虑啊！

春燕裁柳，绕梁携喜。多么清新明媚、生动和谐的一幅《春景图》呀！试想，若是视野里真的没了燕子优雅的身影，蓝天该有多么寂寥；若是耳畔真的没了燕子婉转的啼鸣，春天该有多么单调！

“燕子声声里，相思又一年。”但愿，人们在用心营造自己温馨的家园时，不要忘了给可爱的燕子留下一只温暖的窝巢；但愿，吉祥的燕子年年春天都会按时归来，带给人一份欣喜，而不希望它仅仅只停留在我们的童年记忆里。

——原载2014年4月9日《合肥晚报》“杏花村”副刊、2018年第2期《未来》，获中央人民广播电台“记忆乡愁”征文优秀奖

乡村布谷声

“绿遍山原白满川，子规声里雨如烟。乡村四月闲人少，才了蚕桑又插田。”又到一年插秧季，家家户户栽秧忙。

布谷声里，村南村北，广袤大野，劳作的农人渐渐多了起来。男人们拖犁扛耙，放水整田。接着，来来回回地挑秧把、抛秧把。女人们则从早到晚赤脚站在冰冷的泥水里，把青秧一棵棵地栽插下去，给大地换一身崭新的绿衣。

刚翻犁耘好的秧田，一汪薄水，平展如镜。漠漠水田，在初夏阳光的反照下，明晃晃地照眼。插秧，可算是一桩辛苦活，双脚整天浸泡在泥浆里，弓腰屈背，边插边退，手脚忙个不停。直到一畦秧栽到田头，才肯仰起脖子，直一下腰身，顺便喘口气。即便是那种“轻烟漠漠雨冥冥”的雨天，栽秧的农活，依然如常。

“手把青秧插满田，低头便见水中天。心地清净方为道，退步原来是向前。”唐朝时，一位人称“布袋和尚”的很有名的高僧，留下这首朗朗上口且极有韵味、充满禅意的《插秧歌》的诗。诗中所描绘的劳动场景，正是乡间插秧的农事。手把青秧，边栽边退，看似浅白平易的诗句，却言浅寓深，意蕴丰富，揭示出“退步向前”的人生哲理。

故乡瓦埠湖畔，气候温润，土地平旷，河渠纵横，水美物丰。因为水利条件优越，夏秋作物，基本以水稻种植为主。小时候，每到布谷鸣唱、蛙声四起的插秧季节，总能看见村妇们高高地挽起裤腿，一溜排站在亮汪汪的水田里栽秧的场景。让人觉得，这栽秧的农活很有趣，也很好玩。她们个个都是栽秧的好手，分秧、插秧，手脚配合协调，动作飞快娴熟，韵律节奏感极强。耳边，满是指尖入水时发出的哗啦哗啦好听的声响。刚栽下去的一撮撮秧苗，匀称整齐，横平竖直，就像在大地这张干净洁白的稿纸上，写下绿色崭新的诗行。

回想起来，我仍然能强烈地感受到，村妇们手把青秧的那份劳作之美。那动作，那步态，那神情，比起现在城市大妈们广场舞的舞姿，绝对要舒展得多，也好看得多。

农忙时，乡村学校都会放几天忙假。我们小学生就得停课回家来，放下书包，跟大人一道干农活。因而，我也就有了许多次下田栽秧的经历。

大人们虽然口授心传，一遍遍给我讲要领、做示范，可我每次下田，两腿深陷泥里，总是手忙脚乱，跌跌绊绊，动作极其笨拙。只一会儿工夫，便弄得满脸汗水，一身泥浆，十二分狼狈。低头盯着白汪汪的水面看久了，还有那么点晕眩心慌，感觉整个脚下的大地都在眼前旋转。提及栽插的速度，更是不敢恭维，很快就被别人远远落在后头。人家几趟秧都栽完了，我却一趟还没到头。再抬头看看我栽的秧苗吧，要么入泥太深，要么栽得太浅，东倒西斜，疏密不匀，很不齐整。看上去，就像风中的一头乱发，又像小学生在练习簿上写下的一个个歪七扭八的汉字，自己瞧着都不太顺眼。那栽得不实的秧苗，很快就浮起来横躺在水面，还得让大人认真检视一遍，将漂在田里的秧苗捡起，一棵棵重新栽上。

姐姐嫂子们栽完一块秧田，风摆柳一样走在田埂上。她们突然停下脚步，像是有了什么新奇的发现，朝我栽的那片秧苗指指点点，一阵嬉笑。心直口快的二婶子，对着正低头栽秧的我母亲，半开玩笑地说："栽秧这活儿，真难为你家这熊儿子了，恐怕连秧苗和稗子（稗草）都分不清吧？一看就不是干活做田的料，也许将来就不是个吃庄稼饭的！"

二婶子说这话，并没有丁点的恶意，也不含那种嘲讽带刺的责怪口气，只是一句玩笑话而已。母亲只当着没听见，也不搭腔。而我听来，却满脸羞臊，耳根发烫，几乎无地自容。等于把我这大半天的劳动成果完全给否定了，哪里还有丝毫的成就感呀！

俗话说：大米好吃秧难栽。这个时候，我才切身体会到，劳作中的学问之大和农人们整个秧季起早贪黑在泥水里摸爬的无比辛劳。

漫长的秧季终于结束了。当最后一撮秧苗插进田里，栽秧的人，不分男女老少，一下子变得亢奋起来。大家嘻嘻哈哈，随手抓一把稀烂的泥巴，追着撵着朝别人身上撒。不一会，所有的人都分不清眉眼，一个个变成了可爱的“泥人”。在我的家乡，这种“泥秧门”祈丰收的古老习俗，不知从哪朝哪代传下来，一直流传至今。

漠漠的水田，缀满露珠的翠嫩秧苗，在微风中轻轻摇曳。再过些时日，田野里，秧苗长高了，长壮了，也更绿了，郁郁葱葱，无边无际。大地的色调，顿然变得清新、生动起来。这景象，自然会让人联想起“东风染尽三千顷，白鹭飞来无处停”的古诗意境。

——原载2018年5月4日《安徽日报》“黄山”副刊

吃桑葚的时节

前些日子，约一帮文友去乡下采风。在一户农家的园子里，不经意看到几株久违的老桑树，树上结满宝石般乌紫发亮的桑葚。同伴们虽然都是成年人，但也经不住诱惑，嘻嘻哈哈的劲儿仍不让顽皮少年，争着与桑葚来一个“甜蜜的吻”。我也踮起脚尖摘两颗，送进嘴里品咂起来。那酸甜的味道，不仅齿颊生津，竟然勾起我潜藏于心底的一份淡淡乡愁，瞬间找回已经褪了色的童年记忆。

桑葚，我们那时称它叫桑果儿、树果儿。现在回味起来，那酸酸甜甜的味道，其实就是我记忆中童年的味道呀！

上世纪七十年代初，那个生活较为艰难的年代，各类新鲜水果在我们乡下还比较稀罕，不是谁想吃就能吃到的。而成熟于初夏时节的这种小野果，竟成了乡间孩子最喜爱的舌尖上的美味。桑果儿强烈地刺激了我们的味蕾，暂时满足一下我们的口腹之欲。

记忆里，我们那个小村，家前屋后，绿树葱茏。密密的林子里，夹杂几株枝条弯弯的桑树。我家的后园里，就生长着一棵碗口粗的老桑树。村里五奶奶家养过少量的蚕，抽过亮晶晶的蚕丝儿。春天里，我和我的玩伴们自告奋勇，采摘那油光泛亮的嫩桑叶跑去喂蚕宝宝。听蚕食桑叶发出好听的“沙沙”声，我的心里充满了无限愉悦。

“黄鹂留鸣桑葚美，紫樱桃熟麦风凉。”进入夏季，新麦登场，老桑树的枝叶愈发翠碧。满树的桑果儿，由青渐红，由红变紫，在枝叶间招摇，吸引了一大群馋嘴的孩子。年龄大点的孩子，一个个麻溜地爬到树上，骑在树杈上，边摘边吃还边朝兜里装。一颗一颗吃仍然不过瘾，就干脆一把一把往嘴里塞。爬不了树的小孩子，仰脸望着树上，急得嗷嗷直叫，眼巴巴地等着别人施舍。桑果儿那种酸甜爽脆的感觉，不仅解馋，更让人回味无穷。特别是那熟透的紫桑果，光泽艳丽，晶莹剔透，格外诱人。殷红的汁液，竟把孩子们个个都染成乌嘴唇，像戏台上那个滑稽的小丑，让人忍俊不禁。

尖嘴雀儿们，也闻香而动，从四面八方聚集到这里凑热闹，纷纷飞到桑树枝上，专拣那颜色最红最紫熟透的桑果儿啄食。大约也就那么短暂的十天半月吧，人和鸟都享受了桑果带来的快意。直到树上的果儿被孩子和鸟雀寻得一颗不剩，这场盛宴才算结束。

那一年，秋收开始前，身为生产队长的大伯，为生产队里缺少几件急需的农具犯起愁来。当他闷闷地走过我家的园子时，无意中发现后园的那棵老桑树，突然眼睛一亮，愁眉舒展。他对着正在附近玩耍的我招招手，说："这棵桑树，还是和你伯伯（指我父亲）分家前我亲手栽的呢，能长到这样一棵碗口粗的树，起码要三二十年时间，现在它可有用途了。"接着他又说："桑树虽然长得慢，但树质细密、韧度好、有弹性，是制作扁担的好材质。"大伯用他长满老茧的粗糙大手拃了拃老桑树的树干后，用一副十分得意又不容置疑的口气说："哈，这树可以打制十条八条结实耐用的桑木扁担哩！看来就是它了！"

第二天一大早，大伯就把村里的木匠大爷给领来了。一番比划后，只听大伯一声令下，我家后园的那棵老桑树，就眼睁睁地看着给放倒了。虽然很不舍，很心痛，也想央求大伯改变主意，手下留情，但我终于没能说出一句话。我知道，大伯考虑的是全村人吃饭这样的大事情。况且，他的威严根本不容挑战。当听到锯子锯树发出的呼哧呼哧刺耳的声音，我的心，越发疼痛起来。大伯和木匠两人一前一后，把树扛到木匠铺去了。看着留在地上的白森森的树桩和散落满地的残枝败叶，想到从此会失掉许多摘桑叶、采桑果的乐趣，那一刻，我的眼泪都快要流下来了。

我渐渐长大了，告别老桑树底下懵懂的童年和青涩的少年。离开老家的那个小村庄后，就很少见到过那样高大粗壮的老桑树，也再没品尝过味道独特的甜桑果的滋味了。以后再回到乡下老家，发现当年那些粗大奇崛的老树大多被砍伐掉，桑、柳、椿、榆、槐、楝这样的乡土树种越显稀少。特别是近年来农村城镇化进程的加快，许多家庭人去屋空，一些古老的村庄正逐渐消失。村庄周围的树木品种，也被一排排新栽植的意杨、青桐、香樟、桂花等速生林和风景树所取代。

“乡禽何事亦来此，今我生心忆桑梓。”感喟汉语词汇何其丰富，表情达意又何其生动含蓄！比如，中国古代文人就常常爱用“桑梓”一词来指代家园、故土，用“桑陌”一词指代大地、乡野。多么形象、亲切而又充满敬意的称谓呵！

又到吃桑葚的时节。是的，无需他物，仅这一颗小小的桑果儿，便可寄托我浓浓的乡思了！

——原载 2016 年第 4 期《未来》

爬满青草的童年

喜爱一切绿色生命，尤其喜爱家乡江淮分水岭上遍地而生的野花野草。

青青野草，从我的一双光脚丫间顽皮地拱出来。柔韧的蔓，顺着我的脚踝爬呀爬，爬满我整个漫长的童年岁月，覆盖我生命的春秋四季。

乡间长大的孩子，从小就在泥土里滚爬，从小就结识许许多多的野草野花。一朵素淡细碎的野花，我能感受到它吐露的芬芳气息；一簇无姓无名的小草，我能感知它蓬勃旺盛的生之力。草木有灵，它们就像我儿时那些相貌不同、性格迥异、活泼好动的玩伴。

飞蓬、小蓟、艾草、苦苣、荠菜、野苋、白茅、红蓼、荸荠、芦苇、茵陈、青蒿、枸杞、蛇莓、巴根草、马兰头、紫云英、车前草、半枝莲、益母草、碎米莎、婆婆纳、看麦娘、野豌豆、野燕麦、四叶草、灰灰菜、拉拉藤、酢浆草、苍耳子、苘麻子、灯笼草、野薄荷、野蔷薇、乌蔹莓、马齿苋、鸡冠花、鸭舌草、鹅肠菜、牛毛草、牛筋草、猪牙菜、鱼腥草、蛤蟆皮、黄花地丁、狗尾巴草、打碗碗花……这是一个多么杂芜、多么庞大、多么兴旺的野草家族呵！这些亲切熟稔的名字，这些充满乡土气息的名字，这些曾无数次温暖我心灵的名字，一直在我记忆的深处蓬勃葳蕤地生长，从没有枯槁，也不曾老去。

多年以后，当我回望故乡时，我还差不多能够一一记起它们的绿色身影和鲜嫩脸庞。而此刻，当我坐于电脑前，打开文档哒哒哒敲击键盘、眼前出现长长一串野草野花的名姓时，我仿佛看见，它们正一个个站在故乡的田野上，向我招摇着纤纤小手，和我挤眉弄眼呢。幽幽草香，亦仿佛随风弥散而来。于是，浮躁的心绪渐渐平复下来。

“孤村芳草远，斜日杏花飞。”这些曾经生长在《诗经》里的植物，一直在我的村庄四周郁郁勃勃地生长，疯狂肆意地蔓延，自由自在地开花结穗，为大地织就一件柔软漂亮的锦衣。悠悠经年，青草从来没有背弃故乡的阡陌田野，也从来没有改变过自己的青春容颜，依然鲜妍如初，美好如初。

这些野草野花，安静闲适地生长在田野一隅，无数次地让虫蛇攀爬过，让蜂蝶光顾过，让鸡狗践踏过，让牛羊啃噬过，也让我柔和的目光一次次在它们身上停留过。

乡村野地，碧草连天，鸟飞虫吟，永远是乡下孩子不离不弃的生命乐园。村童三五成群，不分丫头小子，成天在田野里东游西荡，消磨无尽的时光。渐渐地，我记住了眼前这些野草野花的名字，并且知道哪些草是能够当菜吃的，哪些草是喂猪的好饲料，哪些草是牛羊最喜爱的，又有哪些草是可以作中药材为人祛病疗疾的。

挖野菜，打猪草，放牛放羊……这些，对乡下孩子来说，一半是劳作，一半是玩耍。当竹篮里盛满肥胖的野菜，当柳筐里装满鲜嫩的青草，当吃饱的牛羊安静地卧在温软的草地上，大戏才刚刚开始呢。捉蚱蜢，抓蝴蝶，扑蜻蜓，挖荸荠，摘浆果，提茅缨，找鸟窝，甚至刚刚从泥土里拔出的嫩生生、甜滋滋的白茅根放在嘴里也嚼得津津有味……在旷阔无垠的野地里，在深深浅浅的草丛中，孩子们总会有一次次新奇的发现，总能寻找到一份属于自己的乐趣。

一群野蜜蜂，在繁密的花间草丛振翅而飞，发出嘤嘤嗡嗡的闹嚷声。孩子们怕被蜂蜇，一般不去招惹它们。而一只伏在草尖上色彩斑斓的花大姐（七星瓢虫），便立刻勾住一双双童稚的目光。随手扯一根细草棍子逗弄它，不停地对它围追堵截。当把它逼得落荒而逃时，我们显得异常开心。

我们最喜欢玩的游戏是，鼓腮运气，使劲地吹，把捏在手里的蒲公英那毛茸茸亮晶晶的羽状种子吹散开去，吹向空中，比赛看谁吹得更高、飞得更远。我们还经常半躺半卧在田埂上，认真而专注地玩一把类似占卜算卦的斗草游戏。这种游戏的玩法是，各自掐一棵三棱草在手里，小心翼翼地撕扯草茎，根据草被撕扯出的不同形状，预测将来生男还是生女。更多的时候，孩子们在草地上互相追逐嬉闹，摔跤打滚，释放出身体里那些多余的力气。疯累了，疯够了，就那么顺势一倒，四仰八叉地躺下来，脑袋枕在一蓬松软的荒草上，痴痴地遥望天上的飞鸟和云影。

相比之下，村里那些女孩子显得文静多了。干净的绣花鞋，轻盈地踏在弯弯曲曲的草埂上。她们时不时地采摘各自喜欢的一朵野花别在发卡间，或编成一枚环状的草戒指戴在纤细的手指上，满足一下少女爱美的天性。

现在，怀想起故乡那片生机盎然的绿色原野和那段早已逝去的快乐童年，我心灵的田园，立刻变得芳草萋萋了！

我发现，现代人一旦闯入钢筋水泥的灰色丛林，误入车水马龙的喧嚣城市，可能就再也无法调转回头，再也无法停留住来去匆匆的脚步。现代人的生存方式和竞争法则，就是永远让自己处于一种杂乱无序、身心交瘁的忙乱之中，似乎还有点乐此不疲。于是，在不知不觉中，疏离了乡村田园，疏离了清风泥土，疏离了田头地畔的野花野草，也疏离了那片用来放逐思想灵魂的精神牧场。

忽然，想到那些生活在城市高楼里的孩子，想到那些被娇宠着永远走不出父母视线的孩子。陪伴他们的，多是动画片、电子游戏，多是变形金刚、芭比娃娃、泰迪熊、电动小汽车、遥控机器人之类的一些毫无生趣的毛绒玩具和塑料玩具。有多少孩子，还能蹦蹦跳跳地走进广袤无垠的绿野仙踪，感受阳光、清风和泥土的爱抚；有多少孩子，还能在他们的童年生活中感性地获得植物知识，辨识花草之名，体味自然之趣；有多少孩子，还能从古诗文中真切领会“离离原上草，一岁一枯荣。野火烧不尽，春风吹又生”那么美好的意境么？我不知道，缺乏绿色滋养的孩子，长大后是否为自己的童年感到孤独、不幸和无奈！

我记住当代著名散文作家鲍尔吉·原野说过的一句话：“和树在一起、和草在一起，人也有了一些植物性。”我以为，具有这种品质的人，他的内心，一定是碧绿葱茏、干净透明的。

一段时间，我的案头摆放着皖籍散文作家许俊文的一本新书，书的名字叫《回到草中间》。那一篇篇散发着青草幽香的文字，读来质朴感人。

可是呵，不知道我们还能不能像许先生所祈望的那样，接受大自然的深情召唤——回到草中间！

——原载 2019 年第 4 期《作家天地》、2019 年第 10 期《安徽文学》

平野菜花春

春三月，皖中大地寒意消尽，阳气逐渐上升。

一夜暖雨，清亮如丝。晨起雨住，天放光明。走进田野，放眼四望，万物复苏，空气一片澄澈。

所有植物，像是在同一时刻，听到季节吹响的集结号，倏忽之间，揭竿而起，发生一场规模空前、不可遏止的大暴动。

这一刻，春草萌芽，春花烂漫。黄灿灿的迎春花、紫葳葳的蚕豆花、红色的紫云英、雪白的荠菜花，在村边、在田头、在溪畔竞相开放。

而在我的故乡江淮分水岭上，最为盛大、最为壮观的花事，莫过于原野之上那千顷万亩、连天接云的油菜花了！油菜花，一直追逐春天的脚步，在她刚刚抵达我故乡原野时，便轰然绽放，呈现出一眼望不到尽头的绚丽花海。

油菜花开满地金。在我偏远的故乡、在这片荒凉贫瘠的土地上，无论村南村北，无论岭上岭下，也无论河岸湖滩，油菜花说开就开了。油菜花，总是拿出十二分热情，倾吐对这片土地无比的挚爱。油菜花开得肆意，开得喧闹，开得流光溢彩，开得美轮美奂。

遍野的油菜花，在和煦的春风里兴奋地交头接耳，她们用那娇嫩欲滴的嗓音，互相传递着春的讯息。花蝴蝶舞动着一双彩色的翅膀，在一簇簇花枝上迟迟疑疑地飞来飞去，炫目的金黄，让它们几乎迷失了回家的路途。不辞辛劳的蜜蜂，更像一个个虔诚的信徒，突然之间看见天堂的模样，它们在追花夺蜜时发出的嗡嗡不息的轰鸣，差不多成了旷野里最大的噪音。

“沃田桑景晚，平野菜花春。”油菜花，乡土的花；油菜花，平民的花；油菜花，温情的花。这时节，油菜花的黄，似一场突如其来的滔滔洪流，四下里漫漶，让整个田野都漂浮起来，荡漾起来，活跃起来。这时节，油菜花的黄，盖过了村头的柳绿桃红，掩没了地畔的闲花野草，差不多成了这早春季节皖中大地唯一的色调。油菜花，用她梦幻般的明黄，妆点我故乡的一寸寸阡陌。油菜花，用她暖烘烘的花语，打开乡村人密闭已久的心房。

春赏菜花，从小到大，都是我在这个季节里不可错失的一堂必修课。面朝汹涌澎湃的无边花海，震撼之余，只管去尽情享受这片难得的春光。黄嘟嘟的花粉，混着明晃晃的春阳，沾满我的衣襟和目光。黏稠的花香，饱含着甜丝丝的蜜汁，在我的血脉里恣意流淌。

为什么，一向素朴无华的乡村大地，竟一反常态，披一身美丽的锦衣绣袍，陡然陌生得让我差点儿认不出来？

为什么，一夜之间，故乡的田园变得这般铺张、这般奢华、这般美艳、这般富丽堂皇？

“凌寒冒雪几经霜，一沐春风万顷黄。”油菜花开遍大野，这多么像是迎接春天的一个仪式、一场盛典啊！而此时的我，或游弋于开满菜花的田垄，或独坐于香霾漫天的田头，怎么也抑制不住心中的一股股冲动，一阵阵狂喜，一心一意地想为她吟诗，为她放歌。

我是多么痴恋皖中故乡油菜花盛开的季节啊！

——原载 2014 年 3 月 21 日《合肥广播电视报》“闲趣 · 湖畔”副刊

风筝飞满天

淅淅沥沥的冷雨，终于消停了。走失多日的太阳，总算露出一张难得的笑脸。在人们的切切期盼中，杨柳吐绿，草地泛青，春天又回到人间！

这个周末的午后，和煦的春光召唤我走出家门。走过公园附近的一条马路，看见公园内散步休闲的人，比平日明显多了。一群刚刚脱去冬装的孩子，轻松快活地奔来跑去。广场上，聚拢了一帮放风筝的少年，他们把快乐满满地写在脸上。我停下脚步，驻足翘望。看见那些五彩斑斓的风筝御风而飞，我的心，也随之摇曳起来。此时此刻，真的特别渴望走到孩子们中间，和他们一起玩耍，过一把放风筝的瘾，找回那份久违的童趣。

“江北江南纸鹞齐，线长线短回高低。”初春时节的江淮大地，春风刮得勤，刮得匀溜，不疾不徐的，最适宜野外放风筝。犹记儿时，每逢风和日丽的春天，村里一群半大孩子，都要结伴到田野里去放风筝。那年月，乡下孩子都是自己动手去做风筝。各自准备好竹篾、彩纸、麻线、浆糊、画笔，全凭自个心里的想法，设计出五角、六角等造型各异的风筝来。

堂哥保顺玩心儿大，在一群孩子中间最有号召力，是村里的孩子王。他无师自通，能别出心裁地扎出一只只漂亮的蝴蝶风筝、燕子风筝、老鹰风筝、蜈蚣风筝，还会捣鼓带哨子能发出声响的风筝。所以每次在扎制风筝的时候，我们免不了大献殷勤，虚心讨教，寻求他的“技术援助”。保顺哥性格随和，总是有求必应。

放风筝的季节，全村孩子几乎倾巢而动，人人参与，尽情地释放旺盛的精力。热闹归热闹，大家也都暗暗较劲，互相比赛放风筝，既看谁的风筝造型美观，又比试谁放飞得最高。

扎风筝，是个精细讲究的活儿。扎得好的风筝，很容易就能飞起来，飞得平平稳稳，飞得很高很远。特别是保顺哥那只巨大的蜈蚣风筝，在天上摇头摆尾，神气活现，而且在晴空里发出“嘤嘤嗡嗡”十分悦耳的颤音，让人羡慕不已。而那些做工蹩脚的风筝，要么身子发沉，要么头重脚轻，根本飞不上去。即使勉强起飞，也会在半空中忽上忽下不停地翻跟头，难以保持平衡。若是一次次放飞失败，不仅自己急得哭鼻子跺脚，还会招来别人阵阵嬉笑。有许多次，我手里的风筝刚刚离开地面，眼看就要放飞成功，但转瞬间，就不听使唤地完全失控，迅速下坠。在一阵惊呼声中，风筝重重摔在地上，立刻骨断筋散。一只不争气的风筝，还没等到它飞上天，就完全报销了！

记得那年，正是乍暖还寒的早春时节，保顺哥突然害一场痁疾。那些天，一向信马由缰到处疯玩野跑的他，突然间像变个人似的，很少出门，更没有心思去张罗大家扎风筝、放风筝了。

瞅着保顺哥病恹恹的样子，我们这群跟班，也都无精打采，没了放风筝的兴致，也没人再提放风筝的事。好在春天过去，他的病也渐渐好起来，大家才算松了一口气。

“草长莺飞二月天，拂堤杨柳醉春烟。儿童散学归来早，忙趁东风放纸鸢。”脍炙人口的古诗，渲染出一幅春和景明的天然画图，展现出生机无限的乡土田园之美，村童们那活泼天性和自由心灵更跃然纸上。像一只风筝那样，勇敢地追风逐梦，飞向那片神秘而辽远的天空，这是每个少年心中不变的渴望。风筝飞上天，孩子们的心，也跟着呼啦啦飞扬起来！

春天的田野上，到处都是孩子们牵着风筝纵身飞奔的欢快身影。一只只风筝，借着风力，飘飘忽忽地飞升起来。风筝越飞越高，越飞越远，牵在手中的那根细线，也越扯越长。一只只展翅高飞的风筝，载着快乐，驮着憧憬，带给我们梦的希冀！

天上的风筝，渐渐多起来。孩子们的兴奋劲依然不减，三三两两聚成一堆，在一片青草茂密的田野上，或坐或躺，或滚或爬。一个个仰着脑袋，看满天风筝自由翱翔，看缕缕白云悠然飘飞。那时，我们这些小小少年，沉浸在放飞心灵的喜悦里，心中充满无尽的玄想。

又是一年春好处，又到放风筝的时节。

——原载 2019 年 3 月 17 日《合肥晚报》“文苑”副刊

老家那口西大井

美不美，家乡水。离开老家多年，一直忘不了村边那口西大井。

那口井，深达数丈，青砖箍圈。湿漉漉的井壁上，长满暗绿色的青苔。几块光溜溜的青石板，不规则地嵌于井口四周。井沿的石壁上，布满井绳留下的一道道深深勒痕，见证了岁月的恒久绵长。

多年以前，西大井的井水，一直为两个村庄几百口人所共用。因为位于我们村子西头的一处高台上，我们便叫它“西大井”。我不知道，另一个村庄的人怎么称呼它，应该叫“南大井”吧，因为它处在那个村子的正南面。

记忆里，这西大井很是神奇，井里的水一直很旺，水位永远保持固定不变的高度。即使遭遇极干旱少雨的年份，土地龟裂，塘坝见底，也从来没见西大井干涸过。不仅满足两村的人畜饮水，连周围其他村子的人，也大老远跑来西大井挑水。村民猜测说，当初先人在此选址打井，一定是看准了风水，把准了地脉，不偏不倚地打在一处泉眼上。

尤其是西大井的水质，清冽、透亮、甘甜、无异味，多喝几口也不觉肚胀。西大井井水煮稀饭，水滚豆烂，香味扑鼻，连那一撮碱粉都给省了。

那时，乡下的孩子太不讲究，一年四季很少愿意喝开水。渴了，就舀一瓢凉水，直接灌个水饱。炎炎夏日，酷热难耐。大花狗伸着舌头懒懒地趴在阴凉处喘气，知了伏在树梢上拖长声调一刻不停地喊热。这时的西大井，仿佛成了孩子们的救星，每天数趟往井边跑。井水打上来，一个个仰着脖子咕咚咕咚一阵豪饮，水顺嘴丫子流，喝得满嘴冒凉气。身上的热气，顺着全身汗毛孔呼呼往外排。感觉那个“爽”啊，比现在来一瓶冰镇矿泉水还消暑解渴。

小孩子们实在顽皮，喝饱了凉哇哇、甜滋滋的“井拔凉”，立刻来了精神。一个个趴在井沿边，对着幽暗的井口一通乱喊，随后就听见从深邃的井底传回自己嗡嗡的声音。这种回声原理，让我们感觉特别开心好玩。直到有挑水的大人过来，一声呵斥，我们才猛地一惊，飞也似的逃开了。

天气越热，西大井的水就越凉。最难忘的，是夏天的夜晚，全家人聚在院里乘凉，把一颗硕大浑圆的西瓜整个浸入刚刚打上来的井水里，“冰”上一会，吃起来格外爽甜，暑热顿消。天寒地冻的时节，池塘里结了一层冰，塘水凉得“咬手”，而西大井的井口上，却冒着丝丝热气。刚打上来的井水，温乎乎的，洗衣洗菜并不觉得冻手。

每天早晨和傍晚，西大井前就像聚会一样，汇集了许多前来挑水的村民。人们一边有秩序地等着打水，一边说说笑笑，热闹非凡。男人们谈论着天气、庄稼和牲畜，女人们则说着家里家外的事，似乎总有扯不完的话题。

我是家中的长子，很小的时候，就看到父母的辛劳，也知道替父母分担些家务。“穷锅门子富水缸。”这是母亲经常挂在嘴边的一句话，也是教给我们生活方面的常识，那意思是说：锅门前不要存放过多的柴火，防止引燃火灾，家里的水缸永远都要满的，万一遇到火情，那一大缸水就有救急作用。十一二岁的我，身单力薄，个头比木桶高不了多少，就接过父亲挑水的扁担。每天来回数趟，坚持挑满两大缸水。开始只能挑起半桶水，一步三晃走不稳，像扭秧歌似的。一路上泼泼洒洒，挑回家剩下不到小半桶水。从挑半桶水开始，再到挑起满桶水，挑着挑着，我的个子蹿高了，力气长足了，走起路来，脚下生风。一根挑水扁担，磨炼了我一双稚嫩的肩膀。

“日出而作，日入而息。凿井而饮，耕田而食。”这是几千年来农耕社会一成不变的生活秩序。水井，和农家的日子息息相关，有村庄的地方就有水井，有人居住的地方就需要有井水的滋养。一个人，离开家乡在外讨生计，叫作“背井离乡”。思乡的梦里，经常会出现那口古老的乡井。

吾乡吾土，古韵悠悠，民风淳朴。敦厚善良的村民，最懂得感恩，对西大井怀有深深的敬畏，相信井有井神。牲口家畜之类，绝不允许靠近水井。污秽之物，更不能随便丢入井内。大年初一，村民担着水桶打水前，先在井台上虔诚地烧一炷香，放一串鞭炮，感谢井神无私的赐予，然后才缓缓放下长长的井绳，打新年的第一桶水。

很长一段时间，我喝不惯城里的自来水，觉得那水龙头流出的水，漂白粉的味儿特别重、特别涩，实在没法和老家西大井纯净甘美的井水相提并论。

许多年后，村子家家户户的院里打了小压水井，村民就懒得去西大井挑水了。再后来，村里也像城里一样通上自来水，西大井就基本废弃不用了。井口前的喧闹声听不见了，井沿边长满萋萋的荒草。

忘不了滋润过我生命的西大井，也为西大井最后的命运感到一丝惋惜！

——原载 2017 年 2 月 12 日《合肥晚报》“文苑”副刊

吃螺蛳

下班路上，经过街角的一爿熟食店，发现店门口比平日多了个煮螺蛳的摊儿。鼓堆堆的一大铜盆螺蛳，袅袅冒着热气，下面放一只给螺蛳加温的铁皮炉子。螺蛳的鲜香，弥散在空气中，让我差点没忍住满嘴的涎水。这螺蛳诱人的香味，正是我久违的童年味道啊！

我的家乡紧紧依傍大湖，是有名的水乡。村子周围，池塘星罗棋布，沟渠纵横交错。孩提时代，春夏之际，村里一群小伙伴不分男女，经常相约去水边逮鱼、捉虾、掏螃蟹、摸螺蛳。骄阳似火的夏日中午，不知谁家孩子尖细的嗓门一声吆喝："俺们摸螺蛳去吧！"村里的其他孩子应者云集，各自带着鱼篓、竹篮、脸盆、小木桶溜出家门，结伴出发了。这群孩子中，差不多每次都少不了我的身影。

平静的池塘，潺潺的浅溪，都是螺蛳栖身的地方。那时的池塘，水质纯净，水族兴旺。天气晴朗的日子，塘面波平如镜，水映天色。清浅的水塘边，一丛丛嫩绿芦苇、菖蒲，在微风中轻轻摇曳。一簇簇碧翠的菱秧、浮萍，在水面上随波荡漾。身姿美丽的红蜻蜓，贴着水皮儿穿梭逡巡。银鳞闪闪的鱼虾，在清澈透明的水中自在游弋。充满野趣的水塘，实在是孩子们好玩的去处。现在想来，那时孩子们之所以喜欢摸螺蛳，不仅仅是为了享口福，更多的，还是水塘的诱惑，满足一下玩水亲水的欲望，是孩子贪玩好动的天性使然。

水中的游鱼，听见风吹草动，立刻向深水处逃窜，倏忽不见，没有捕鱼网具和敏捷身手，一般很难捉到。与鱼虾这些精灵鬼相比，螺蛳真是水世界里的呆子，永远都是慢慢腾腾的，一副随遇而安的样子。圆乎乎的螺蛳，身背一只巨大而坚硬的螺壳，静静地贴着水底的淤泥缓缓而行，或吸附在塘边水草的茎叶上，让你几乎觉察不出它还是个会动的活物。

水塘里摸螺蛳，根本用不着带网具，只需将两只手伸进水底，贴着稀软的塘泥一阵摸索。螺蛳繁殖快，数量多，不时能听到有人大喊大叫："咦——我摸到了一只大的！"接着，叮当一声落入盆中。不大工夫，就收获了大大小小的一盆螺蛳。

年岁稍稍大一些，就不屑于去池塘里摸螺蛳了，觉得这种行为太小儿科，不如逮鱼摸虾来得刺激。摸螺蛳，应该是姑娘家和一帮蒙昧的小小孩干的事。

带回家来的螺蛳，还得放在清水缸中养着，让它们把肚肠里的污泥脏物一点点吐干净。三两日后，再将螺蛳捞上来，掀开那层薄薄的小圆盖儿，从螺壳里挑出一团肥嘟嘟的螺蛳肉。

"清明螺，赛肥鹅。"春天的螺蛳，最肥最嫩，营养也最好。大人们说，清明节吃螺蛳，可以明眼亮目。螺蛳加上葱姜辣椒，最好是放几片薄汪汪的腊肉，在滚热的油锅里旺火爆炒，醇厚浓郁的香味，一定能馋死人。我比较过不同季节的螺蛳，的确如此，错过这个季节，螺蛳的营养和味道明显差了许多。

俗话说得好：泥鳅也是鱼，螺蛳也是肉。在那生活艰难的年代，吃上一顿肉都是奢望。而正是这很不起眼的螺蛳，一次次激活舌尖上的味蕾，让我们痛痛快快地解了馋。因为螺蛳容易获得，许多时候，我们还把摸来的螺蛳拿去喂自家的鸭子。一群大麻鸭伸长脖子，快活地吞下一个又一个螺蛳，下起蛋来又多又大。

我发现，今天的城里人，也普遍爱吃螺蛳，而且根本不分季节时令。我生活的这座皖中小城里，特别时兴一种有趣的吃法，是将带壳的螺蛳淘洗干净，一只只剪掉螺尾，加上干椒、姜片、桂皮、八角、花椒、料酒、生抽、味精等，先放油锅里大火煸炒，再加水煮熟后，便可出锅。

夜宵摊上，经常看到一帮食客，面前摆放一大盘螺蛳。一边喝着啤酒，一边用竹签挑着螺蛳吃，或直接放在唇边舌尖用力吮吸，一副很享受的神态。"吱"的一声，螺壳内的肉连汤带汁嘬进嘴里。那种麻辣鲜香的味道，直让人大呼过瘾。吃完螺肉后，只剩下螺壳，在桌角堆成了一座小山。

——原载 2016 年 12 月 4 日《合肥晚报》"文苑"副刊

杂鱼锅的味道

前不久，一帮文友在县城一家土菜馆小聚。点菜时，服务员特地向我推荐该店的一道特色菜——瓦埠湖杂鱼锅。“你们绝对可以放心，都是地地道道的瓦埠湖野生鱼，新鲜得很呦!”我赞许地点点头，并且深有感触地对同伴们说：“这可是我小时候经常吃的一道家常菜，我已经很久没能享受到这样的杂鱼锅了!”

我生在长在远近闻名的鱼米之乡皖中瓦埠湖畔。傍水而居的村庄，紧紧依偎着一座方圆百里的大湖。家乡的土地上，沟塘遍布，水网交织，与水势浩大的湖面相通相连。水边长大的孩子，水性都出奇地好，身手也非常敏捷，捉鱼捞虾成了我们的拿手好戏。水多，鱼虾就多。三两个光屁股孩子结伴，拎个鱼篓顺着水沿蹓上半天，总会有不错的渔获，基本不会徒手而归。鲫鱼、鲹子、汪丫、鲶鱼、草虾、翘嘴红鲌、鲤鱼拐子、黑鱼秧子、泥鳅狗子……足足装下半篓子，虽然大多是那种长不盈尺并不起眼的茅草鱼。

一溜烟跑回家，带着一身的鱼腥和一脸的骄傲。母亲虽然嘴上埋怨小孩子只会给她添麻烦，但很快就把那一大堆活蹦乱跳的鱼开膛破肚，在清水里利利索索地收拾干净。下锅前，先将鱼身上糊一层稀面浆，再拿筷子夹入油花四溅的热锅里煎炸。待大虾小鱼煎到两面酥黄时，将锅里添几瓢水，加上细盐和葱花、蒜瓣、姜丝、辣椒等佐料，然后大火烹煮。多数时候，母亲还沿着锅边贴一圈面饼子，我们形象地称之为“老鳖溜河沿”。母亲在锅台前忙活，小孩子就蹲在灶底下帮着添柴烧火，拉风箱。

不大会儿，香喷喷的鱼鲜味便随着缭绕的热气，弥漫在周围的空气里。母亲说："鱼煮千滚，吃到肚里安稳，莫要可惜那一把柴火！"于是，耐着性子，继续添柴续火，使劲拉风箱，任旺旺的火苗把锅底舔得通红，任鱼虾在铁锅里沸腾不息。揭开锅盖时，母亲总不忘撮一把翠绿的嫩芫荽，撒在滚沸的鱼锅里。母亲用这种看似最简单的方式做出的"一锅鲜"，还没端上饭桌，就已经让我口水不止、欲罢不能了。

自从离开老家那个宁静的湖畔小村后，这样的杂鱼锅也难得一尝了。现在回味起那个鲜啊，以为是世间最好的美味！

如今，在灯红酒绿的城市里，那些有钱的阔人热衷于进出高档海鲜馆，一掷千金地消费。我虽不是营养学专家，但私下以为，鲍鱼、龙虾、鱼翅（没准都是些糊弄人的假货）也不过是个名气，成本低廉的淡水湖鲜的品质，或许不逊于价格不菲的山珍海味，甚至有过之无不及。况且，那些稀罕名贵的玩意儿，也不是我等平头老百姓所能消费得起的。

记不得哪位作家曾经这样说过："最美好的事情，爱情和食物，都出现在河里水边。"烟波浩瀚的瓦埠湖，是一片没有遭受过任何工业污染的原始水域，水质纯净。大湖及周边河塘沟渠里，野生野长的鱼虾，种类繁多，绿色生态，是大自然慷慨的馈赠，其肉质之鲜美、营养之丰富，绝不是水产品市场上常见的那精养速生"饲料鱼"所能比的。

"杂鱼锅——来喽——"菜端上桌，大家便争先恐后地伸出筷子。这家土菜馆的招牌菜杂鱼锅，也是由半大不小好几种野鱼混搭在一起的，所用食材，正是出自瓦埠湖。虽然，和记忆里母亲烹煮的鲜香四溢的杂鱼锅无法相提并论，但还是让我感受到故乡昔年的风味，也泛起我心潭的阵阵涟漪，勾起我心中悠长而美好的回味。

一段时间，一部大型纪录片《舌尖上的中国》在央视热播，地理人文和民间美食文化很自然地成了人们餐桌上的热门话题。我想，要是那个导演肯来我家乡拍镜头，让我推荐一道自己最喜爱也最平民化的家乡菜的话，那么，非瓦埠湖杂鱼锅莫属了！

——原载 2013 年 7 月 3 日《合肥晚报》"百姓笔记"副刊

钓黑鱼

黑鱼，肉质细嫩，味道鲜美，营养丰富，滋阴补虚，是鱼类中的上品。

经常钓鱼的人都知道，黑鱼是一种极凶悍狡猾的鱼，是水塘中绝对的霸主，喜欢潜游于水底，不像鲫鱼、草鱼、鳊花之类容易上钩，一般情况下很难钓到。但是，也有人摸透了它的习性，在那个特定时段，黑鱼一钓一个准。

黑鱼，学名乌鳢，也称乌鱼、鳢鱼，一种专吃鱼的鱼类，是水族中的“另类”。在我心目中，黑鱼也是一种灵异的生物。成年黑鱼，体型较大，皮肤黝黑，样子凶恶，行动诡秘，独来独往，就像游弋于水下的一艘黑色潜水艇。黑鱼力气大，胃口也大，水塘中的小鱼小虾见之，唯恐躲之不及。一旦被黑鱼盯上，肯定逃不过它锋利的牙齿，转眼就会成为它的腹中之物。所以，放养家鱼的鱼塘，黑鱼就会被养鱼人视作“害鱼”，必欲除之而后快。

每年春夏之交、小麦黄熟季节，正是黑鱼产卵繁育后代的时候。选择在这个季节钓黑鱼，往往十拿九稳，基本不会空手而归。

黑鱼的繁殖，有别于其它鱼类，对抚育自己的后代有着极强的责任心。从母黑鱼排出鱼籽孵出小鱼开始，黑鱼夫妻就格外精心地呵护它们的鱼宝宝了。小黑鱼游到哪里，老黑鱼就跟随到哪里。而钓鱼人，恰恰利用了黑鱼的这一特性，让它乖乖就范。这其中，似乎暗藏着某种玄机。

这个季节，钓鱼人总是来回不停地在水塘边转悠，专注的眼神，时时盯着平静的水面。很快，就发现了目标。一丛茂密的水草边缘，透过丝丝缕缕的阳光，隐约可见水中一处筛口大小缓缓蠕动的暗影。这团暗影，便是由无数蝌蚪样的小黑鱼组成的黑鱼窝。一对黑鱼夫妻，就安静地潜伏在鱼窝附近的水底，机敏地观察周围的动静。

钓鱼人采用一种特制的装备，小钩弃之不用，换上大号鱼钩，钓线换成更粗更结实的尼龙丝线，钓饵也由平时的一条红蚯蚓，改为临时捉来的小青蛙或田鸡。钓鱼时，饵料都不用撒一把，直接将钓钩伸向鱼窝边，来来回回不停地摆动。面对“不速之客”，那对黑鱼夫妻还真以为是个要伤害幼鱼的活物，立即警觉起来。等那“活物”渐渐靠近，黑鱼奋力从水下蹿出，扑啦啦冲向水面，张开大口，对着钓饵穷追猛咬，一副不赶走入侵者决不罢休的架势。

老黑鱼护子心切，用力过猛，结果中了钓鱼人的圈套，一口吞进藏在青蛙体内的钓钩。就这样，为了一群鱼宝宝免遭伤害，老黑鱼竟然搭上自己性命，成了别人的刀下俎。

最先上钩的，一般都是体型较大的公黑鱼。紧接着，母黑鱼执迷不悟地步了公黑鱼的后尘，也束手就擒。如果黑鱼夫妻一同被钓起，这一窝失去保护的黑鱼宝宝真的凶多吉少了，眨眼间成了蛙类和其它鱼类的一顿美餐。

儿时，我经常跟在村里那些大孩子屁股后边，在水塘边钓守窝的黑鱼。每次下钩，一定会有收获。看到黑鱼这么容易上当受骗，以为它真是禁不住美食的诱惑，而成为猎捕对象，还暗笑它的有勇而无谋，笑它的贪嘴和鲁莽。

直到有一天，无意中得知黑鱼以身护子的慈举后，对一向不招人待见的黑鱼，有了重新的认识。原来，性情凶猛的黑鱼，竟也有慈爱温情的一面。而当我再次看见黑鱼上钩的疯狂之举时，当初那种兴奋激动顿然消失，甚至还伴有一份强烈的罪过感。在我看来，这种钓鱼的招数太过阴险，这样人为制造骨肉分离的场面太过残忍，让人不忍目睹。

从此，再也没有钓过一次黑鱼。

——原载 2017 年 7 月 2 日《合肥晚报》“文苑”副刊

捉泥鳅

“大哥哥，好不好，咱们去捉泥鳅……”这首台湾校园歌曲《捉泥鳅》，每每听来，都有一种说不出的喜欢，总是情不自禁地跟着哼唱几句。那稚嫩甜美的童音和清新质朴的歌词，让我很自然地回想起童年在乡间捉泥鳅的情景，心头不禁为之一乐。

在我的印象里，凡是有水的地方，差不多就有泥鳅的身影。

记忆中，家乡的沟塘、小溪和水田里，泥鳅甚多。夏季里，一场暴雨过后，塘里的泥鳅随着漫溢的塘水四处逃窜。我们小孩子兴奋不已，赤着脚丫蹚着水，提着木桶，端着脸盆，满地里去抓泥鳅。不一会工夫，活蹦乱跳的泥鳅就抓了大半盆。泥鳅的生命力顽强，擅于钻泥。冬天，队里组织劳力清淤撂塘泥，一只只又大又肥正在冬眠的泥鳅，从肥厚的淤泥里拱出。孩子们守候在一旁，见一条捉一条。半天下来，也有一份不错的收获。

泥鳅虽然也是鱼，但却不像鲫鱼、鲤鱼、鲶鱼、鳝鱼之类那么惹眼，常常被人贱视。特别在我老家鱼虾丰盛的水乡，泥鳅简直不能和其他鱼类相提并论。捉泥鳅，图的是好玩。吃的时候，总嫌它不干净，有一股子土腥味。过去在乡下，虽然物资匮乏，生活艰难，但泥鳅根本上不了席面。乡下人的规矩，泥鳅是不可以拿来招待贵客的。

泥鳅，身形短促，黑不溜秋，遍体无鳞，又黏又滑，而且总爱藏身于又脏又臭的淤泥里，所以，并不怎么招人待见，甚至厌恶地称之为“泥鳅狗子”。

在乡下，那些刁钻滑头、做事不踏实的人，背地里，常被人很不屑地称为“滑泥鳅”。

那年春天，我们生产队分配来一位下放知青小刘，就暂住在队长家的两间空房里。他身材高挑，面庞白净，穿着整洁，一副文质彬彬的书生模样，见着谁都很有礼貌地打招呼。我们这些孩子都喊他刘哥，有事没事总喜欢往他那里跑，听他吹口琴、弹吉他、讲城里的那些新鲜事。偶尔，他还将城里带过来的水果糖、饼干、罐头等零食分给我们吃。一来二去，大家很快就厮混熟了。

那时，乡下的日子实在过得清苦得很。刘哥来自遥远的城市，出生在条件优裕的干部家庭，哪里受得了这繁重的体力劳动和少油缺盐的艰苦生活。村里人厚道，各方面都很照顾他。除了队里保证口粮，平日里这家给一把葱蒜，那家送几棵青菜。但一日三餐，肯定比他预想的要差得多。现在回想起来，为了改善一下伙食，刘哥真是费了很多心思。乡下人并不稀罕的泥鳅野鱼，他却如获至宝。为了捉泥鳅，他拿秃了毛的塑料牙刷和几根缝衣针制作了一只扎泥鳅的工具。有月亮的夜晚，吃罢晚饭，刘哥打着手电筒，邀上我们几个半大孩子，去村外的田野里捉泥鳅。

亮汪汪的月色下，我们沿着沟塘边、秧田埂，蹑手蹑脚一路搜寻。在一束手电光的照射下，我看见一只只肥硕的泥鳅，正安静地伏在清浅的水底。刘哥手疾眼快，看准泥鳅，猛一用力，一扎一个准。等到一弯月亮快要落下去的时候，我们也满载而归了。第二天中午，我端着饭碗去刘哥那边串门，少不了吃上几条刚出锅的油滋滋的煎泥鳅。那鲜香诱人的味道，真的很解馋。此刻，我完全改变了对泥鳅的看法！

两年以后，刘哥招工回城了。临行前，他依依不舍，挨家挨户地上门道别。从此，我再也没有扎过一回泥鳅。

然而，不知从何时起，人们已经改变了对泥鳅的印象，不仅没有丝毫的嫌弃，反而把它的营养价值说得神乎其神，还毫不吝啬地送它个“水中小人参”的美誉。于是乎，泥鳅脱胎换骨似的，成了餐桌上的一道美食。一些高档饭店，还推出红烧泥鳅、泥鳅火锅、泥鳅挂面这样的招牌菜招徕顾客。还有一道特色菜——泥鳅钻豆腐，味道特别鲜美，大受食客追捧。

这些年，野生泥鳅渐渐成了水产市场的“新宠”，身价倍增，供不应求。

有人瞅准商机，还专门搞起泥鳅人工养殖，也冒充野生泥鳅，实实在在地赚了一把。这不，妻子从菜市场拎回一兜泥鳅，我俩仔细研究半天，也没法辨认到底是野生还是家养的。

真想找个空闲，回到老家的那片乡野里，快快乐乐地捉一回泥鳅，补一补童年时光落下的功课！

——原载2019年5月12日《合肥晚报》“文苑”副刊

故乡的冬捕

天寒地冻、滴水成冰的隆冬季节，央视新闻连续播出东北吉林查干湖冬捕的盛况，让人看得眼馋心跳。据说，查干湖冬捕，近年来已成为当地颇受欢迎的冬季特色旅游项目。媒体的推波助澜，让这种充满原始渔猎文化气息的生产活动，吸引了越来越多的外地游客。电视中，冰面捕鱼的画面，勾起我对往事的回忆，想起当年故乡冬捕的情景。

皖中瓦埠湖畔，地势低平，河塘密布，水美鱼肥，是远近闻名的鱼米之乡。童年的记忆里，每年进入寒冬腊月，旧历新年将至，村里肯定会组织一两次规模盛大的冬捕行动，在准备一份不可或缺的鲜鱼年货的同时，也寄寓一份“年年有鱼（余）”的美好愿望。

那时还是生产队，村庄周围的好几口水塘，都由生产队统一管理。平日，除保障全队几百亩稻田的灌溉用水，还对水塘加以有效利用——放养家鱼。岸柳依依，清水盈盈，碧荷接天，菱荇荡漾。夏天的水塘，是孩子们最乐意亲近的地方。我们结伴在塘中游泳、戏水，还经常把家里养的一群鸭子、白鹅散放在塘里。

回想那时，虽然生活艰辛，但民风淳朴。满塘的鱼虾，皆为生产队集体所有，极少有人去动歪心思，自然也很少有偷捕、滥捕的事情出现。

故乡人把冬捕叫“起鱼”。选择一至两口多年未干涸的大水塘，不用渔网捕鱼，而是采取一种最不讨巧的笨办法，直接将满塘的水完全排干，把塘里的鱼逮个一干二净。村人这样做，自有他们的道理——不光是竭泽而渔，随后还要对塘底进行一次彻底的清淤，对塘坝进行加固修整，以便让水塘蓄积更多的水量，发挥它更大的灌溉效益。而且，黝黑肥沃的塘泥，还可解决来年部分农业生产用肥，真可谓一举数得。

掘开塘口，让塘水顺着沟槽，哗哗流入下游低处的水塘中。当塘水无法自排的时候，大人们便支起几张老水车。那几天，从早到晚，村里所有的壮劳力轮番上阵，把剩余的半塘水一点一点抽排干净。呼隆隆的车水声，打破了乡村冬日原本的沉寂。

随着水位的下降、水面的缩减，人们对“起鱼”的兴致和关注度越来越高了。眼看快要暴露出塘底，“起鱼”也就正式开始了。

全村人几乎倾巢而动，冒着风寒，争相观看“起鱼”盛况。塘埂四周，围拢了越来越多看热闹的大人小孩。人人掩饰不住心中的兴奋，纷纷预测今年鱼头的稀稠和冬捕的产量，等待谜底揭开的那一刻。

瞧，终于有动静了。塘水越抽越少，那水中鱼儿受到惊吓，突然间感觉已身处困境危局。白花花的身影，不停地在浅水中扭动。这时，每个人的心情，也随之激动起来。

好几斤重的胖头鲢鱼，个个都是身手不凡的体操运动员，争先恐后地从水中一跃而起，摇头摆尾，来个漂亮的“空中大回旋”后，哗啦啦跌回水中。一群体型硕大的草鱼，露出褐色的鱼脊，东一头西一头箭一般地猛窜，一个劲地朝深水区钻，身后激起一道长长的水浪。狡猾至极的黑鱼，不动声色地往泥里拱，试图用厚厚的污泥把身体藏匿起来。鱼们哪甘心就这么束手就擒！

水车声终于歇下来了。这时，好几个青壮年劳力，凭着身板好火力大，早已把彻骨的严寒抛于身后。只见他们甩掉棉袄，脱掉鞋袜，高高挽起裤腿，自告奋勇地跳下泥塘，蹚着带冰碴的泥水，或徒手，或抄着铁锨，一条接一条把鱼往岸上抛。村里那些最顽皮的半大小子，也跃跃欲试，不顾大人的阻拦，赤脚跳入泥淖，加入捉鱼的行列。拢着袖口站在一旁看热闹的白胡子五爹，笑着怂恿说：“就甭管他们啦，冻不坏的，这鱼头上有火哩！”那冬捕的热烈气氛，仿佛把冬天的寒意完全驱散了。

每抛上来一条大鱼，伴随着孩子的大呼小叫，总会引发围观者的一阵骚动。

孩子们争抢着，把落在脚边的鱼抱起来，放入早已准备好的柳条筐中。很快，一溜摆开的十几只大筐，盛满了活蹦乱跳的鲜鱼。鲢鱼、草鱼、鲤鱼、鲶鱼、黑鱼、鲫鱼、白丝、汪丫，各类鱼等，应有尽有。

一塘鱼全给捕上来了，估摸有好几千斤呢！接下来，就是分配了。生产队长发话说，把几条最大的鱼挑出来，分给村里的五保户吧！这提议，得到在场人的一致赞同。随后，按照鱼的大小、种类的搭配，根据家庭人口多少，村里每家每户都得到属于自己的那一份。

故乡的冬捕，是村民平淡光景中少有的一份期待，是迎接新年新岁的一个固定不变的仪式，不仅增添过年的欢乐气氛，更是乡村冬日一道耐看的风景。其场面，虽不及查干湖冬捕那么盛大，但回想起来，也是热闹非凡，充满了丰收的欢愉和精神的满足！

——原载 2016 年 2 月 16 日《合肥晚报》“文苑”副刊

那时蛙鸣

蛙鸣，大自然的天籁之声，曾经声震四野，响彻天宇，回荡在我的整个童年韶光里。

那时，春天生机勃发的田野里，青蛙从漫长的冬眠中醒过来，从温湿的泥土中拱出来，扯开洪亮的大嗓门，一遍又一遍齐声朗诵着《春天的宣言》。

那时的蛙鸣，特别响亮，特别密集，甚至是震天动地。无论白昼还是夜晚，蛙声此起彼伏，成了春天的一首主打歌。春夏季节，聆听激情四溢的蛙唱，是我们乡村少年生活中的一大乐趣。一个又一个夜晚，乡村的人们都是伴着声声蛙唱酣甜地进入梦乡的。

在这如潮水般的蛙鸣声中，天气渐渐炎热起来，田野渐渐丰腴起来，农家人对丰收的憧憬也越发强烈起来。

那时，小学《自然常识》薄薄的书本里，“青蛙是一种益虫，是庄稼的卫士，是我们人类的朋友”这样的描述，被我们真真切切地铭记在脑海里。生物课上，当老师告诉我们“一只青蛙，一年中要消灭掉一万多只害虫”时，都惊得一愣一愣的，觉得小小青蛙实在神奇，实在了不起。放学路上，每当听见水田里传来咕咕咯咯的蛙鸣，每次看见潜伏在庄稼地里捕食的青蛙，不禁对这种大嘴巴、鼓眼睛、穿一身迷彩服的小东西格外怜爱。

后来，每每在一盏孤灯下读着“黄梅时节家家雨，青草池塘处处蛙”和“稻花香里说丰年，听取蛙声一片”这些充满诗情画意的句子，心中便涌起一阵美好的怀想，仿佛真的有阵阵蛙鸣送入耳中。对于每一个具备乡村生活经验和有着乡土情怀的人来说，这样的古诗，读起来朗朗上口，倍觉亲切，也很容易引发情感的共鸣，勾起心中那份淡淡的乡愁。

可是，许多年以后，古老乡土之上发生的种种变化，实在让人无法面对，也难以忍受。现如今，即使身处春天漠漠的乡野，也发现眼前的景象已不再熟悉，甚至非常陌生了。浑浊发臭的沟塘里，难觅逗号样的小蝌蚪成群结队欢快游弋的身影。茂盛的草丛中，也很难见到青蛙在那里蹦来跳去。竖起耳朵仔细搜寻，偶尔才能捕捉到几声远处传来的蛙鸣，听上去也显得喑哑、沉闷，似乎还带着点忧伤的调子。此外，便是长时间的沉默，死一般的沉寂。

如今的人类，简直就成了无数生物恐怖的杀手、夺命的天敌。这些年，化肥的大量施用，剧毒农药和除草剂的无节制喷洒，地下水的过度开采利用，工业废水和生活污水肆无忌惮的排放，使得土壤和水体中各种有害物严重超标，给包括青蛙在内的无数生灵带来灭顶之灾。

在大自然面前，人类早已失却应有的敬畏感和道德自律能力。人类的贪欲膨胀，急功近利，对土地资源肆意掠夺，对大自然无情戕害，带来的严重后果显露无遗，而且陷入一种极度可怕的恶性循环。这种生态平衡系统的严重破坏，失去的不仅仅是田园之美，甚至已经危及到我们人类自身的健康与安全。

写这篇小文时，看到新华网刚刚发布的一则新闻：第二次全国土地调查数据显示，全国总体土壤环境质量堪忧，有相当数量的耕地受到中等和重度污染，达到五千万亩左右，且大多不能继续耕种……读后，心中不禁为之震颤。

鸟兽绝迹了，鱼虾死光了，虫声也愈来愈稀疏了。这样的田野，哪里还有什么清新质朴的美感可言？哪里还能够让人体验到田园牧歌的乡土情趣？这样的家园，哪里还谈得上什么“诗意的栖居”？难道，这就是我们一心向往、一意追求的“现代文明进步”吗？答案当然是否定的。

环境污染愈演愈烈，生态灾难仍在持续。长此以往，我们以及我们的后代，恐怕很难听到田野深处那声声入耳的蛙鸣，也很难感知“蛙声十里出山泉”和“萍底青蛙自在鸣”那样的悠远意境了！

蛙鸣，渐渐沉入水底。这样的田野，寂静得让人孤单伤感！

——原载2014年5月27日《合肥晚报》“杏花村”副刊、2018年第2期《未来》

消失了， 乡村的打谷场

走进乡村，曾经随处可见的打谷场，现在差不多已经很难看到了，这让我甚感失落。

乡村的打谷场，人们也唤它叫麦场、稻场。其实，就是田野里一块方方正正、平平展展的场地，是在收获季节用来给粮食脱粒、晾晒的地方。午季打麦时，我们叫它麦场；秋天收稻时，又唤它稻场。

乡村的打谷场，一般都位于村庄之外无遮无拦的一片旷阔地带。这里，地势高凸，平坦光滑，阳光充沛，八面来风，算是整个村庄上风上水的好地场。

大部分季节里，打谷场显得十分空旷，也特别宁静。而一旦进入庄稼成熟收获的农忙季，场上便忙碌热闹起来。农人们从四面八方将刚刚收割的麦捆子、稻把子、豆秧子，一担担运上场，均匀地散开。一头温驯的老牛，不紧不慢地拖着沉重的石磙在场上兜着圈子，一遍一遍地碾压脱粒。那时，从早到晚，一直响彻着石磙转动时发出的咿呀咿呀的歌唱，仿佛乡村一支古老的歌谣。有时候，这种忙碌一直要持续到深夜。当看到金黄饱满的新麦堆满一地，大家凑在一起，抽着旱烟，愉快地谈论着庄稼的产量和这一季的收成，丰收的喜悦写在每个人的脸上。

儿时的记忆里，印象最深刻的，是麦收时节惊心动魄的抢场场面。

五月天，孩子脸，说变就变。本来艳阳高照的响晴天，突然乌云翻滚，电闪雷鸣，眼看暴风雨就要来临。这时，最紧张惊恐的，莫过于正在场上打麦的人了。悠扬的吆牛声听不见了，石磙的歌唱也戛然而止。人们着急忙慌地拿起草杈，将满场的麦草堆成高高的草堆，用木锨、簸箕、笤帚将满地的麦粒聚拢在一起，再一筐筐运回仓库。收麦如救火，麦场如战场，一场“龙口夺粮”的恶战马上就会打响。用不着谁去喊叫，也没有哪个去指挥。男男女女、老老少少，村里凡是腿脚灵便能跑得动的，立刻丢下其他活计，不顾一切地奔向麦场奋力抢场。赶在一场疾风骤雨之前，满场的麦子收拾得利利落落、干干净净，人们才敢松一口气。而这时，每个人的衣衫，早已被汗水浸得透湿。当年在生产队时，这种人人参与、个个卖力的抢场活，大伙发扬的是集体主义精神。

上世纪八十年代以后，土地承包到户，一家一户做农活。再遇到极端恶劣天气，抢场时人手就显得严重不足。不论谁家抢场，大伙还是争先恐后地主动跑去帮忙，力争把一场急雨带来的损失降到最低限度。即使平时红过脸、吵过架、有过一些勺子碰锅沿的小摩擦，这时也不计前嫌，该帮时一定还会帮，总不能眼睁睁看着好端端的粮食给糟蹋了呀。要是暴雨来得急、来得猛，场上的麦粒就有被雨水冲走的危险。一旦遇上连阴雨，浸雨的粮食很快就会霉变、发芽，损失同样不可估量。这时候能出手相帮，就显得愈加珍贵，体现的是一份浓浓的邻里乡情。

当遍地的庄稼收获脱粒完毕，打谷场又摇身一变，成了晒场。天气晴好的日子，金黄的麦粒、稻谷、黄豆、玉米，均匀地摊铺在场子上晾晒。直至收晒完毕、草归垛粮归仓时，农人的心才感觉安然踏实。

盛夏的夜晚，纹风不动，暑热难消。这时的打谷场，一下子变得喧闹起来。吃罢晚饭，全村的大人小孩，都喜欢聚集到这里来乘凉。偌大的打谷场上，东一处西一处，横七竖八地铺满各家的凉席。赤精着身子的一大帮孩子，追逐打闹够了，四仰八叉地躺着乘凉，一边仰望满天繁星，一边入神地听大人讲故事。我记忆里很多引人入胜的历史传奇和鬼狐神怪的灵异故事，几乎都是童年时光在打谷场上乘凉时听来的。

最难忘的，是在打谷场上放映露天电影。那年月，公社电影队一年难得来一次，所以，轮到自己生产队放电影时，村子里就弥漫着过年一样欢乐热闹的气氛。雪白的大银幕，早早挂起来了。天还没黑，就已经聚满了从四邻八村赶来看电影的人。电影开场前，整个打谷场上，全是黑压压的人头，甚至连场边高高的草堆顶上，都坐满了看电影的孩子。在我们小孩子的眼里，这一刻，既是村里人的荣耀，也是乡村打谷场的荣耀。

今天，现代化大型收割机替代了延续几千年的人力收割，刀镰和石磙已经派不上用场，打谷场也失去它的用武之地。一台机器开进田头，就把收割、脱粒、去壳和秸秆打捆、灭茬旋耕等所有程序全部搞定，生产效率不知比以前高过多少倍！

时代的发展进步，真是太快了。古老的乡村，早已改变旧时模样。曾经的打谷场，也渐渐淡出人们的视线。

——原载 2017 年 12 月 2 日《合肥晚报》“文苑”副刊

田野不见牛身影

皖中一带的乡野之上，曾经寻常可见的耕牛，现在几乎已经找不到它的踪影了。这让我十分感慨，也十分怀念。

牛，为六畜之首。牛不仅体格健硕，而且耐力惊人。几千年来，牛与农家人的生活息息相关。牛是农民耕田种地最重要的帮手，是农家最勤劳能干的一员壮劳力。犁田耙地离不开牛，拉磙打场也离不开牛。“二亩地，一头牛，老婆孩子热炕头”，是农耕时代普通农家较为理想的生活状态，是殷实生活的象征。离开了牛，那简直是不可想象的事！

“辛苦田家惟穑事，陇旁时听叱牛声。”牛是乡村的一部分，和村里的人一样，总是不紧不慢、沉默不语地在村路上走来走去，在村庄里进进出出。过去的许多乡土诗人，创作了大量以牛为题材的诗歌作品。画家们在反映乡村风光时，往往也离不开牛的形象，或是“一犁春雨叱牛耕”的《春耕曲》，或是“笛弄晚风三四声”的《牧归图》。这样的画面，充满浓郁的生活气息和清新质朴的田园美感，总能勾起内心别样的乡土情怀。

上世纪六七十年代出生在乡村的孩子，对于牛，是再熟识不过了，而且几乎都有过或长或短的放牛经历。说起牛，就像说起自己少年时的玩伴，有着许多美好的记忆和深沉的感情。

在我八九岁的小小年纪，就开始为生产队放牛了。每年暑假开始的第一天，生产队长一番训导后，就把牛绳交到我们几个孩子手上。就这样，我愉快地过起了一段放牛郎的生活。这份差事，还是母亲主动争取来的，因为放一天牛，就可以从队里挣得二分半工分，相当于一个成年劳力的四分之一。这对于挂着鼻涕虫的小毛孩来说，也是很骄傲的事。

牛是高大健壮的大牲畜，生有一副长而粗的弯角，给人感觉有点凶悍吓人。但真正接触它时才发现，完全又是另一副性情。牛不仅不欺负与它朝夕相处的放牛孩子，还显得特别温良，特别听话，一副很安静的样子。放牛时，可以轻松地骑在宽大的牛背上，一副悠闲自得的神情。

暑假里，我每天早起，先把牛牵到池塘边饮水，再前往一片水草丰美的地方，让它好好享受鲜嫩多汁的露水草。许多时候，将牛绳在弯弯牛角上这么随意一挽，小巴掌朝牛屁股上轻轻一拍，老牛便懂事地径自走向一片青草地。几个放牛的孩子跑到一边去，自顾疯玩打闹了。牛自己吃饱了，神闲气定地躺卧在松软的草地上，耐心等待它贪玩的小主人。晚霞飞逝的傍晚，放牧归来，人和牛，从青草纷披的田埂上慢悠悠地走过，在田野里留下一道长长的优美的剪影。

农忙时，牛经常要被农人牵去，套上牛轭耕田打场。当然，我们这些小放牛也不能闲着，一个个拿着镰刀去地里割草，给牛预备晚餐。每次割草，我一点也不偷懒，跑到很偏远的地方，选择牛最爱的巴根草、打碗碗花、嫩玉蜀黍叶。然后打捆，吭哧吭哧地背回来，好让劳累一天的老牛回到牛棚之后，能美美地饱餐一顿。

上世纪八十年代初，生产队——这个存在了几十年的集体，哗啦一声说散就散了。土地承包到户，牲口农具也按人头分配给各家各户。我家因为人口少，分不到一整头牛，只能和大伯、二伯家共用一条耕牛。赶上周末和暑假，我仍然很乐意被大人差遣去放牛。我那时已经是个中学生了，正迷恋上读小说一类的杂书。虽然还未曾听说过古人“牛角挂书”的勤学故事，但一边放牛、一边捧书而读的感觉实在很爽。无边无际的旷野里，风和日丽，绿意盎然。老牛只顾安安静静地低头吃草，我则坐在牛背上专心投入地看书。牛偶尔停下吃草，抬起头望着远方，深情地发出一声低沉的长哞。就像我，看书看到兴奋处，也忍不住会心一笑。

再后来，随着农机化的普及，耕牛“下岗”，被不吃草只喝油的“铁牛”

取而代之。田园牧歌时代的结束，已是不可避免。不知不觉中，乡村的牛，渐渐淡出人们的视线。

“九九加一九，耕牛遍地走。”耳熟能详的《九九歌》结尾，展示出一幅人勤春早、老牛奋蹄的春耕大忙景象。旧时，故乡皖中一带，立春时节还有“赶春牛”“鞭春牛”的迎春习俗。可是今天，放眼望去，我熟悉的阡陌田野上，已经没了耕牛的身影，也听不见那悦耳悠扬的牛歌了。

告别了！乡村的牛！

——原载2017年4月23日《合肥晚报》“文苑”副刊

辑二 乡土恋曲

诗家清景在新春，绿柳才黄半未匀。若待上林花似锦，出门俱是看花人。

感悟舜耕山

几年前，参与地方志书的编纂，经常需要深入实地考察走访，收集自然地理、历史人文方面的第一手资料。由于业务工作的特殊性，给了我一次次走进舜耕山、结缘舜耕山的机遇。

舜耕山，亦名“舜哥山”“舜阁山”“虞耕山”，位于淮河中游、新型能源城淮南市区之南，由大小三十多座山峰组成，是大别山东向延伸的一支余脉。传说是因上古贤君虞舜南巡，在此教人耕作而得名。所以，对这座山，我一直十分景仰，也十分神往。

2004 年行政区划调整以前，舜耕山一直是淮南、长丰两地的天然分界线。山之阴，是淮南繁华喧嚣的闹市。山之阳，是长丰广袤无垠的乡村秀野。区划调整后，舜耕山就全部纳入淮南市的行政版图。而我，作为一个有着淮南籍贯、工作在长丰的“两栖人”，对舜耕山的这份深沉情感，却始终不曾有半点割舍！

舜耕山，最高海拔也不过二百一十六米，算不上高山大川，更说不上有多么雄奇险峻。但山不在高，在于有厚重的历史底蕴和人文积淀。每次乘车经过此处，透过车窗，远远地眺望那绵绵不绝、峰峰相连、林木茂盛的山岭，总是浮想联翩。

从史料上看，舜耕山的形成年代十分悠久，地质年龄约为一亿五千万年。据考证，远古时期，这里地势舒缓，有着大片茂密的原始森林，并有成群的古象、野鹿、虎等动物出没。由于地球的造山运动，大地痉挛，地层断裂，森林翻覆地下，形成今天储量达数百亿吨的淮南大煤田。大地隆起，呈现出眼前这条逶迤起伏、绵延数十公里的褶皱山峦。所以，此情此景，不免让人发出一声沧海桑田的感叹。

我经常想，我们的祖先，在这片古老的土地上繁衍生息，从原始、蒙昧、茹毛饮血，一步一步走向文明，何其坎坷，又何其漫长。而在人类文明的进程中，我们的先民，又做出了怎样艰难的跋涉和艰辛的探索。尤其是那些为推动社会进步而作出重大贡献的历史人物，每每念及他们的英名，总是令我肃然，让我仰视。

走进舜耕山，很自然地，让我想起了异常久远的历史，想起了上古时代的虞舜——

虞舜，因为有德有才，做事公正，被推举为四部落联盟首领，受尧的禅让而称帝于天下，是中华民族始祖“五帝”之一。舜出生寒微，饱尝人间的艰辛。在他很小的时候，母死父盲，且经常受到父亲、继母和同父异母弟弟的欺凌虐待。但舜宽厚待人，以德报怨，尽心尽意地孝敬父母，千方百计地寻找治疗父亲眼疾的良方。凭借非凡的品德和卓越的才干，舜很快就赢得世人的尊崇和信赖。尧帝在世时，就让他代替自己管理天下，并将自己两个聪敏伶俐、貌美如仙的女儿娥皇、女英嫁给舜。舜帝倡导农耕，重视水利，发展生产力，以致百业兴旺，天下太平。舜帝治国理政三十九年，仁孝开明，举贤任能，把社会治理得井井有条，深受人民的爱戴，有“天下明德皆自虞帝始”的赞誉。舜帝在位时，关心民瘼，不辞辛劳，巡视过中原、华北、江南许多地方，最后，死于荒蛮的苍梧之野，葬于九嶷山上。中华大地，多处留下舜的足迹，也留下一个个关于舜帝勤政爱民的美好传说。

传说，舜帝巡至淮水之南，见此处山野荒芜，百姓贫苦，便把他们召集在一起。教耕种，使之餐有粟；教渔猎，百姓食有味；教制陶，使百姓知文明。舜帝赐山名，故而此地山川秀美，物藏丰富，人民安乐。

传说的真实性，已无可考据。至于舜帝有没有亲自到过淮南之地，是否亲自向这方百姓传礼授耕，并不多么重要。每临此地，总能感受到这里扑面而来的悠悠古风，让我心怀对先贤的尊崇与敬意，情不自禁地“发思古之幽情”。应该说，正是从那时起，文明的种子，便一粒粒播撒进生活在这一方土地上被称作“淮夷人”的心房；文明的火光，逐渐驱散眼前的黑暗，照亮人们前行的道路。

貌似普通的舜耕山，其实真的“深藏不露”啊！走进其间，才发觉，这里的风光十分宜人。那参天的古木、崚嶒的峭壁、嶙峋的怪石、深邃的洞穴、幽冥的谷涧、飞湍的流泉、明澈的湖面，无不体现出舜耕山的美丽与神奇，并激发起人们寻胜探幽的强烈兴趣。作为一座国家级城市森林公园，舜耕山植被丰富，橡树、水杉、枫杨、黄连、国槐、银杏、乌桕等高大乔木和山枣、柘刺等灌木混交而生，枝缠藤绕。春日山花烂漫，夏季阴翳蔽日，秋来层林尽染，冬天银装素裹，山色随季节而变幻，时时赏心悦目。这里，不仅远离扰人的市廛，空气中的负氧离子，更高出其他地方数百倍，难怪走着走着，竟让我有一种渐渐“醉”了的感觉呢！

舜耕山主峰之一的洞山，是当地市民休闲游乐的绝佳去处。这里，市政部门新辟一处开放式景点——洞山游园。又一个空山新雨后，我随着三三两两的游人，从山脚出发，顺着北坡陡峭的花岗岩石阶，一步一步拾级而上，一直登临至山顶。为缅怀舜帝而建的舜耕亭，位于洞山之巅，飞檐翘角，古朴典雅，其上刻画有称颂舜帝丰功伟绩的图案文字。站在舜耕亭下，凭栏而望，四面风光，直奔眼底。

在山中转来转去，只见悠悠浮荡在天际的千载白云，不见舜帝伟岸的身影。我猜想，舜帝可能继续他的“南巡”去了吧！但舜帝不凡的业绩，与山川同在，早已化作“厚德载物，自强不息”的民族精神。舜帝躬耕为民、宽厚仁慈的情怀，永远昭示和激励着一代又一代中华儿女，为实现中华民族伟大复兴的“中国梦”而不懈奋斗！

——原载2013年11月25日《安徽日报》“黄山”副刊、2014年第1期《志苑》

大湖之畔是家乡

一

俗话说得好：一方水土养一方人，一方水土孕育一方文化。

瓦埠湖，浩淼，壮阔，幽深，神秘。生我养我的那个小村庄，婴儿般安详地躺卧在瓦埠湖绵柔温婉的臂弯里，躺卧在瓦埠湖明亮的波光水影里。一直以来，我为自己的家乡拥有这样一座风姿俊逸的神奇大湖而倍感自豪。

无数个春秋冬夏，无数个清晨黄昏，我一次次把贪婪的目光投过去，投向云水苍苍、帆影点点的瓦埠湖，投向身边这座养育我生命、塑造我灵魂的母亲湖。面对泱泱大湖，我像个早早就懂得感恩的孩子，一遍遍去阅读她，欣赏她，并真诚地为她咏之叹之，歌之颂之。

长湖一望水如天，读你千遍也不厌倦。瓦埠湖，家乡的湖，也是我用一生守望的风景。虽然，从规模和影响上看，瓦埠湖和中学地理课本上的中国“五大淡水湖”还不能平起平坐，也不及滇池、洱海、纳木措、白洋淀、青海湖、镜泊湖等风景名胜地那么响亮的名气，但也是淮河中游最大、安徽境内仅次于五百里巢湖的第二大淡水湖，是名副其实的“江淮巨浸”。

从最新版的《安徽省政区图》上看去，瓦埠湖形状狭长，大致呈南北走向。《长丰县志》（2009 年版）关于“瓦埠湖”的词条：“瓦埠湖，南北长约 60

公里，东西平均宽6公里，最宽处十余公里，地跨长丰县、寿县和淮南市，襟带千里淮河，是两县一市的天然分界线。瓦埠湖，有着156平方公里的广阔水面，4200多平方公里的流域面积，水深2.5米至4.5米，正常水位时，蓄水量2.3亿立方米，最大蓄水量达18亿立方米……”引用这样一组看似枯燥乏味的数字，恰恰可以说明，瓦埠湖如此丰沛的水资源，正是沿岸数以百万计人民赖以生存的生命之源。

二

关于瓦埠湖的形成与演变，当地民间有诸多神奇的传说。但那些传说，或荒诞不经，或不足为信，更不足为凭。而我，一生一世都在感念她恩泽的同时，又多么渴望对她有更多的发现和认知——瓦埠湖，到底有着怎样的前世今生。

早在1500多年前，北魏大地理学家郦道元的《水经注》中，就有东淝河“水积为阳湖者也”的记载。查阅1999年黄山书社出版的《合肥市水利志》“河流·湖泊”一节，我读到这么一段记述的文字：“瓦埠湖为东淝河中游低洼地带潴水成湖。”

追溯瓦埠湖形成的地质年代，我们发现，瓦埠湖，算是一座比较“年轻”的湖泊了。清光绪十七年（1891年）绘制的《江南安徽全图》第22图上，在沿河与淝水汇合处，仅有一处长8公里、平均宽4公里、面积约32平方公里的狭长水面，并未称湖。光绪三十四年（1908年）《寿州志》附图上，始出现“瓦埠湖”名称。而在此之前，瓦埠湖还有一个叫“望春湖”的称谓。历经千百年的地质变迁，特别是黄水夺淮后，淮河流域水系紊乱，淮河支流东淝河入淮口泥沙淤积，河床抬高，排水不畅，积水潴壅，致使上游河面不断扩大，形成了今天我们看到的横无际涯、水势浩淼的汪洋大泽。因此，从某种角度说，瓦埠湖，是“黄泛”的结果，是曲折逶迤的东淝河延展放大的河道。

泰山不拒细壤，故能成其高；江海不择细流，故能就其深。胸怀阔大的瓦埠湖，汇聚了江淮丘陵千沟万壑的来水和四面八方的地面径流。至南向北，有东淝河、陡涧河、东陡涧、沿河、大香河等大小河流20余条。

蜿蜒曲折的沿河，全长70余公里，是瓦埠湖东岸最大的一条支流。沿河，古称阎涧水、阎涧河，下游也称庄墓河，发源于合肥之北的岗集土山，流经长丰县域中南部数个乡镇，上游为季节性河流，下游20公里水面渐宽，为常年河。清光绪《寿州志》载："沿河即阎涧水，出合肥县北土山，历定远县西，至方家集入寿县境（今属长丰县境，作者注），过庄墓桥水始盛，通舟楫……"沿河上游汇水支汊甚多，穿越江淮分水岭高低起伏的岭脊，落差甚大。下游水势浩荡，给沿岸民众的生产、生活带来丰沛的水源。

三

瓦埠湖及其之前的东淝河，自古就是江淮之间的水运要道，舟楫穿梭往来。沿岸地区，因水而活，因水而兴，而且保持了千年不衰的长久繁荣。

淮南重镇寿县（古称寿春、寿阳、睢阳、寿州），西据淮河，东临淝河，北依淝河入淮口，"恃水以为固"。历史上，这里是中原通往江南的咽喉，为兵家必争之地。春秋以后，曾四度为都、十次为郡的寿县城，已有两千五百多年的沧桑历史，至今城墙巍然，古迹处处，令人叹为观止。《史记·货殖列传》记有："郢之后，徙寿春，亦一都会也。"诸多史料显示，当时寿春城人口已达35万之多，为全国六大都会之一，更是当时东南第一大商业都会，盛极一时。明嘉靖《寿州志》中，将"东津晓月"列入"寿阳八景"之一。而东津古渡（古称濑水、长濑津），正是古城东门外淝水（即东淝河，古称淝水）之上的一处水陆交通枢纽，也是一千八百多年前举世闻名的秦晋淝水之战古战场。风声鹤唳、草木皆兵、投鞭断流等脍炙人口的成语故事，就出自这里，出自这场空前惨烈的战争。西汉著名的思想家、文学家刘安，袭父封为淮南王。正是在这片土地上，才华横溢的他，带领一帮志趣相投的文人学士，编纂出一部流传千古而不朽的奇异之书——《淮南子》。书中，第一次完整记载了二十四节气和七十二物候，发明天干地支的纪年法，在世界范围内有着极其广泛而深远的影响。传说，淮南王刘安曾与左吴、李尚、苏非等"八公"在寿春城外的八公山上炼金化丹，寻求长生不老之术，希冀得道升仙，却无意中发明豆腐制作之法，被誉为"豆腐始祖"。1986年，寿县被国务院命名为"国家历史文化名城"，可谓实至名归。古老的历史，恢宏的建筑，精美的文物，厚重的文化，吸引着海内外无数游客来此观光游览，感受古都名邑的风采神韵。

沿瓦埠湖东西两岸，历史上因水路交通之便利，还兴起了瓦埠、庄墓、车王、史院、朱集、杨公、大顺、小甸、炎刘、九龙、窑口、堰口、保义、安丰、茶庵等一座座富庶繁华、充满灵气的古老商贸集市。

人们说："先有瓦埠镇，后有瓦埠湖。"瓦埠镇，是东淝河沿岸一座有着两千六百多年历史的古老集镇。史料记载，春秋末期，孔子的学生、"七十二贤人"之一的宓子贱，曾为单父宰，礼贤下士，治政有方，受到老师孔子的极力夸赞："子贱君子哉。"宓子贱自鲁国出使吴国，过淝水，达瓦埠，道卒于此，葬铁佛冈，其墓至今尚存。后人在镇内建有宓子祠，瓦埠因名"君子里""君子镇"。汉代曾为成德县治，晋废。元朝称站，明清时称街。古巷幽深，黛瓦重重，车马往来，帆樯林立，商贸繁荣，故有"金瓦埠"之称。嘉靖《寿州志》舆地志云："瓦埠镇，州东南六十里，淝水环绕，北流入淮。舟楫商贩往来不绝，亦州之大镇也。"今天的瓦埠镇，因诸多原因，与其他新发展起来的城镇相比显得没落和苍凉，但人们走进保存相对完好的瓦埠老街，踏上车辙深深的青石板路面，仍能感受到幽幽的古风。

千年古镇庄墓，也称庄墓桥，明代称庄家桥集。清光绪《寿州志》载："楚庄王墓，在州东南九十里，大冢岿然，庄墓桥镇因此得名。"但这一说法疑点颇多，史学界也一直存有不同的看法。三国时魏吴交兵，此地为曹魏屯兵屯粮要地。庄墓，地处沿河与瓦埠湖的汇合处，曾是往来寿州与庐州的必经之地，水陆称便，四方辐辏，舟车往来，商贾云集，唐宋时已形成集镇。据清光绪《寿州志》"商贾篇"记载，庄墓商贸"以盐当为大，多米麦豆谷贸迁者"。清代末年，从河南周口、寿县正阳关、凤台硖山口等地而来的大船，每日达百艘以上。作为农副产品集散地，农闲时节，常常出现"万人赶集，随行就市"的壮观景象。今天的庄墓，依然是206国道、合淮阜高速沿线上一座店铺林立、商品琳琅、熙来攘往、经营繁忙的商贸重镇。

瓦埠湖，湖岸曲折，水网如织，来往皆舟楫，人家尽枕湖。沿湖一带，形成很多湾汊和咀子的特殊地形地貌。因而，水汽蒙蒙、烟树隐隐中的那些水浦渔村，就有许多叫"湾""埠"和"咀"的地名、村名。譬如，杨湾、甄湾、磨湾、陈家湾、戚家湾、鲍家湾、樊家老湾、邵家老湾；譬如，石埠、余埠、郑埠、殷埠、邢埠、船涨埠；譬如，仇咀子、卢咀子、李咀子、於咀子、范咀子、赵咀子、陶咀子、黄咀子、汤咀子、肥咀子、土咀子、门咀子、小咀子、安家咀子、陈岗咀子、鸡咀头子、老咀头子……

我们的祖先，择水而居，世世代代在这片土地上生息繁衍，渔猎耕作，孕育了属于这方土地独特厚重的地域文化。考古发现，今天我们看到的长丰县庄墓大锅盖遗址、义井紫燕墩遗址，淮南市曹庵陈寺陂遗址、史院魏家孤堆遗址以及寿县青莲寺遗址、陶家祠遗址、江黄城遗址、广岩塘遗址、斗鸡台遗址、钓鱼墩遗址等，均是原始社会末期至殷商时期人类活动的遗址，见证了这片土地的沧桑久远。柏家台战国古寿春城遗址、茶庵楚考烈王墓、朱家集离散孤堆楚幽王墓、杨公战国楚贵族墓群等众多遗址的陆续发现，以国宝级文物楚大鼎（又称大侣鼎、铸客大鼎，为安徽省博物馆镇馆之宝）、四兽平府鼎、展翅攫蛇鹰为代表的数以万计的青铜礼器和涡纹玉瑗、龙形佩等大量精美玉器的发掘出土，向我们生动地展示了淮河流域早期人类活动的场景和楚文化核心区域曾经的灿烂辉煌，也因此被考古界誉为“楚文化的故乡”和“地下文物宝库”，大大提升了瓦埠湖地域文化的价值。

四

瓦埠湖，水域广阔，水质优良，气候温润，物产丰盛，是一座被当地人形容为“日出斗金”的丰饶之湖。“村庄在水底冒着炊烟/鱼儿出水，在空中拍打翅膀。”一位生长在瓦埠湖畔的乡土诗人，深情地写下这样诗行。

自古至今，瓦埠湖就是一个天然的大渔场，鱼类以自然繁殖为主。鲢、鳙、青、鲫、鲤、鳡、鲯、鲶、鳜、鲈、鳝、赤眼鳟、红嘴翘鲌、花䱻、扁花、黄颡等，属瓦埠湖主要鱼种。银鱼、毛刀鱼、白米虾，为瓦埠湖特产，誉为“瓦埠湖三秀”，名扬天下。

银鱼，古称脍残、银花、白小，身长不过两寸，娇美纤细，宛如银针。银鱼通体洁白，透明似玉，光滑无鳞，肉质细嫩，风味独特，营养价值高，有“鱼类皇后”之誉。唐代大诗人杜甫《白小》诗中“白小群分命，天然二寸鱼”，指的就是银鱼。另一位唐代诗人皮日休有“分明数得脍残鱼”的诗句。

明代诗人叶善守，对渔民捕捞银鱼作了这样一番描绘：“风定湖水平，风生湖水阔。波浪起银花，趁风峭帆出。”早在明代，瓦埠湖银鱼，就和松江鲈鱼、黄河鲤鱼、长江鲥鱼并称中国“四大名鱼”。明清时，当地把银鱼作为上供朝廷的贡品。银鱼一般于每年农历三四月间繁殖，在水草丛生的湖湾河口处产卵。五六月间的麦收季节成熟，进入瓦埠湖银鱼汛期。每到这个季节，勤劳的渔民，驾着扁舟，在波光粼粼的大湖上穿梭往来，用一张特制的细网，捕捞这种经济价值极高的珍贵银鱼。

毛刀鱼，学名长颌鲚、霉鲚，俗称刨花鱼。因鱼鳍长密如毛，身体扁薄，形似刀片，才有了“毛刀鱼”的形象称谓。传说，瓦埠湖本无此鱼种，是木匠的祖师爷、春秋时期的著名工匠鲁班路经此地，体恤当地百姓疾苦，将刨花随手往湖中一撒，转眼之间，那白花花刨花，变成一尾尾随波游弋的小鱼儿，让这里的渔民有更多的收获。因其体型小、数量多，当地渔民还称其为“草籽鱼”，认为是秋天岸边的草籽随风落入湖中，到春天生长发育，变为毛刀鱼。瓦埠湖毛刀鱼，肉质鲜美，营养丰富，且数量极多，产量极高，渔民一般都是利用晴好天气，将其曝晒成鱼干，加工包装后对外销售，是瓦埠湖重要的小型经济鱼类。

瓦埠湖白米虾，当地人俗称瓦虾，长不盈寸，色白而透明，壳薄肉满，鲜嫩可口，为淡水虾中的上品，且具有繁殖周期短、生长速度快的特点。

有道是：“瓦埠湖鱼天下美。”沿湖以瓦埠湖原生态、纯天然的野生鱼类作为食材，不仅满足人们的口腹之欲，也成就了瓦埠湖鱼“天下最鲜美的食物”的声誉。湖水煮湖鱼，地道正宗。“老鳖遛河沿”（杂鱼锅贴面饼）、干煸小杂鱼更体现出“大湖之鲜”，是当地人百吃不厌的家常饭菜。《晋书·张翰传》记载了这样一则文人故事：西晋文学家、书法家张翰在洛阳为官，见秋风起黄叶飘，就想起江南吴中家乡的莼菜和鲈鱼，为此他弃官归里，过起悠闲淡泊的隐居生活。可以想见，一碗鲜美无比的瓦埠湖炖鱼汤，引发过远离家乡的游子多少“莼鲈之思”呵！

就这样，沿岸居民靠水吃水，常年耕湖牧渔，收获着大湖奉献的鱼、鳖、虾、蟹、螺、蚌、蚬、蛤等各类湖鲜水产。

瓦埠湖流域，地势平旷，地肥如膏，水网密布，灌溉便利，有着较为发达的传统农耕文明，是名副其实的鱼米之乡。农产品主要有水稻、小麦、大麦、豆类、甘薯、油菜、棉花等，兼有高粱、玉米、花生、芝麻和品种丰富的瓜果时蔬。沿湖地区是以水稻种植为主，自古以来就是优质稻米的重要产地，稻作文化源远流长。有诗为证：“隔岁种成麦，起麦秧稻田。晚禾亦云竟，冬菜碧相连。”

春夏之季，湖岸草滩绵长，蒲苇丛生。沿湖的沼泽洼地、沟渠塘坝，布满大片大片菱角、莲藕、芡实、荸荠等水生植物。无以计数的水鸟，时而在辽阔湖面自由竞飞，时而在浅水中、滩涂上闲庭信步。

“稻花水落正鱼肥，湖上孤云带雨归。林影倒涵波镜动，白鸥低傍钓船飞。”如此美妙的古诗意境，恰是我家乡瓦埠湖水乡渔村风光真实而生动的写照。

五

瓦埠湖一带，人水相亲，民风淳朴。百姓重情重义，善待自然，许多人与自然和谐相处的神奇故事，流播于乡野民间。

在我的家乡，流传着一则“河蚌成仙”的故事。传说，某年大旱，江淮地区赤地千里，河道断流，偌大的瓦埠湖，几乎干涸见底。一日晌午，一年轻农妇独自赶回娘家吃满月饭，路经瓦埠湖陈岗咀子渡口，见龟裂的湖泥中，一只碗口大小的河蚌，在毒花花的太阳下裂开蚌壳，奄奄一息。善良的农妇，顿生怜悯之心，把河蚌捧在手心，解开胸前的衣襟，用自己新鲜的奶水为它解渴，然后小心翼翼地把它放归湖中。数年之后，河蚌借助人的乳汁化成蚌仙。一次，瓦埠街逢庙会，蚌仙变成一个身着青衣、相貌俊俏的美少女前去赶会，却被几个不怀好意的小青年给盯上了。眼见摆脱不掉几个小青年的无礼纠缠，蚌仙疾步奔向湖边，转瞬跳进湖里，变回一只河蚌潜入湖底。她的这一神奇举动，惊吓得几个青年人木桩一样呆愣在湖边，半天缓不过神来。多年以后，那位农妇病故，知恩图报的蚌仙再次变作村姑，身戴重孝，泪水涟涟，缓缓地走在送葬的人群之中。而每当此地久旱不雨，蚌仙就会钻出湖面，喷云吐雾，呼风唤雨，霎时，大雨滂沱，旱情解除，大地重又恢复生机。

其实，曾经的瓦埠湖，也并非只是一成不变的温和、宁静。它带给我们的，不完全是美丽和诗意，也伴随悲怆和苦难。瓦埠湖，同时也是一座桀骜不驯、喜怒无常的湖，也有着面目狰狞、令人惊骇不安的一面。历史上，淮河上游多次暴发洪水，地处淮河中游的瓦埠湖，助纣为虐，泛滥成灾，哀鸿遍野。

上世纪50年代初，伴随着淮河的治理，瓦埠湖列为淮河蓄滞洪区，并在瓦埠湖入淮口建设一座大型的东淝河节制闸，使其在整个淮河防洪体系中发挥着举足轻重的地位。一旦淮河上游遭遇大的洪涝灾害，东淝河节制闸开闸放水。淮河下泄的滔滔洪流通过闸口，如猛兽入侵，不可遏止。每逢汛期，瓦埠湖沿湖低洼地带一片汪洋，形成大面积内涝，万顷良田被淹，家园屋舍被毁，沿岸百万民众生命安全遭受严重威胁，并造成巨大的经济损失。远的不说，仅新中国成立后的六十多年时间，包括1951年、1954年、1980年、1983年、1991年、2003年淮河流域的几次特大洪水，带给瓦埠湖沿岸居民的，全都是不堪回首的惨痛记忆。

2003年夏秋之季，一场特大洪灾发生之后，在帮助群众恢复生产、重建家园的同时，为彻底根除水患，政府部门投入巨资，在我的家乡及整个沿湖地区实施了一项极其宏大的防洪围堤工程——“保庄圩”建设。一条条蜿蜒曲折的“水上长城”，阻隔了汛期堤外汹涌的洪水。瓦埠湖从此安澜，人水和谐，再没了“一遇大雨就搬家”的恐慌与无奈。沿湖一座连一座的万亩大圩，旱能灌，涝能排，变成了一个个旱涝保收、连年丰熟的“大粮仓”。春天麦苗青青，菜花金黄；夏日荷叶田田，菱荇荡漾；秋季稻菽涌浪，瓜果飘香；冬天雪落无声，银装素裹。瓦埠湖畔的四季，阡陌锦绣，如诗如画。

六

“五十年代淘米洗菜，六十年代游泳灌溉，七十年代水质变坏，八十年代鱼虾绝代，九十年代身心受害。”这样一则流行甚广的民间顺口溜，形象地道出半个多世纪以来国内许多地方生态环境日益恶化、水污染极其严重的现实状况。

近几十年来，随着工业经济的高速发展、人口的剧增和城市化的飞跃进程，中国的河流、湖泊，绝大多数沦落为“化工厂的污水槽”和“城市的下水道”，成了一条条“死河”和一座座“死湖”。那些外表光鲜亮丽的现代化城市，不知有多少排污管道暗设于河底。行人经过一条条又黑又臭、蚊蚋乱飞的“龙须沟”时，只能加快脚步，掩鼻而逃。更好笑的是，居住于开发商大肆炒作的所谓“河景房”“湖景房”内的市民，只敢隔着窗玻璃瞥一眼河流、湖泊那僵死不活的样子。

许多地方政府，由于盲目追求 GDP 增速，甘于充当污染企业的保护伞，任凭污染物大肆排放，致使区域内绝大部分水体遭到严重污染，生态环境极度恶化，黑水横流，臭气熏天，蓝藻暴发，鱼虾绝迹。不仅河水、湖水变黑变臭，甚至连几十米、几百米深的地下水也因污染而无法直接饮用。

不仅水质严重变坏，湖泊萎缩、河道断流、地下水严重超采的“水之殇”，也正呈现蔓延之势。有关资料显示，我国人均水资源占有量仅为世界平均水平的百分之二十八，全国有三分之二以上的城市常年“喊渴”，已不同程度出现“水荒”。

人类啊，一旦失去了对大自然的敬畏之心，肆意妄为地破坏自己赖以生存的地球家园时，伴随他们的噩梦，也就从此开始了。

当人们意识到水资源的极度匮乏，已经威胁到人类最基本的生存保障时，才知道“水贵如油”的道理。当人们意识到江河湖泊越来越严重的污染、水生态极度恶化，将给我们人类、给万物生灵带来不堪设想的灾难性后果时，才开始走上艰难而漫长的治理之路。金山银山，不如碧水青山。

瓦埠湖——一片泱泱大水，一座天赐大湖。不仅水资源丰沛，而且远离工业污染，生态环境优良。葭苇苍苍，水碧天蓝，鸟飞鱼跃，渔舟唱晚，至今仍保持着一派原始古朴的自然风貌，呈现出一幅美不胜收的天然画境。每每漫步湖滩，放眼四望，我就很自然地记起千年前宋代大文豪王安石对眼前这片楚山楚水的咏赞，记起他的《寿阳城晚眺》诗中的名句：“白鸟一行天在水，绿芜千阵野平云。孤崖佛国晴先见，极浦渔舟晚未分。”

更值得庆幸的是，瓦埠湖已于前些年列入省级自然保护区、全国首批湖泊生态环境保护试点项目区，并着手实施一系列生态保护措施。生于斯长于斯的我们，以及我们的子孙后代，责无旁贷地像保护自己的眼眸一样，保护好这片天赐的净水，像善待自己的生命一样，善待瓦埠湖流域的自然生态环境。

七

在这篇冗长的文字中，我无意、也无力为我的母亲湖——瓦埠湖挖掘梳理出一份更翔实、更完整的故乡“地理档案”，只是希望把我所知道的关于水乡泽国瓦埠湖的点点滴滴，原原本本、老老实实、尽我所能地介绍给您们——我亲爱的读者。

时光，回溯到两千五百多年前。行吟泽畔的楚国大夫屈原，借渔父之口歌曰：“沧浪之水清兮，可以濯我缨；沧浪之水浊兮，可以濯我足。”家在水云乡，大湖的气息，氤氲着我的生命；大湖的气象，荡涤了我的灵魂。我因瓦埠湖苍苍云水，而获得恒久绵长的浸润和滋养。我曾无数次深情地眺望家乡这座美丽而神奇的大湖，眺望一大片晚霞映照下的湖水和隔岸的风景，从而获得了一份内心的淡泊和宁静。我也曾无数次泛舟湖上，于欸乃桨声中，体验湖水的至清至纯、至情至柔，一时遐思渺远。

“蒹葭苍苍，白露为霜，所谓伊人，在水一方。”圣洁的瓦埠湖，不仅阻止了外部世界的喧嚣与欲望，也让我的心灵获得自然之美的陶冶和净化，成了我心中永远的眷恋，引发我无尽的创作欲望和创作灵感。我的笔下，汩汩流淌着许多未被世风污染的干净文字。我发现，每每以家乡大湖、以那片魅人的波光水影为背景的创作，总是我情绪最饱满、思维最跳跃、语言最顺畅的写作。

私底下，我有个说大不大、说小不小的“走读”计划：像一个精神虔诚的圣徒，踏上我的朝圣之旅、感恩之旅，独自沿瓦埠湖数百华里漫长曲折的绿色湖岸线，完完整整地走上一遭，用自己的双脚去感知瓦埠湖含日映月的浩大宏阔，用自己的视角去领略瓦埠湖千变万幻的自然之美，用自己的心灵去打开瓦埠湖无限神奇的生命密码。

——原载 2015 年第 6 期《未来》，入选《长丰寻古》（安徽人民出版社）

最是草莓惹乡愁

现代乡土文学作家鲁彦先生，有一篇流传甚广的散文名篇《杨梅》。作家对他的故乡浙东的杨梅，有过一段极其细腻生动的诗意表达，并把它称作“相思的杨梅”，字里行间，全是一个游子浓浓的化不开的怀乡之情。

每年农历十一月以后，进入冰天雪地的漫长冬季，水果超市依然货源充足，各色水果琳琅繁多，既有北方的红富士、哈密瓜、香梨，也有南方的蜜橘、龙眼、芒果，还有菠萝蜜、车厘子、榴莲等价格不菲的高档洋水果。但我相信，刚刚采摘上市的新鲜红艳的草莓，绝对是让人眼馋的稀罕物，是许多人心中的最爱。那种任新鲜丰沛的汁水漫过舌尖的感觉，那种香软爽滑一步到“胃”的快意，绝对是一份无法抵挡的诱惑。这个季节，在大众喜爱的水果排行榜上，草莓，一定是占据榜单前列的。

草莓，这种小浆果，有玲珑剔透的果型，有红润可爱的颜色，有馥郁芳香的气息，有鲜爽甜美的滋味。色香味形俱佳，营养成分丰富，也因此，让它赢得“果中皇后”“草莓仙子”的美誉。红熟的草莓，也有着和鲁彦笔下的杨梅一样，“像映着朝霞的露水”的生动光色。那娇艳欲滴的模样，怎能不让人一见倾心！

说起草莓佳果，虽然在国内很多地方都有种植，但最能牵动我乡愁的，还是植根于我家乡温厚泥土之上的“长丰草莓”。因为，真正能够把草莓种到极致、真正能称得上“中国草莓之都”的，还是我皖中家乡这方地肥水美的丰腴土地。

草莓，是家乡人最引以为豪的特产。家乡长丰二十多万亩设施草莓，肯定是全国种植规模最大的；家乡长丰草莓的品质和声誉，绝对算是国内最优的。我曾多次见识过、品尝过许多外地的草莓，不用说，其果实比家乡的要小，色泽也不及家乡的红。吃到嘴里，要么酸度过重，要么淡而无味，远没有家乡长丰草莓那份甘甜纯正的滋味。

“爱上草莓，恋上长丰。”这是近些年网络上很火爆很流行的一句话，听上去，像是一封情书的开头，深情款款。我认识的许多外地朋友，每每提及我的家乡长丰，自然会想到誉满国内的“长丰草莓”，而且按捺不住地要给它点一百个赞。“真是草莓中的极品呵！越吃越有味，越吃越上瘾，而且只要尝过一回，就再也忘不掉了！”感慨之余，流露出对长丰这片土地的羡艳和神往。

草莓，不仅为家乡长丰攒足了超高的人气，赢得一份让人羡慕的好口碑，更承载着几十万父老乡亲的致富美梦。那是每年从黄土地里生长出的数十亿元的真金白银啊！那是流水一样滚滚而来的丰厚财源！

“橘生淮南则为橘，生于淮北则为枳。”长丰草莓的神奇之处，我以为，主要得益于江淮地区特有的气候条件，得益于江淮分水岭一带特殊的自然环境，得益于现代农业的高科技含量，也得益于辛勤果农像绣花一样精细化的栽培管理。换言之，家乡的草莓，占尽了天时地利人和。

精美的草莓包装盒上，“长丰草莓，我的红颜”几个字格外抢眼。看似信口拈来，却是特别走心，既作了“长丰草莓”形象生动的宣传语，更像是花季少年向自己心上人的真情告白。“红颜”，也称“红颊”，乃长丰草莓大家族里最具代表性、广受欢迎的一个优质品种，它让人想起少女温润的红唇和娇羞的面颊，想起刻骨铭心的甜蜜初恋。“我的红颜”，语义双关，情意缠绵，让人产生无尽的遐想。

生性浪漫的法国人，直接用“去草莓地”比喻男女之间的谈情说爱。但我以为，“去草莓地”，这份时尚和浪漫，不独是那些年轻男女的专利吧！也是“久在樊笼里”的人们，对“复得返自然”回归乡土的心灵渴望。你瞧，每逢周末和假日，总能看见许多城里人自驾而来，带着家人孩子，或邀约三五知己，循着阵阵迷人的香风，撒着欢地奔向长丰的阡陌大野。那是一次和草莓仙子的邂逅，那是一场视角和味觉的饕餮盛宴，那是一趟愉快而甜蜜的乡土之旅。即使是寒凝大地、百草凋零的寒冬腊月，也阻止不了人们踏访草莓之乡的欢快脚步，也挡不住赴一场“红颜之约”的浪漫激情。

这里，有一座风情独具的莓香小镇；这里，有星罗棋布的精品草莓园；这里，有连天接云的白色大棚；这里，有热闹红火的草莓配送交易市场；这里，更有一条条奔腾喧嚣、流淌不息的“红色河流”。走进偌大一片草莓园，钻进暖烘烘的日光温室大棚，悠闲地穿行于红果盈株的草莓垄间，季节的萧疏和苍凉，就完完全全被这遍地芬芳的草莓给拒绝了。

我发现，每次走进家乡的草莓园，就像掉进一个巨大而温柔的“红色陷阱”，身不由己地失掉一贯的矜持，变成一个毫无理性和节制的疯狂吃货。一颗接一颗，吃到满嘴殷红，吃到肚子饱胀。那极度贪婪和醉迷的表情，多次被同伴恶作剧般拿手机给抓拍下来。那形象，连我自己都觉得夸张好笑到不可思议的地步！

无需我再作过多过细的描述啦，作为一个地地道道、土生土长的长丰人，故乡的美食，没有比这“相思的草莓”让我更心动、更喜欢的了！

——原载2018年12月16日《合肥晚报》“文苑”副刊

从桃花岗到桃花源

春天来了，陶楼新丰村的桃花开了，一年一度的长丰桃花节也如约而至。想象那灿若云锦的一片原野，那娇羞烂漫的簇簇桃红，有谁不心动神驰！

地处合肥北郊的陶楼镇新丰村，坐落在江淮分水岭岭脊上，这里地势起伏，岗冲交错。在新丰村西北角、龙门寺水库东南岸，有一处低缓的岗地。岗上，曾经长满了桃树。春天桃花盛开时节，如火如荼，美不胜收；秋天桃子成熟之时，硕果压枝，香飘四野。人们便随口把这地方叫桃花岗。附近，散落着几户陶姓人家，据说是东晋大文豪陶渊明的后裔，在明朝初年为避战乱，从江西迁徙而来。他们在门前插上几株柳树，岗上栽下一片桃林，是为纪念写下《桃花源记》的一代先贤陶渊明，也寄托一份美好的希望。村民们日出而作，日落而息，虽然日子过得并不怎么富足，但也衣食无忧，祥和安宁。

传说，清朝光绪年间，寿州城里有个姓孙的地方官员，此人一贯刁钻蛮横，欺凌百姓，是出了名的贪官恶吏。一天，他路过此地，见这里前有一口水塘，后有一片高岗，地势开阔，风光宜人。他左瞧瞧，右看看，便认定这里是一处风水宝地。心想，如果能得到这块宝地，建一处庄园，日后必定能官运亨通，福荫后代。于是打定主意，决意要占为己有。他命人用牛车运来砖石木头等建筑材料，在岗上选址盖屋。房子很快就盖好了，他歪脑筋一转，在屋内堆放几捆干稻草，浇上一壶洋油（煤油）点燃。熊熊火苗夹裹滚滚浓烟，把墙壁屋梁熏得乌漆麻黑。

这下，陶姓人家可就不干了，祖祖辈辈都生活在这里，明明是自己的土地，怎么可以随便让他人盖了房子？明明自己种下的桃林，又怎能被别人轻易霸占？于是，村民一纸诉状，将这姓孙的无赖告上官府。他们也打听了此人的来路，原来是光绪皇帝的老师孙状元的后代，仗着朝中有人，说话处事一向张狂霸道。村民担心空口无凭，也偷偷使用一些计策，连夜在岗上造一座假坟堆，坟内埋一只大石磙子，坟堆上覆一层新鲜的草皮，碑上刻陶氏先人的名字。

官府下来调查取证，双方各执一词。姓孙的把县太爷领进这幢房子，看到墙壁屋梁黑黢黢的，就认定这是一座居住了上百年的老房子。村民把县太爷带到坟堆前，只见他用脚踢踢坟上的草皮，新贴的草皮立刻脱落。掘开坟墓一看，土里根本不见棺材，竟然是一只石磙，原来是一座假坟。县太爷本就不敢得罪这个姓孙的无赖，于是不问青红皂白，葫芦僧判葫芦案，不仅将桃花岗判给了这个姓孙的，还不依不饶，以欺瞒官府之罪，将几位善良无辜村民各杖责一百大板。陶姓村民哑巴吃黄连，有理无处说，只能打掉牙齿往肚里咽。然而，这桃花也是有情物，待到来年春天，岗上的桃花就没再绽放，桃树也渐渐枯萎死亡。一桩冤案，让桃花岗从此有名无实。

解放后，人民政府实行土地改革，桃花岗被孙家霸占多年的土地收归集体所有。改革开放，土地承包到户，农民获得了对土地的自主经营权。勤劳智慧的新丰村村民，重新点燃起致富的梦想和对新生活的热情。上世纪八十年代，新丰村的当家人陶支书，带领新丰村民陆陆续续在桃花岗这片古老的土地上种植桃树，不光是为纪念先贤，欣赏桃花，更为了增收致富，美化家园。桃园面积年年扩大，从桃花岗一直蔓延至整个新丰村和周边的村庄，从当初的几十亩，发展到现在的上万亩。桃农由最初的一两户，发展到五六百户。新丰村，成了岭上水果第一村。新丰村村民，个个成了“桃花仙”，成了“现代陶渊明”。

新时代的新丰村民，不仅脚下找到了一条致富的路，心中还有萌动的诗情。近年来，结合美丽乡村建设，他们依托这十里桃园，大力发展乡村生态旅游，在偌大的一片桃园内建起桃花馆、农耕园、桃花潭、观景台、观景长廊等景观设施。“诗家清景在新春，绿柳才黄半未匀。若待上林花似锦，出门俱是看花人。”每年桃花盛开时节，春风十里，游人如织。新丰桃园，成了一处现代都市人无限向往的桃源仙境。

如若陶令在世，邀来同游，面对眼前这大美田园、遍地桃花，肯定会流连忘返，醉乐陶陶。说不定，又惹得他文思泉涌，写出一篇更脍炙人口、千古流芳的《新桃花源记》呢！

——原载 2018 年 3 月 16 日《合肥晚报》，获合肥晚报“赏桃花春曲 · 讲长丰故事”散文征文一等奖

义井，一个古老的传奇

义井，乃长丰县中部地区一个传统的农业大乡，以生态环境优美、人文底蕴深厚、历史遗存众多而名播四方。境内的千年古槐、凤凰古桥、车王古道、五千亩樱花基地、万亩草莓基地、千亩葡萄园等，让义井获得“中国生态特色旅游小镇”的荣誉，吸引了省城合肥和周边众多游客。

关于“义井”地名的由来，当地民间流传一则古老而神奇的传说——

相传，明朝万历年间，村里有个叫甄义的人，自幼父母双亡，靠吃百家饭长大成人。十几岁时，为糊口谋生，拜师学艺，跟随打井师父走南闯北，四处为人打井找水。多年后，在山东某地落户定居。由于他聪明好学，做事勤快，很快便掌握察测水脉的本领，成了远近闻名的打井高手。某一年，北方地区遭遇百年不遇的大旱，赤地千里，庄稼绝收，饿殍遍野，百姓四处逃荒。

此情此景，让客居他乡的甄义，想起远在千里之遥的老家，想起那些善良淳朴的父老乡亲。于是，赶紧收拾行囊，日夜兼程，千里奔波，回到阔别已久的家乡。但此时，家乡江淮一带也在闹旱灾，已经大半年没落一滴雨了。塘坝干涸，田地龟裂，禾苗枯焦，甚至连鸡喝牛饮的水都很难找到。古老的村庄，已失去往昔的生机。

面对满脸焦虑的众乡亲，甄义立即放下行囊，不顾连日旅途劳顿，一边安慰大家，一边带领村里的青壮年劳力冒着高温酷暑在村庄周围找水打井。但家乡一带，地处江淮分水岭岭脊，岗冲交错，本来就缺少水源，大旱之年，哪里容易找到一处适合打井的地方啊！他一遍遍回想师父临终前给他讲过的那些找水方法，尝试着能尽快找到水源。一天早上，在一片光秃秃的岗地上转悠半天的甄义，突然发现，面前灰黄的泥土里竟冒出一丛纤细嫩绿的草芽。这一发现，让他顿时喜出望外。只见他扑通一声双膝跪地，从怀中掏出一只瓷碗倒扣在地上。过了大约一个时辰，当他掀开瓷碗时，只见一股雾气随风而散，碗底上，还凝结了几颗晶莹闪亮的小水珠。凭经验判断，这地下，一定有水源！

甄义选定打井的位置后，就组织大家马不停蹄地掘地挖井。每天，从鸡叫头遍开始，一直干到满天星光。然而，挖了数日，仍不见有水的迹象，疲惫不堪的村民都很泄气，越往下挖越没了信心，甚至有人撂下工具打算放弃了。但甄义深信自己的判断，鼓励大家不能半途而废。他拼尽全力，一锹接一锹地带头掘土挖井，身体日渐消瘦。就在大伙几乎到了绝望的时候，井底的泥土终于泛潮了，冒水了。再往下挖深一尺，果然水如泉涌——井终于挖成了！

“出水了——出水了——”就在大家欢呼雀跃的时候，有人发现，甄义——这个身材高大的年轻人，此时已体力不支，身心交瘁，软软地瘫倒在新挖的井边，渐渐地闭上了双眼。任凭大家声嘶力竭地千呼万唤，他却再也没能醒过来。也许，是他的义举感动了上苍，顷刻间，天空乌云翻滚，暴雨倾盆。久旱的田野，终于迎来一场难得的透雨。

水井挖成后，给村民带来极大的方便，既解决了村民的饮水，也保障了周边数百亩土地的灌溉用水。

为了纪念甄义这位功臣，他们在井边立碑刻字，曰：义井。后来，当地人就干脆把这个地方改称为“义井”“义井岗”，并一直沿用至今。

这就是当地流传了几百年的“义士掘井”的传说故事，带有一份强烈的悲壮色彩和英雄正气。每每听来，都令人感慨唏嘘，心存敬意。

义井自古多义士。特别是革命战争年代，这里涌现出一大批追求真理、舍生忘死的仁人志士。辛亥革命时期，众多的义井进步青年踊跃参加淮上军，同腐朽的清王朝和反动军阀展开殊死的斗争。抗日战争时期，新四军淮西独立团在此建立抗日根据地，成立淮西地区第一个共产党领导下的乡级抗日民主政权——涂拐乡政府，组织发动当地民众投入到抗日救亡的滚滚洪流中去。

为弘扬甄义舍身为民、无私奉献的精神，结合美丽乡村建设，前些年，当地政府在美丽的樱花园附近修建了一座大型社区文化广场，命名为“甄义广场”。广场中央，矗立起一尊主题为“义士掘井”的巨型雕塑，时时激励人们，崇德重义，见贤思齐，以先贤为榜样，艰苦创业，奋力拼搏，为振兴乡村、建设美好家园贡献力量。

在义井，在这片乡风古朴的土地上，我为“义士掘井”的传奇故事而深深感动！

——此文获首届“合肥十佳故事”，入选《有趣的合肥地名》(黄山书社)

这一方如歌如诗的土地

每一次，路过杨庙，我的目光总是带着一份特殊的关切；每一次，走进杨庙，我的心头免不了会缠绕一丝别样的情愫。土地有灵。我常想，我究竟应当以怎样的视觉、怎样的思绪、怎样的切入点，去感悟杨庙这片寥廓的天空，去体贴杨庙这方灵性的热土呢。是以一名地方党史研究者的缜密思维？还是以一个文学创作者采风式的自由体验？或许，二者可以兼而有之吧！

位于江淮分水岭之上的杨庙镇，是长丰县域中部一座大镇，也是206国道、合淮阜高速公路上一座商贸重镇。作为一名地方党史研究者，我深知，这里党史资源极为丰富，红色印记随处可见。这是一片古老厚重的土地，这是一片英杰辈出的土地，这是一片风采绚丽的土地，这更是一片承载着光荣与梦想的土地呵！

杨庙，合肥地区最早掀起抗日风暴的地方。抗战之初，在延安中央党校和抗日军政大学学习的共产党员曹云露、张如屏，接受时任中共中央组织部部长陈云同志的谈话后，受中共中央派遣，日夜兼程，回到已遭受日寇铁蹄践踏的家乡杨家庙，广泛发动民众，建立地方党组织，掀起了轰轰烈烈的抗日救亡运动。

一九三八年，那个风寒料峭的早春时节，在杨庙老街上，在一家名为“张同泰”的杂货铺里，召开一次不同寻常的会议，宣布成立中共安徽省工作委员会。一时间，杨庙街头，到处张贴抗战标语、散发抗战传单，到处唱抗战歌、演抗战戏、喊抗战口号。当地民众那极其高涨的爱国情绪，融入滚滚滔滔的抗战洪流。

安徽工委成立后，以杨庙为中心，在寿县、霍邱、六安、合肥、肥西、庐江、凤台一带的广大地区，积极宣传抗日民族统一战线政策。随后，建立一支数百人规模的皖北抗日游击支队，开辟游击战场，攻打被日军占领的凤阳县城，收复寿县古城，狠狠地打击了侵略者的嚣张气焰。

抗日烽火，迅速燃遍江淮大地。中共安徽工委的成立，大大促进了皖北地区党组织的发展。在工委的坚强领导下，先后建立起两个区委和一个独立支部，为中国共产党在皖中、皖北地区的抗日斗争打开了新的局面。

岁月沧桑，物换星移。大半个世纪过去，当年宣布成立安徽工委的那家张同泰杂货铺以及整个街面上的老旧建筑早已荡然无存。河豸铺小街上，抗战期间用来掩护革命活动和革命同志的那爿“红色中药铺”亦不复存在。当年在战场上奋勇杀敌的许多新四军、游击队老战士，都已是白发苍苍的古稀老人。当他们回首那段烽火连天的艰苦岁月，总是感慨万千。回想起在杨庙锄奸打鬼子那一次次惊心动魄的战斗经历，仍然热血沸腾。而当他们追忆那些为革命壮烈牺牲的战友，更是情难自禁。是的，历史是不能忘记的。解放后，县人民政府在张同泰杂货铺原址上立碑，以示纪念。作为一名党史工作者，我曾和我的同事们一次次踏上杨庙的土地，走向安徽工委纪念碑，走进新建的安徽工委纪念馆，凭吊革命先烈，缅怀先辈的丰功伟绩，接受生动的爱国主义和革命传统教育。

翻开长丰地方党史，我仿佛走进那硝烟弥漫的岁月。抗战时期，仅仅在杨庙这片方圆百余公里的土地上，发生的大大小小的战斗就达数十次之多，其中，比较有影响的战斗有戚家埝反扫荡、戚小郢战斗、杨老圩战斗、肖埝战斗、蒋店伏击战、大柿园阻击战等。在那风雷激荡、狼烟四起的战争年代，带着国恨家仇，杨庙及其周边地区众多热血青年，踊跃参加共产党领导的新四军、游击队，为抗击日寇、保卫家园，作出巨大的奉献和牺牲。

一寸山河一寸血。血与火的洗礼，增添了这片土地赤纯的颜色和历史的厚重感。伟大的抗战精神，化作一笔极其宝贵的精神财富留给他们的后世子孙。今天的杨庙人，秉承先辈们赤诚、刚毅、果敢、勇于担当、不怕断头流血的牺牲精神，在社会主义新农村建设中，在改革开放、全面建设小康社会的道路上，依然奋勇向前，用他们的一腔智慧，用他们的勤劳汗水，在这片神奇的土地上续写新的篇章，努力建设富裕、文明、和谐的新家园，努力将杨庙打造成江淮分水岭上一颗为世人瞩目的闪亮明珠。

位于206国道旁的四树村，是当年皖北抗日游击支队和新四军淮西独立团多次同日伪展开激战和拉锯的战场。进入新世纪以来，当地政府科学决策，沿206国道规划建设了四树工业聚集区。曾经的一片荒岗地，现在居然成了招商引资的一方“风水宝地”。经过多年的良性发展和能量蓄积，已形成一定的规模和效益。涉及工业化工、环保建材、纺织服装、农副产品加工等十多家现代化企业，先后入驻园区。同时，开辟农民工创业园，鼓励、引导外出务工的农民带着资金和技术返乡创业。宽阔笔直的道路在园区延伸，高大整齐的标准化厂房分布有序，一辆辆货运汽车进进出出，一条条现代化生产线开足马力……在园区内参观，虽然仅仅是走马观花，但我还是真切地感受到，杨庙工业经济有着极强劲的、不可遏止的发展势头，杨庙这片流金的土地上，正源源不断地创造出更多的财富。

龙门寺水库下游的云峰村，是优秀共产党员、革命烈士刘云峰的家乡，也是县内唯一一个以烈士的名字命名的行政村。刘云峰，一位普普通通的农家子弟，一位叱咤风云的勇猛斗士，一位舍生取义的传奇式英雄。他不仅自己积极投身革命，还毅然决然地把全家人赖以活命的几亩薄田和一头肥猪卖掉支持革命。为中华民族的解放事业，他英雄虎胆，出生入死，经常扮成货郎，只身深入敌占区，在敌人的心脏内活动。一次，为掩护战友突围，他奋不顾身，只身杀入敌阵，流尽最后一滴鲜血，献出自己年仅35岁的宝贵生命。热血铸就丰碑，忠魂长留人间。几十年来，英雄的名字，一直被人们深刻铭记着；英雄慷慨悲歌的壮举，一直在当地民众中间广为传诵，永远激励着后来的人们。

近年来，云峰村依托省级农业示范园区——龙门寺现代农业开发区建设，围绕农业产业结构优化调整，先后组织村民成立多家农业生产合作社，建立太空莲、花卉苗木、有机草莓、有机蔬菜种植基地和各类特色养殖基地，村民的收入年年增加，村容村貌也大为改变。

循着浓浓荷香，我们步履轻快地走进云峰村太空莲种植基地。徜徉于莲的世界，置身于粉嫩的花海，人人抑制不住内心的喜悦。莲叶接天，荷花映日，也映照出村民们一张张幸福的笑脸。据这家合作社年轻的负责人小李介绍，这片基地所种植的莲子藕，是浅水类型的莲子藕品种，是常规白莲种子通过三次搭载科学实验卫星产生基因变异，经地面精心培育而获得的优良品种。云峰村引种的500亩太空莲，不仅获得巨大的成功，而且获得农业部绿色无公害农产品认证，注册了“渔莲淀”“太空莲”“心莲心”等系列商标。由于新品莲子、莲芯的食用药用价值较高，养身保健作用明显，进入上海、合肥多家大型超市和水果专卖店后，供销两旺。因为太空莲亩均效益高达万元以上，尝到甜头的村民信心大增，计划在一两年内将这片基地扩大到一两千亩的规模，并依托基地发展高品位、有特色的乡村生态农业观光休闲旅游。

在加快发展农村经济、千方百计实现农民增收致富的同时，近些年，杨庙镇的基础设施和生态环境也有了明显改善。树多了，林密了，路平了，水清了，花开了，风香了，景色更幽、更美、更宜人了。十井村、大程村，成为县内土地整治、美好乡村建设的典范。一幢幢别具风格的江淮新民居，让村庄从此改旧貌、换新颜。农民的居住条件大为改善，生活的幸福指数也与日俱增。尤其是云峰村，通过环境综合治理，成了远近闻名的市级森林村庄和省级生态文明村。“林间常闻野鸡鸣，田头时见野兔影。塘中鱼虾在欢腾，和谐发展气象新。”这是当地人的几句顺口溜，也正是云峰村生态和美、环境改善的生动写照。

春日里，瓦东干渠堤畔十里槐林，花开似雪。盛夏之际，龙门寺水库坝下绿意无边，荷风送凉。金秋时节，国道和高速公路两侧，瓜果飘香，稻浪千层，一派丰收在望的景象……

可以断言，杨庙——这片传承着红色基因、充满生机与希望的沃土，明天一定会更美、更好！

——原载2013年11月21日《合肥晚报·北城新闻》副刊、2015年第2期《云岭》，入选《合肥古镇》（安徽人民出版社）

记忆禹庙岗

在长丰县境西北部，在烟水苍茫的瓦埠湖以东，在滚滚西去的庄墓河北岸，有一大片地势突兀的岗岭，叫禹庙岗。高岗之上，有一座沧桑古朴的乡村集镇——禹庙。

禹庙岗，是一片古老的土地，一片多情的土地，更是一块红色的土地，一片英雄的土地。每一次，踏上禹庙岗这块土地，都令我心潮澎湃，感慨万千。抗日战争时期，在中华民族到了最危险的时刻，在这块古老的土地上，我英雄的军民，为保卫家园，同凶残至极的日寇展开殊死搏斗，为我们留下一串串红色的印迹，矗立起一座不朽的丰碑。

禹庙岗，古称“晒网岗”，因当地渔民每次从湖中打鱼归来，随手把一张张渔网晾晒于此而得名。传说，上古时期，由于瓦埠湖经常洪水泛滥，沿湖一带十年九灾。那一年，大禹来到江淮之间察看水情，途经此地，见百姓饱受水患之苦，便亲自带领当地民众疏浚河道，筑堤拦坝，治理水患。解除水患、安居乐业的当地百姓，为感念大禹治水的千秋功德，自发在此建庙，虔诚祭祀。每年农历二月十五禹王诞生日，周边十里八乡的群众成群结队地来赶庙会，到禹王庙敬香拜祭。逐渐地，以禹王庙为中心，兴起一座较为繁华热闹的小集镇。于是，这个叫晒网岗的地名，便渐渐被“禹庙岗”“禹庙”所取代。

1937 年“七七”卢沟桥事变爆发，日寇发动全面侵华战争。日军沿淮南铁路汹汹南下，迅速占领淮南铁路沿线的广大地区。日军三里一碉堡，五里一炮楼，实行严密封锁，在寿东南地区烧杀奸淫，肆意抢掠，无恶不作，罪行累累。日寇铁蹄践踏下的古老的家园，从此不再安宁。善良无辜的百姓，深陷水深火热的灾难之中。

侵略者的暴行，激起寿东南地区人民的坚决反抗。1941 年 3 月，新四军二师六旅十八团四连官兵，在智勇双全的十八团政治处主任杨效椿的率领下，翻越淮南铁路线，深入寿东南地区，开展游击战争，开辟敌后抗日根据地。随后，根据上级指示，以原十八团四连为基础，编入当地部分区、乡游击队，成立新四军淮西独立团，辖三个连和一个武工队。独立团指挥部就选择在地势复杂、易守难攻、群众基础好的禹庙岗，形成以禹庙岗为中心的淮西抗日根据地。当年秋天，在禹庙小学校园内，宣布成立由共产党领导的县级抗日民主政权——寿东南办事处。

在抗战处在最艰难的时期，这个新建立的红色抗日民主政权，成为寿东南抗日救亡运动的领导核心。在当地军民的积极配合下，寿东南办事处把武装斗争与根据地建设紧密结合起来，卓有成效地开展工作，发展抗日武装，扩大抗日力量，狠狠地打击日伪军，巩固和扩大了淮西抗日游击根据地。当地众多青壮年，抗日热情十分高涨，踊跃参加新四军、游击队和地方民兵组织，勇敢地投入到抗战杀敌的滚滚洪流中。

淮西独立团战斗在敌人心脏地带，拔据点、炸碉堡、扒铁道、锄奸杀敌，狠狠地打击了日寇的嚣张气焰。独立团的顽强作战，也激起敌人更大的仇恨和更疯狂的反扑。1944 年元旦，趁独立团正在禹庙岗举行军民联欢之机，日伪军纠集众多兵力，兵分八路，从四面集结而来，企图对禹庙岗一带我军政人员实行铁壁合围。独立团政委杨效椿、团长李国厚临危不乱，反应迅速，一边组织群众和机关火速转移至安全地区，一边占据有利地形，狠狠地狙击敌人进攻。直属警卫排悄悄绕至敌人背后，打得敌人措手不及。经过一个多小时的激战，打退敌人多次冲锋，毙伤日伪军三四十人，禹庙岗反扫荡战斗大获全胜。战斗结束后，一位战士诗人满怀豪情，挥笔写下《七绝》一首："张庄圩上汇群英，禹庙岗前竖汉旗。坚握手中三尺剑，誓驱日寇庆升平。"

活跃在寿东南地区即今长丰县境内的新四军淮西独立团，自成立到日本投降，由一个连、五十余人的武装，发展到六个连、一千余人的正规团，经历大小战斗二百多次。独立团以禹庙岗为中心，采取机动灵活、巧妙多变的游击战术，多次挫败敌人“清乡”“蚕食”和“围剿”，取得一个又一个战斗的胜利，消灭大量日伪军，保护了人民群众的生命财产安全，为抗战最终胜利做出巨大贡献和牺牲。当年，当地群众把淮西独立团当作“神兵”，并为英雄的淮西独立团、为独立团的领导人杨效椿编唱了一首歌谣赞曰：“独立团真群英，指挥能手杨效椿。战略战术巧变化，出奇制胜歼敌人。激战杨公庙，活捉王玉清。智取三和集，横扫害人精。威震淮西二百里，敌闻胆颤又心惊。”

直至今日，当地那些经历过抗战的烽火硝烟依然健在的老人，每当向人们讲述当年的抗战打鬼子的那段历史，依然激动不已，提及淮西独立团的威名时，仍肃然起敬。独立团与当地群众结下深厚的鱼水情，不仅对百姓秋毫无犯，农忙时还主动帮助农民抢收抢种，就连打仗时被日伪军毁坏的民房，也会帮忙修复或计价赔偿。在独立团的保护下，根据地的群众积极发展生产，拥军拥政，锄奸支前，不仅主动缴纳公粮，还主动为部队站岗放哨，监视敌人，送递情报，有力地配合支持了独立团的作战。

峥嵘岁月，铁血山河。在纪念中国人民抗日战争暨世界反法西斯战争胜利七十周年的日子里，作为一名地方党史工作者，我有机会陪同新华社和省、市新闻媒体记者多次走进禹庙岗，走近当年的寿东南办事处、新四军淮西独立团驻地遗址，寻访亲历抗战的那些老人，对禹庙岗在当年抗战中的地位和影响有了更新的认识。触景生情，我的耳畔仿佛响起“大刀向鬼子们的头上砍去”那振聋发聩的吼声。

昔日晒网岗，今日瓜果乡。这里，气候温润，地肥水美。近些年，通过政府引导，大户带动，禹庙村及其周边的农业产业结构的调整取得明显成效，建成草莓、西瓜、甜瓜、黄晶梨、南瓜、芦笋等优质农产品种植基地。鲜艳硕大、芳香四溢的丰香草莓，在中国草莓文化节草莓擂台赛上评为一等奖。禹庙岗的有机草莓，畅销大江南北，不仅让禹庙岗赢得“草莓之乡”的美誉，更为当地群众增收致富拓宽了渠道，让村民尝到草莓等特色农产品的种植带来的甜头。

禹庙岗的今昔变化，令人无限感慨。禹庙岗上的一草一木，让我想起当年浴血奋战的新四军淮西独立团官兵，想起寿东南地区可歌可泣的人民大众，想起无数为抗战胜利而献出宝贵生命的先烈前辈。他们同赴时艰、共纾国难、不畏强暴、血战到底的抗战精神，值得永远怀念和铭记！

铭记历史，并不是为了延续仇恨，而是为了告诉后人战争的残酷，为了不忘记血的教训，不让历史的悲剧重演。弘扬中华民族伟大的抗战精神，是为了更好地传承爱国主义精神，进一步增强我们的民族自豪感和自信心，更好地珍爱来之不易的和平与发展环境，珍惜无数先烈用血肉之躯换来的幸福安宁的生活。

那么，就请记住高高的禹庙岗吧！

——原载2018年第1期《淮上烽火》，入选《有趣的合肥地名》（黄山书社）

闻香识柘塘

“幽兰在山谷，本自无人识。只为馨香重，求者遍山隅。”兰草花，姿态优美，香味清雅，一直是我心中喜爱的花。

早就听说，地处长丰中东部江淮分水岭的朱巷镇柘塘村，生长着一种品性奇特的野生兰草花，也一直渴望前往，亲睹其绰约的芳姿。

当地人向我描述说，这里的兰草花，在柘塘街一带遍地皆是，花开艳丽，香气馥郁，而一旦移植他处，便失去生机，或很快萎蔫，或退化变种，更别指望让它开出多么芬芳绚丽的花了。难道说，植根于柘塘乡野之上的小小兰草花，真的蕴含着大自然的神奇造化和鲜为人知的生命密码么？

果不其然，来到柘塘，发现村道两旁、许多人家的庭前院后，都栽种着我从未见过的一种似兰非兰的植物——这就是传说中的柘塘兰草花了，当地人都习惯叫它兰花草。眼下，正值阳春三月，一丛一簇的兰草花，天生丽质，生机勃发。葱葱郁郁的绿叶间，正绽放出无数紫蓝色的小花，为这片美丽的乡土田园增添了不少颜色。

站在花丛前，嗅着幽香四溢的兰草花，不能不让人感慨：这方水土丰美的土地，不仅生长着人们赖以生存的稻麦豆谷，还孕育和滋养出如此美丽鲜妍的花卉供人观赏！

除了这引以骄傲的传奇之花，还有更多让柘塘人津津乐道的谜一样的东西。譬如，这里的古城遗址、大量的人工陂塘遗址、众多的庙宇遗址和不知开凿于哪朝哪代的古井群等。当地有一首类似顺口溜的民谣可以为证：“一里三个庙，三步两座桥，七十二口古井，遍地兰花草。”

柘塘，历史悠久，古称“城节镇”，后改名“紊村”。到了明末清初，也许是塘边多生柘树的缘故，才有了现在的称谓。庙多，桥多，陂塘多，古井多，可以想见当年此地人口密集，街巷纵横，小桥流水，市面繁华。

传说，柘塘一带，早在汉代就形成一座城池。唐宋时期，更是一派富庶繁盛景象。后因战争或自然灾害等原因，城池被毁，变成一片废墟。现如今，站在柘塘街西北角，古城轮廓的状貌依稀可辨。深灰色的土层里中，混杂着数不清的烂砖碎瓦。早先，柘塘许多居民从地里捡拾那些有带纹饰图案的砖石瓦砾，用以铺设庭院或保护院墙。

当地人向我们讲述，三国时，魏王曹操大军挥师南下，在与吴国孙权的交锋中占得上风，在江淮地区站稳了脚跟。文采卓著、七步成诗的曹植，从中原之地一路走来，亲临此地游玩。柘塘街上，至今还有曹植读书游览的地方——荷花池遗址呢！才高八斗的曹子建，足迹是否真的踏过柘塘这片土地，这一说法有无根据已无可考，毕竟岁月太过久远。穿越时光的隧道，我分明看见，一千八百多年前，此地绿柳堆烟、荷叶田田的盛时景象。

古老的柘塘，也曾硝烟弥漫，历经许多战事，见证了血与火的历史。清末，太平天国起义军将领袁宏谟大战柘塘街的历史，在当地是家喻户晓，而且有史可查，有据可依——

太平天国后期，天京失陷，英王陈玉成在寿州被叛徒苗沛霖诱杀。杭州守将袁宏谟含泪祭了英王之后，率所部太平军一路北上，意图会合捻军，东山再起。行至柘塘街，被驻守于此的淮军周盛传部挡住去路。周盛传是袁宏谟的妹夫，周满心希望利用这层亲情关系招降袁宏谟。袁宏谟却斩钉截铁地说：“我早已明志，只作太平军的忠臣，今日相遇，愿决一死战!”周盛传大怒，挥兵进攻。面对数倍于自己的淮军，太平军将士人人忠贞，个个骁勇，战斗异常惨烈。从上午一直拼杀到天黑，太平军战至仅剩数人。身负重伤的袁宏谟，在部下掩护下，趁着夜幕突出重围。

我真的不敢小觑眼前这座看似普通的农村小集镇。诸多的地方史料显示，在很长的历史时期，柘塘街一直都是文化和商业的繁盛之地。南到下塘，北至炉桥，东抵定远，西达寿县，在方圆百十里范围，人们纷纷聚集到柘塘街经营生意买卖。古朴的深街闾巷间，车辙深深的青石板街道上，不知走过多少游人商贾、贩夫走卒。

当年，柘塘一带，庙宇林立，僧尼众多，佛教活动盛极一时。规模较大的有东岳庙、泰山庙、香社寺（亦称“香舍寺”）等，其中，以香社寺的名气最大。清嘉庆《合肥县志》“古迹志”有这样一段记载：“香社寺在柘塘街西北，离城（合肥县城）百里，建年无考。”寺前，旧有琉璃舍利塔，居人往往于塔隅处夜见火光，有游僧云：舍利光也。香社寺毁于清末，遗址尚存。

大半辈子生活在柘塘街的一位杜姓老人回忆说，柘塘街最后一座庙宇——泰山庙，解放初期还在，庙内供奉泰山奶奶，常年香火鼎盛。特别是每年农历“二月二”庙会，大庙内进香许愿、算卦求子的香客络绎不绝。后来，大庙改作柘塘小学的校舍，最后一位僧人也还俗离去。随着办学规模的扩大，学校迁出大庙，另辟校址。庙宇因年久失修加之人为破坏而坍毁，大殿内供奉的那尊泰山奶奶铜塑也不知所终。走访中，当地几位上了年岁的老人，还能清晰地回忆起当年在泰山庙内上学听课、书声琅琅的情景。

柘塘民谣中的“七十二口古井”，并不一定是个很精确的数字，只是表明这里的古井数量极多，星罗棋布。石质的井口四周，布满一道道深深的勒痕。古井多而密集，有的地方两口井之间相距仅有数米。古井大多被石板和泥土封盖，早已废弃不用，成为枯井。当地人建房，一不小心就把它圈进宅内，等房子建好后，才发现屋内竟有一口古井。上世纪七八十年代，此地旱灾频发。当地居民为寻找水源，便拨开荒草，开启井盖，对部分古井实施清淤，从井底掏出许多古人取水用的瓦罐、锈蚀的钱币以及古代兵器箭镞。而我，在这条老街上随便走走看看，就发现大大小小好几口古井。为什么弹丸之地会有如此之多的古井？是短时间之内一下子开掘这么多眼水井，还是在历史的演进中逐渐形成？对于今人来说，恐怕真的成了一个难解之谜。

历史的变迁，让柘塘街昔日的繁华，渐渐雨打风吹去。那些传说掌故，也因岁月的久远而显得缥缈虚无。而柘塘，这片草木繁滋的膏腴之地，依然有兰草花迷人的气息，飘逸而来。

“他年历尽红尘事，犹是清流现在心。”欣赏眼前这一丛丛执著于一地、绽放在春风里的兰草花，我仍能强烈地感受到柘塘街昔年的一地风雅，和这片土地的古老与神奇。

——原载2015年3月26日《合肥晚报》“杏花村”副刊，入选《合肥古镇》（安徽人民出版社）、《环巢湖名村》（黄山书社）

樱花红陌上

“樱花红陌上，杨柳绿池边。燕子声声里，相思又一年。”

五千亩樱花园，这是怎样一个震撼人心的概念？五千亩樱花园，落户在皖中长丰一处岗冲起伏的土地上，又是怎样一幅美不胜收的画境？听上去似乎有些故弄玄虚、不可思议，然而现实却不容你半点存疑！

鲁迅先生在他的一篇文章中这样描写道：“上野的樱花烂漫的时节，望去确也像绯红的轻云。”这便是我对樱花最初的一点印象了。后来阅读冰心的《樱花赞》、何为的《樱花之忆》等美文，加深了我对樱花形象和品格的认知。

樱花，东方的神秘之花，代表着纯洁、高尚和淡泊。日本富士山下，东京上野公园，武汉大学所在的珞珈山，北京玉渊潭公园，青岛中山公园……都是极负盛名的观景赏樱的绝佳去处。樱花烂漫时节，引来无数游人徜徉花间树下，感受生机盎然的春意，感悟生命如花的美丽。

然而，樱花盛开的地方，毕竟太过遥远；樱花盛开的时节，毕竟太过短暂。直到今天，我还未逮着一次可能的机会，身临其境，一睹樱花的芳姿倩影，感受漫天花雨的浪漫情致。这对于一向崇尚自然、追寻唯美的我来说，也算是生命中一个不大不小的缺憾吧！

但现在，我可以十分骄傲地告诉你，在我的江淮大地，在我的家门口，在一处叫义井岗的地面上，很快就会汇成一片浩大的令人震撼的“樱之海”，很快就会形成一处满目芳菲让人称羡的赏樱胜地。樱花，到底是怎样的一种与众不同的奇葩；樱花，到底有着怎样的一种摄人心魄的自然之美——这样的瞻望和期待，渐渐地在我心中绘成一幅斑斓的风景画；这样的憧憬和遐想，让我心底的兴奋难以抑制。

想想，家乡长丰人真有大气魄、大胸襟、大手笔哩！现在，他们结合美好乡村、生态家园建设，通过招引国内一家极具实力的农业产业化龙头企业，不仅把有着“花树之王”称誉的樱花给引种过来，还将精心打造江淮分水岭上一个最新最亮最具特色的景点——集农林生态研发、旅游观光于一体的五千亩樱花种植基地。

花如樱美。眼下，这片樱花种植基地已雏形初现，而且拥有了一个诗意盎然的名字——“水韵樱田”。刚刚过去的这个春天，数十万株来自福建等地的山樱花树苗，已经在这里落地生根，新芽初绽。在精心抚育幼苗的同时，其他基础设施建设也在人们的翘盼中全面铺开。

从铺展于眼前的一张标注详细的园区规划图上，我可以清晰地看到，这个占地五千亩呈“田”字形的种植基地内，除了集中连片的樱花园、幽谧的樱花水岸、宽阔的樱花大道，还将规划建设名木花卉及盆景园、精品观光果园、药食园、百禽园、徽派建筑风格的休闲会馆等各具特色的园中之园。同时，利用基地内面积达六百亩之多的旷阔水面，建设水生植物园、特种水产养殖区，打造一处鸟飞鱼跃的湿地景观。他们眼光所瞄准的，是一座“国内一流，华东第一”的现代农业综合示范园区。他们现在要书写的，是“印象·长丰”最生动、最出彩的一笔。待到两三年后，樱树蔚然成林、樱花基地开园纳客之时，游人来到这里，除了可以尽情观赏数十个不同品种风华绝艳的樱花，还可以近距离接触到平时难得一见的珍稀动植物，亦可亲手采摘新鲜果蔬或执竿垂钓，静享四时田园的乐趣。

偌大一座“水韵樱田”，在广袤的江淮大地上独领风骚，想想都是那么惬意，那么美好。一望无际的樱花，如云似海，蔚为壮观，远观近看总相宜，那简直就是一场视觉的盛宴、一次精神的饕餮啊！只需三年两载，这片荒僻的土地上，就会建成一座小桥流水、亭阁映波、曲径通幽、桃李成蹊、团团篱落、处处荫翠的生态观光园。而当春色撩人、樱花似雪季节，这里就会呈现人们浩荡出游甚至游人成市、路为之塞的壮观景象。

“樱花烂漫几多时，柳绿桃红两未知。”樱花开时，冰彻天宇，暗香弥漫，多么绮丽，多么风雅。樱花林中的适意，樱花树前的悠闲，樱花雨下的曼妙……这一切，不知会醉倒几多文人、拍客；这一切，只能留待将来身临其间用心灵去感受、去品味、去遐想了，若用我手中的这支并不灵光的秃笔和贫乏的语汇去描述它，恐怕太过苍白！

逃离钢筋水泥的灰色丛林，奔向自在飞花的绿色原野，走进一座慰藉心灵的“精神樱园”，获得一处亦真亦幻的诗意栖居——毫无疑问，这应该是每个生活在这个喧嚷世界的现代人共同的夙愿吧！遗憾的是，更多的地方、更多的人，他们的梦境与现实总是背道而驰，而长丰人心中的大美樱花梦，长丰人追寻的生态田园梦，距离现实则是越来越切近了！

因为樱花，长丰的乡土从此多了一份令世人期待的神秘感；

因为樱花，长丰的乡土从此添了几多浪漫情调和绵绵诗意；

因为樱花，长丰的乡土从此让人感觉到如梦似幻妙不可言！

——原载2013年第4期《志苑》、2017年《西部散文选刊（原创版）》增刊，获《西部散文选刊（原创版）》首届“合肥·长丰首届樱花节”散文征文二等奖

沧桑洗马寺

听说双墩镇海宝集的洗马寺修复了，心中甚是欣慰，一直想寻个机会去看一眼。

洗马寺，曾是江淮地区一座著名佛寺。清嘉庆版《合肥县志》卷十四“古迹志”载：“洗马寺在海宝集，离城五十里，相传尉迟敬德驻军洗马于此。”

尉迟敬德，一个大名鼎鼎、家喻户晓的历史人物。隋末归唐，战功赫赫，多次单枪匹马闯敌阵，危难之时搭救过秦王李世民的命。在“玄武门之变”中，射杀齐王李元吉，为辅佐秦王夺取帝位发挥了极其关键的作用。唐王朝建立后，被唐太宗李世民任命为武侯大将军。

尉迟敬德淳朴忠厚，勇武善战，以功累封鄂国公，卒谥忠武，赐陪葬昭陵，位列凌烟阁二十四功臣第七位。而我国民间，更是把尉迟敬德看成纵横捭阖、百战百胜的一位战神，看成功高盖世、顶天立地的大英雄，敬爱有加，并把他和另一位唐朝开国将军秦叔宝尊为驱鬼辟邪、祈福求安的两大门神，世世代代敬奉膜拜。

尉迟敬德与合肥这座城市有着不解的渊源。史载，在开创大唐太平盛世的“贞观之治”期间，尉迟敬德奉唐太宗李世民之命，领兵驻守庐州（今合肥市），参加庐州新城——“金斗城”建设。当时，尉迟敬德安营扎寨的庐州之北五十里开外的海宝集一带，营盘处处，幕帐相连，刀光剑影，战马嘶鸣。尉迟敬德治军严明，不仅不欺民不扰民，还为地方办了许多好事，因此深得民心。

为表彰尉迟敬德建设“金斗城”有功，后人建寺纪念。因驻军饮马、洗马于此，故取名“洗马寺”。附近那口用来饮马、洗马的大水塘，称作“洗马塘”。自南向北穿村而过并一直通向淮河的那条河流，也被称作“洗马河”。

当地有一种说法：“先有洗马寺，后有海宝集”。相传，洗马寺建成后，远近香客云集于此，香火十分旺盛。洗马寺附近，也自然形成了集市贸易，而且随着人口的聚集，集镇规模越来越大。传说，洗马寺第一任当家大和尚，法号海宝。此人敬佛、护寺有功。圆寂后，当地人为纪念他，就以他的法号，将此地命名为“海宝集”。

长丰建县前，海宝集属寿县、定远两地的交界地带，有“一街跨两县”之称。而且海宝集恰处在定远、凤阳至合肥的一条官道上，途经此地的官员、南来北往的商旅，都要在这里歇歇脚，喝喝茶。直到解放初期，此地一直都是合肥城外一个重要驿站，一座热闹繁华的集镇。糟坊、油坊、染坊、木匠铺、铁匠铺、裁缝铺、百货店、茶楼酒肆、车马大店，一家挨着一家，生意兴隆。每逢农历一、三、八、十集日，海宝集南北、东西两条街更是熙来攘往，人流如织。然而，随着淮南铁路的修通，及后来行政区划的调整，铁路沿线的双墩集、罗家集等集镇随之繁盛起来，海宝集渐渐变得萧条冷落。洗马河上，那座修建于清道光年间的木桥，曾经行人过往，车马在途，历经一二百年风风雨雨，见证了海宝集由盛而衰的沧桑变迁。

曾经的洗马寺，占地十余亩，坐北朝南，规模宏大，气势磅礴，金碧辉煌。前后三进，分前殿、大殿、后殿，以及东西厢房，凡数十间，均为砖木结构。前殿大门东西两侧，立有尉迟敬德、秦叔宝两尊塑像，泥塑彩绘，高大威猛，栩栩如生。大殿供如来佛，两边供十八罗汉。后殿供观音、送子娘娘、马氏娘娘。寺院内，悬一口高约两米的大钟。每当钟声响起，声震十里之外，听者肃然。寺院外，有一口砖石结构的深井——“洗马井”，它的历史和洗马寺一样古老。

洗马寺，历唐、宋、元、明、清及中华民国数个朝代，千余年的漫长岁月，一直是无数善男信女心中的神圣之地。

解放初期，政府倡导办学。一夜之间，洗马寺成了海宝小学的校舍。寺庙内一下子涌进二三百名学生、十多名教师。佛门净地，从此失去以往的肃静清幽。“文革”期间，千年古寺洗马寺惨遭浩劫，彻底毁坏。寺内的砖瓦、梁柱等拆除后，运往别处，用于兴建海宝小学新校舍。那些材质优良的木料，被村民顺手拿回家去，打制成木盆、水桶、箱柜等家具。一块镌刻有“唐洗马寺”四个大字的石碑，断为数截，被一位细心的村民悄悄收藏于家中。而那口铁铸大钟，早在 1958 年大炼钢铁的年代，就已经被一帮精神极度狂热的人搬出寺院给毁掉了。

就这样，一座千年古寺完全消失在人们的视线里，只剩下一处高高的空旷的庙台，还有那条日夜流淌的洗马河在低声呜咽。

洗马寺没了，但洗马井还在，洗马塘还在，洗马河还在，洗马寺的庙台还在，那块字迹模糊的唐代残碑还在。当地人珍藏心底的洗马寺情结，也无法被彻底割舍掉。考虑到需要恢复和延续一个地方的历史记忆，也为了更好地传承和弘扬传统佛教文化，去年，当地几位热心的村民自发捐款捐物，在洗马寺原址上，恢复重建了一座新的庙宇，为佛像重造金身。

说实话，站在新建的洗马寺前，我的目光中流露出难以掩饰的失望。孤零零新盖的三间砖瓦房，与附近的普通农舍几无区别，也与我想象中红墙碧瓦、飞檐翘角、古色古香、高大威严的古洗马寺完全不一样。毕竟村民的财力有限，心有余力不足，很难重新恢复其原貌。

好在海宝集的村民们怀有一种强烈的家园意识，洗马寺的修复重建算是有了一个良好的开端。

——原载 2014 年 10 月 23 日《合肥晚报》“杏花村”副刊，收入《合肥古镇》(安徽人民出版社)

一路寻芳到桃源

春天来了，在合肥周边，哪里的风更香，哪里的色更艳，哪里的景更美？毫无疑问，当然就数长丰陶楼啦！

“逢春不游乐，但恐是痴人。”花信风准确无误地报告我一则最新讯息：陶楼桃花开了！看花的人儿，该立刻动身启程啦！

年年岁岁花相似，岁岁年年景不同。虽然已经记不清多少次来陶楼赏桃花了，但每一次，当车过瓦东干渠上的新丰桥，进入陶楼乡地界时，心中马上就会有一种怦然喜欢、新鲜如初的感受。

陶楼的乡野，安卧于高高的江淮分水岭之上。这里，远离市声，远离雾霾，也远离纷扰，呈现出一派怡人的“故乡原风景”。行走在陶楼旷阔的土地上，你会顿然感到，耳根格外清静，呼吸格外顺畅，视野格外开阔，心情也格外明净。而自己的胸襟，感觉亦如陶楼这幽僻、旷远的田野，舒缓而坦荡。

与别的地方相比较，这陶楼的春野，有着更丰富、更炫目的色彩，有着更古典、更乡土的情调。目力所及，除了青青荠麦，金黄菜花，淡淡烟柳，还有的，就是这灿若云锦的绯红桃花了。正是这连天接地的大片红霞，让陶楼的乡野，变得更加明丽，也平添几分祥瑞。

走进花开正盛的陶楼万亩生态果园，让人震撼，叫人感奋，令人遐想。十里花海，万树繁花，千柔百媚，如梦似幻。从果农那里得知，这偌大的一片果园，由当地百十户农户共同营造，种植着数十个不同品种的优良桃树。有的新枝初绽，有的老树新花。丽春，春雪，早露，美晴，白凤，燕蟠，夏香妃，夏之梦……就像大观园里那一个个貌若天仙的好姐姐、好妹妹，一样的风姿绰约，一样的妖娆妩媚，一样的娇羞欲滴，一样的争奇斗艳。若不是遇见果园的主人——这些专业的桃农，谁又能为我们一个个报出她们甜美动听的芳名。而我们，只知道她们共同拥有的一个古朴名字——“桃”，却根本辨不出哪是油桃，哪是白桃，哪是蟠桃，哪是早甜桃，哪是水蜜桃哩！

树丛花下，蜂飞蝶舞。桃农一边忙着给桃树疏花，一边不紧不慢地向游人“念”他们的种桃经、致富经，顺便还告诉我们，什么品种的桃子大致的成熟期，产量如何，有着怎样的果形和口感。我揣测桃农的心事，他们所憧憬的，大约是五黄六月间那硕果盈枝的成熟肥桃和这片桃园带给自家的丰厚收入吧。

而漫步于桃园香径的我等游人，更多地专注于眼前这娇俏的花枝和绝艳的花色，轻轻吟诵着一首首关于桃花的古诗。恍惚间，这随风摇曳的一树繁花，便幻化成俊秀可爱、盈盈含笑的美人儿。这会儿，赏花的人一定心情大好，浮想联翩，许多美好的情愫顿然涌上心头。自然而然地，便会想到珍藏于自己生命里的那位美丽温存、多情善感的红颜知己，想起曾经的那些最温暖、最浪漫的青春往事。

手机铃声就在这一刻响了，是省城文艺界一位好友打来的，恰恰是向我打探陶楼桃花节的信息，说是有一帮舞文弄墨的哥们、姐们想来赏花。

我说，那还迟疑什么呢，就赶紧地吧，别辜负了这一片明媚的春光，别耽搁了这一季热烈而短暂的花期。寻得半日的悠闲，迎着吹面不寒的杨柳风，冒着沾衣欲湿的桃花雨，一路踏青而来，一路寻芳而来，一路歌吟而来。来赴一场春天的盛会，来许一个美好的心愿，来结一段和桃花的因缘。在这里，可以亲近桃花，体贴桃花，牵手桃花，稍稍放纵一下心情，暂时抛开世间的烦扰与羁绊，当一回现代陶渊明，享一份回归田园的真趣。

在陶楼乡间，在桃林深处，在桃溪岸边，我喜欢独自一人，徘徊复徘徊。和桃花仙子来一场浪漫的幽会，向桃花仙子倾述一段心中的恋曲，与桃花仙子在春风里尽情缠绵，让心情和桃花一起悄然绽放，让身心醉乐于这无边无际的春光里。

——这里是田园牧歌的生态陶楼，这里是魂牵梦萦的梦里老家，这里也正是令无数人心向往之的“人间桃源”吧！

——原载 2013 年 4 月 5 日《合肥广播电视报》“闲趣 · 湖畔”副刊

吴山古庙话楹联

合肥北郊的吴山镇，是一座历史底蕴深厚的千年古镇。镇内，有一处著名的历史人文景观——吴山庙。相传，这座闻名江淮的千年古刹，与一位著名的历史人物有着密切关系。这个人，就是五代十国时期吴国的建立者合肥人杨行密。

杨行密，行伍出身，曾受唐封为吴王。唐朝末年，天下大乱。杨行密怒视朝廷腐败，怜悯民不聊生，凭借其智慧勇猛，揭竿而起，建立吴国，保障东南半壁人民安居乐业，免遭中原那样兵火流离之苦。其历史功绩，历来为史学家所称道。

《新唐书》《五代史》《资治通鉴》等诸多典籍文献，对杨行密的生平都有所记述。史书记载，杨行密建立吴国后，注重休养生息，奖掖农耕，鼓励桑织，百姓安居乐业，千里江淮曾繁华一时。杨行密之所以能号令三军，平定江淮，除了高超的军事指挥才能和远大的政治眼光，其“宽仁雅信，善得士心”“宽简有智略，善抚御将士，与同甘共苦，推心待物，招抚流散，轻徭薄敛”，是使民心归顺、事业成功的重要原因。

唐天佑二年（905年），杨行密在扬州病卒，其棺椁由长子杨渥及女儿百花公主护送还乡，葬于今吴山镇区东南侧。墓冢高大如山，墓旁立碑，曰：“唐吴王墓”。相传，他的女儿百花公主在墓旁修建百花园，以寄托哀思，并在墓侧建庵，护陵守孝。

吴山庙，正是一座纪念一代枭雄杨行密的历史建筑，原名大圣庵，后改称吴山庙。历史上，吴山庙屡毁屡建，历经兴衰。清乾隆、嘉庆年间，对吴山庙进行过两次大规模修缮。千百年来，吴山庙梵音不绝，香火鼎盛，声名远播，吸引八方信众。每年古历“二月二”吴山传统庙会，进香拜佛、求签问卦的香客络绎不绝，古镇人流如织，热闹非凡。“文革”期间，在“砸烂一切”的狂啸声中，大庙遭到严重破坏，几成废墟。上世纪90年代初，当地政府在原址恢复重建吴山庙，建有山门、天王殿、地藏殿、大雄宝殿、观音殿，另有斋堂僧寮数间。重修的吴山庙，红墙黄瓦，庄严肃穆，具有典型的唐代建筑风格，再现了古刹的千年风采。佛学大师、时任中国佛教协会主席赵朴初先生，亲自题写“吴山庙”匾额。在当时“合肥十景”的评选中，包括吴山庙、吴王墓、百花公主坟、杨渥古街、石牌坊等景点在内的“吴王遗踪”榜上有名。

此次，应邀参加首部《吴山镇志》编纂启动仪式，我再次借机造访吴山庙。陪同我参观考察的刘安红先生，是土生土长的吴山人，也是省级非物质文化遗产“吴山铁字”的传承人，对书法艺术和地方民俗文化颇有研究，对“吴王故里”吴山镇的历史掌故更是如数家珍。他告诉我，历史上的吴山庙，建筑宏伟，金碧辉煌，大殿森严，殿内雕梁画栋，一尊尊菩萨塑像栩栩如生，山门及各处廊柱上，镌刻有多副楹联。这些楹联，文字古雅，内涵丰富，书法精妙，回味无穷。遗憾的是，重修后的吴山庙，古联早已不存，让人感觉缺少一种内在的神韵。他完全凭着自己的记忆，随口朗读出其中的数副楹联。

“老佛归来，画里殿堂皆福地；真神到处，眼中丘壑即名山。”此联是吴山庙正殿联，意为吴山地处江淮丘陵，既无巍峨俊秀的名山大川，自然风景也并无特异之处，但在佛家眼里，这里却是一处清净幽雅的修行之地，是一处难得的福地洞天。

“看曼陀花，无我无人观自在；证菩提果，非空非色见如来。”此联也是吴山庙正殿楹联中的一副。联语文辞优美，意蕴深远，表达的是对佛门净地的敬畏。同时，劝诫那些诵经修行的人，只有一心不乱，俗累全抛，静思禅悟，虔诚修佛，才能达到无我无人、明心见性的妙境。

“吉凶忧喜本同门，种瓜得瓜，种豆得豆；天地阴阳无二理，余庆者庆，余殃者殃。”这副联语，对仗工整，比喻生动，旨在告诉人们，佛家讲究因果报应，种善得善果，种恶得恶果。

“法雨沛西天，救群生脱难消灾，润泽频施甘露水；慈云自南海，免此地善男信女，皈依远到普陀山。”此联是观音殿联。观音，是观世音的简称，也称“观自在菩萨”，是佛门四大菩萨之一。他最大德行就是“无缘大慈，同体大悲”。观音菩萨普度众生，解救世上一切苦难，给人们带来幸福和快乐，所以深得人们的爱戴和尊重。

“人世横流，看一代雄豪，称王称帝；佛门清净，诵千声梵呗，悟道悟禅。”此联是吴王殿联，也是寺庙内唯一一副咏赞吴王的对联。上联怀古抒情，赞誉有勇有谋、成就霸业的吴王杨行密的历史功绩，表达了家乡人民对吴王的爱戴和怀念之情。下联，赞咏歌颂佛德无量，劝勉人们只有永远不断地修行悟禅，才能实现人格的自我提升，达到一种超凡脱俗的境界，明了世间的种种道理和人生的真谛。

作为县境唯一保存下来的一座古寺庙，我曾多次走进吴山庙。说实话，每次参观过后，并未留下多么深刻的印象。这一回，安红先生为我的吴山庙之旅很好地补上一课，令我有耳目一新之感。

我想，将来若能重新恢复其原貌，再现吴山庙昔日的文化胜迹，真可谓功德无量！

——原载 2017 年 8 月 13 日《合肥晚报》“咏叹调”副刊

农耕园里寄乡愁

年年看桃花，总也看不够。春天来了，新丰村的桃花开了。想象那灿若云锦的一片原野，那美艳动人的簇簇桃花，我的心，又开始摇荡起来。何况，新丰桃花源今年又增添了一处极具特色的新景观——农耕园。

农耕园，全称“龙门寺农耕文化园”，坐落于长丰陶楼镇新丰万亩桃花源西南角、省级龙门寺现代农业示范园核心区。这是一处有着传统徽派民居风格的新建筑群，远远看去，就像掩藏于桃林深处一座幽静整洁的农家院落，与桃花源景区布局和谐统一，相映成趣。

走进这座牌坊式造型的高大门楼，迎面是一片空阔的院场。场地中央，立有一座题名为“金牛开耕”的大型雕塑。一头体型壮硕的大水牛，正昂首奋蹄，使劲拉犁耕地。牛身后，是一位头戴斗篷、手扶犁梢的农人。这座栩栩如生的雕塑，展示给游人的，是一幅立体的、生动的《春耕图》，是我们曾经司空见惯的乡村劳作的场景。田垄间，一个可爱的稻草人，静静地站在那儿。雪白的背景墙上，一个大大的隶书“稼”字格外显眼。

院子四周的洁白的粉墙上，彩绘有反映乡村田园风光的大幅图案，有反映历代教民稼穑的农耕先人生平事迹的图文资料，还有反映江淮地区农业生产的“农事四季歌”。二十四节气的物候特征和各种农事活动，编成一首首朗朗上口、好读好记的民谣歌诀，令我忍不住地读出声来。

走进宽敞的室内展厅，上百件江淮分水岭地区不同时期的传统农具，在这里集中收藏、展示，一路看过去，就像欣赏一轴徐徐展开的农耕文化长卷。木犁、木耙、石磙、连枷、水车、石磨、碾盘、碓子、砻子、木榨、镢头、扬木、木锨、铁锹、锄头、钉耙、镰刀、搂耙、乌斗、秧架、秧马、荆条筐、架子车、独轮车等，重现了春播、夏管、秋收、冬藏的传统农业生产方式，让人身临其境地感受到传统农耕文明的悠长历史和田间劳作的艰辛苦累。

除了各式农具，室内还展示有纺棉车、织布机、经线拐、铡草刀、牛角拨槌、风箱、簸箕、箩筛、笆斗、筐篮、稻箩、篾篮、篓子、粪箕、鱼罩、榔头、锛子、铁铲、斛桶、火篮、笼屉、火叉、刀石、板升、酒壶、马灯、香龛、烛台、妆匣子、土熨斗、香油灯、煤油灯、笊头子、麻凳子、葫芦瓢、蒜臼窝、泥抹子、斗笠、蓑衣、木屐、草鞋、夜壶等许多农家日常生活用具。就像岁月深处发出的一道幽幽光亮，透过这些古朴而又粗陋的器物，既让我窥见一代代先民的智慧与创造，也真切地领悟到“一粥一饭当思来之不易，半丝半缕恒念物力维艰”的生活哲理。

我是个地地道道的农家子弟，生在农村，长在乡间，一头的高粱花，浑身的泥土气。在乡下老家，我度过“牧童归去横牛背，短笛无腔信口吹”那段无忧无虑的少年时光，见惯“晨兴理荒秽，带月荷锄归”那般日出而作日落而息的农家生活，也享受过“稻花香里说丰年，听取蛙声一片”那种乡村岁月的诗意栖居。但在这里，在这一刻，一下子见着这么多已然消逝和行将消失的老农具、老物件，我仍然有眼前一亮的新鲜感。当我走到近前，为身边几位年轻女伴一一报出它们的名字、介绍它们的用途时，真切地感受到之前未曾发现的粗犷朴拙之美，也感到几分久别重逢的亲切。同时，生出无限感慨：从原始的刀耕火种、击壤而歌，到后来的半机械化生产，再到今天的现代农业，从凶荒饥馑的旧年月，到仓廪丰实的新生活，时代的发展、进步，真的太快了！

“陶令不知何处去，桃花源里可耕田。”景色怡人的新丰桃花源里，除了可以徜徉花海，放松心情，吸引我们的，还有这么一处魅力独具的农耕园——一座琳琅满目的“民俗大观园”。就像穿越一条漫长的时光隧道后，重新找到回归乡土田园的悠然情趣，唤起对质朴宁静的乡村岁月的美好记忆，更留住了心中那份美丽的乡愁。

我参观过许多综合性的博物馆、展览馆以及各种特色藏馆，如奇石馆、陶瓷馆、玉雕馆、木雕馆、根雕馆、民俗馆、茶艺馆、古钟表馆、城市规划展览馆、非物质文化遗产园，等等。但过后，并未留下多么深刻难忘的印象。而一座农耕园，于我而言，浓浓乡土味更具吸引力，更值得反复品味。虽然它的规模不算很大，藏品还有待丰富完善，但它展示给我们的，是古老乡土恒久不变的温暖底色，是原汁原味的传统民俗文化，是源远流长的中华农耕文明。

窃以为，留一份农耕文明的标本，让传统和现代在此交汇与融合，勾起人们思乡怀旧的情绪，的确富有创意，用心良苦，值得点赞！

辑三　红色课堂

独立寒秋，湘江北去，橘子洲头。看万山红遍，层林尽染；漫江碧透，百舸争流……

哦，延安

——红色延安行之一

终于看到了滚滚的延河水，终于望见了巍巍的宝塔山，终于走进那一排排朴素的土窑洞，终于感受到信天游的高亢悠远。

我曾无数次在影视画面中看见过延安，在文学作品中阅读过延安，在党史书卷中认识了延安，也在红色歌声中感悟过延安。“几回回梦里回延安，双手搂定宝塔山。”读着这样感情滚烫、脍炙人口的诗句，怎不让人对革命圣地魂牵梦萦，充满神往！我要去延安——这种强烈的愿望，这份美好的憧憬，少年时期就深深植根于我的心底。

在这层林尽染、万山红遍的美好时节，我怀着“朝圣”的心情，高铁线上千里奔波，终于踏上向往已久的陕北高原，终于来到红色延安。

延安，是党中央和红军长征的落脚点；延安，是党带领人民军队奔赴抗日前线的出发点；延安，是中国人民革命斗争的指导中心和总后方；延安，是指引中国革命胜利的一座“灯塔”。在中华民族生死存亡的最紧要关头，正是延安这座偏居西北的高原小城，义无反顾地肩负起民族再造、涅槃重生的历史重任。

中国共产党延安时期的十三年，领导中国人民进行了艰苦卓绝的抗日战争、解放战争，找到一条从胜利走向胜利的正确道路，书写了史诗般不朽的传奇，孕育出光耀千秋的延安精神。毫无疑问，三山鼎峙、二水交汇的延安城，成了中国革命的一块“风水宝地”。“百年积弱叹华夏，八载干戈仗延安。试问九州谁做主，万众瞩目清凉山。”这是当年陈毅同志赞颂延安的一首诗作，形象而明确地回答了在中华民族最危险的时候，延安就是中国的希望所在，中国共产党才是抗日救国事业的领导核心，是全国人民真正的主心骨。

爱国华侨领袖陈嘉庚率“南洋华侨回国慰劳视察团”访问延安时，毛泽东请他在自己住的窑洞里吃饭。饭桌上，只有战士们种的几样清淡的蔬菜和邻居大娘送来的一只母鸡，招待费仅 1.5 元。这与蒋介石在重庆花费八百块银元一桌的豪华宴相比，可谓寒酸至极。陈嘉庚先生所到之处，欣喜地看到中国共产党坚持国共团结、坚持抗战到底的坚定立场，看到延安军民艰苦奋斗的生活作风和延安良好的社会风气，不禁向海外华侨发出“中国的希望在延安”的大声疾呼。

是的，这里有崇高的精神信仰，这里有自由民主的空气，这里是中华民族的希望所在。抗战爆发后，延安成了无数中华儿女的理想之城和向往之地，成了他们灵魂的归依。千千万万的热血青年、思想进步的知识分子，冲破重重封锁，从祖国四面八方奔赴红色延安，投入到滚滚不息的抗战洪流中去。

1939 年底，一位年轻的大学生从上海出发，风餐露宿，一路西行，历尽千难万险。当他终于走到延安南郊，当哨兵告诉他，这脚下的土地就是延安时，他双膝跪地，噙着泪水，抓一捧黄土紧贴脸庞，动情地大声喊道：“祖国呵，就剩下你这片神圣的净土了！”这是大型红色舞台剧《延安，延安》中一个让人泪流满面的感人场景，也是当年无数革命青年向往延安、奔赴延安的一个生动缩影。

来到延安后，我才知道，这座抗战时期的红色之都，这座面积不大的老城区，遍布着 130 处革命纪念地、168 处红色旧址。“中国革命博物馆城”的美誉，可谓恰如其分。而许许多多延安时期扣人心弦的红色经典故事，更为这座高原古城增添了神奇的色彩。

几天来，我随着一波接一波“寻根”的人流，登临宝塔山、凤凰山、清凉山，踏访王家坪、杨家岭、枣园，参观延安革命纪念馆、抗大旧址、西北局旧址、延安保育院旧址、中共七大会址、延安文艺座谈会会址。一处处红色遗址遗迹，一座座简陋朴素的窑洞旧居，一幅幅珍贵的历史照片，一件件经历战火洗礼的革命文物，都让我长久驻足，并引发我深深的思考。每到一处，我对红色延安的了解就更进一步，对战争年代培育出的以“自力更生、艰苦奋斗”为主要内容的延安精神，理解得就更深刻一些。

每当夜幕降临，华灯初上，回到我位于延河之畔、闹市中心的圣通大酒店八楼的住所，拉开宽大的窗帘，就可以准时看到正对面宝塔山上演的“灯光秀”。伴随着《东方红》这首极熟悉的乐曲响起，宝塔山上美轮美奂、震撼人心的大型多媒体灯光表演，营造了延安宝塔五彩斑斓、光芒万丈的宏阔意境，让我在声光电的变换中回望历史，感受这革命圣地的别样风景。万千感慨，如波涛般在胸中翻卷不息。

“忆往昔，峥嵘岁月稠。”重温延安革命的光辉历史，缅怀革命前辈的丰功伟业，就会感受到中国革命的艰辛与伟大，就会对中华民族的未来充满自信，就会更加珍惜我们今天所处的和平盛世和来之不易的幸福生活。

不忘初心，方得始终。延安，有着最为鲜明的红色基因；延安，有着极其强大的精神磁场；延安，是一部深沉厚重的鸿篇巨制；延安，更是中国革命的一座巍巍丰碑。这里的山让人仰望，这里的水让人沉思，这里的一切都让我们永远铭记。延安之行，让我们汲取的是精神的养料，感受到的是信仰的力量！

延安，是新中国成长的摇篮，是每位共产党人共同的精神家园。如果你想了解中国共产党从哪里来，那就看看延安的宝塔和窑洞吧！延安之行，成了我人生之旅中一次最难忘的经历！

千古绝唱沁园春

——红色延安行之二

"……俱往矣，数风流人物，还看今朝。"

每次朗诵毛泽东的《沁园春·雪》，都会心潮澎湃，热血沸腾，为这首大气磅礴、脍炙人口的瑰丽诗篇而深深折服。这首前无古人、独领风骚的《沁园春·雪》，堪称中国革命的励志之作，有着极大的艺术魅力和震撼人心的力量，充分展示了共产党人的崇高理想和坚定信念，体现出一代伟人的雄才大略和诗人毛泽东的禀赋气质。

1935年10月，毛泽东率领他的长征部队走过千山万水，到达陕北革命根据地。1936年2月初红军东征前夕，毛泽东来到陕北清涧县袁家沟村，在此起草著名的《东征宣言》，准备东渡黄河，开赴抗日前线。一场大雪过后，毛泽东带着随行人员，踏上银装素裹的黄土塬视察地情。眺望千里冰封、万里雪飘的北国风光，毛泽东触景生情，追古思今，不禁浮想联翩，激情澎湃，对中国革命充满了必胜的坚定信念。当晚，回到住处的毛泽东诗兴大发，点上蜡烛，摊开稿纸，挥毫泼墨，在房东白育才老汉家的一张小炕桌上，写下这首气吞山河的豪放之词《沁园春·雪》。千古名篇，就在这极端恶劣的环境下、在中华民族生死存亡的危急关头诞生了！

抗战胜利后，蒋介石玩弄"假和谈、真内战"的阴谋，摆下"鸿门宴"，邀请毛泽东前往重庆谈判，并口出狂言："中国不能有两个太阳。"毛泽东心系天下苍生，不顾个人安危，以无产阶级革命家大无畏的英雄气概，于 1945 年 8 月 28 日从延安飞赴重庆，同国民党蒋介石进行长达四十三天的艰苦谈判，为实现又一次历史转折争得了主动权。

在重庆期间，毛泽东在百忙之中同社会各界朋友进行广泛接触。著名的民主人士、诗人柳亚子先生，是毛泽东在第一次国共合作时结识的老朋友，二人在重庆多次会晤，柳亚子屡有赠诗，并向毛泽东索诗，毛泽东便以此诗回赠。当柳亚子读到《沁园春·雪》后，兴奋异常，击节赞叹，称这首词为“千古绝唱”，当即写下和词。很快，重庆《新民报晚刊》将《沁园春·雪》一词刊出。两周后，重庆《大公报》又将毛泽东的赠词和柳亚子的和词一并公开发表。该词一出，石破天惊，在整个山城重庆掀起惊天骇浪，引起巨大轰动。

《沁园春·雪》这首词，分上、下两阕，上阕描写冬日的北国雪景，展现伟大祖国雄伟而多娇的壮丽山河；下阕由诗人对祖国山河的壮丽而感叹，并引出秦皇汉武等英雄人物。诗人纵论历代英雄人物，抒发的是中国共产党人的伟大抱负和宽阔胸怀。词中列举的这五个历史人物，是两千多年中国历史上皇帝中间能入得了毛泽东法眼、屈指可数的明君雄主，但毛泽东还叹惜他们文才都不行。毛泽东给了前面四位足够的尊重，只是“略输”和“稍逊”，至于成吉思汗，就很不屑了，一句“只识弯弓射大雕”，十分传神地表现了他只恃武功而不知文治的莽夫形象。

整首词章，气势恢宏，境界博大，字里行间渗透着毛泽东思想的深刻哲理，胜利的豪情更是溢于言表。有人揣测说，词中的“风流人物”暗指毛泽东本人，而我们却认为，在这里，毛泽东所赞颂的“风流人物”，并不是指哪一个具体的人，而是当代的革命英雄群体，是最广大的人民群众。只有人民，才是创造历史、主宰历史发展的动力，才是当代真正的“风流人物”。

一首雄沉、大气的《沁园春·雪》，充分展示了一代伟人的博大胸襟和盖世才华，使人们从毛泽东及其领导的共产党身上，看到了中国的光明和前途。

据说，《沁园春·雪》的发表，一时间，人们争相传阅，好评如潮。诗人以胜利者的姿态，宣告蒋家王朝必然灭亡，人民的事业必将胜利。那慷慨激昂的文字，那指点江山的气概，让国民党当局惊恐万状，蒋介石更是恼羞成怒。在蒋的亲自授意下，国民党组织了在重庆的一大帮御用文人，以唱和为名，进行猛烈围攻，妄想把毛泽东这首词的气势压下去。无奈这些人都信心不足，缺少伟人的文韬武略和思想襟怀，绞尽脑汁炮制一些平庸浅薄之作，永远无法达到《沁园春 · 雪》所具有的思想深度和艺术高度。所以，老蒋亲自导演的这出荒唐闹剧，很快便以失败而收场。

毛泽东和他的队伍离开袁家沟后，白育才老汉将主席使用过的这张小炕桌精心保管，并作为白家的传家宝传给后代。1972 年，延安革命纪念馆新馆建成之初，在征集革命文物时，老汉的家人主动将这张小炕桌无偿捐赠给国家，以表达对人民领袖的无比崇敬和爱戴。

今天，当我来到延安革命纪念馆第二展厅“红军东征”部分参观时，在讲解员的提醒和引导下，竟然看到当年毛泽东写下《沁园春 · 雪》一词的这张半米见方古朴陈旧的小炕桌，看到桌面上蜡烛燃烧后留下的印记，不禁驻足感慨，思绪翻卷。一次极其偶然的机缘际遇，让陕北农家这张普通的小炕桌，和一代伟人联系在一起，和一首千古绝唱联系在一起，和波澜壮阔的中国革命史联系在一起。也因此，它成了一件无比珍贵的革命文物，成了中国共产党和中国革命的“传家宝”，永久地保存下来，并将永远地传承下去。

所以，我们面对的，绝不是一张普普通通的小炕桌，绝不是一般意义的一件文物古董。它让我们想起了中华民族的过去，想起了中国革命的伟大与艰辛，更让我们看到了中华民族光明的未来。

窑洞风情

——红色延安行之三

来到革命圣地延安，当然要参观延安的窑洞，当然要欣赏延安的窑洞风光。

窑洞，是黄土高原的产物，是中国西北地区最独特、最具代表性的民居形式，具有浓厚的民族风情和乡土气息。千百年来，镶嵌于黄土高原沟峁山梁间的窑洞，一直是陕北民众赖以生活的重要居所。依山临水的窑洞，体现的是古代先民的生存智慧。

而在我们这些后来者的眼里，延安的窑洞，不仅具有传统民俗文化的意义，更成为延安的红色文化符号。没有延安的“窑洞时期”，就没有今天崭新繁荣的中国。延安的窑洞，是中国革命走向成功和胜利的象征。

当年，美国战地记者埃德加·斯诺来到延安，惊奇地发现，生活在这里的人们，不像其他地方住土房子，而是在土洞藏身。他的《红星照耀中国》一书里，这样绘声绘色地描述被陕北人称为“窑洞”的建筑：“他们先在灰褐色的山坡上挖一个截面，然后向纵深挖掘，住在这里竟然冬暖夏凉。”后来，一帧广为流传的伟人头戴八角帽的帅气照片，便是毛泽东在接受斯诺采访时，以延安土窑洞为背景拍摄的。

在延安短短几天的行程里，我们先后参观了凤凰山、杨家岭、枣园、王家坪等革命旧址，走进毛泽东当年住过的几孔简陋的窑洞。

位于延安凤凰山麓的吴家窑院，是毛泽东初到延安的第一处住所。它的闻名于世，是因为一部“奇书”的诞生。在这孔昏暗的窑洞里，毛泽东经过缜密思考，连续伏案九个昼夜，废寝忘食，呕心沥血，在一沓粗糙的土草纸上奋笔疾书。写作时因过分专注，连脚下的那盆炭火烧着棉鞋棉袜也全然不知，终于写出光辉的著作《论持久战》。毛泽东以深邃的洞察力和高超的预见性，有力地驳斥了“亡国”和“速胜”等各种错误论调，指明抗日战争的发展规律和夺取最后胜利的途径，明确指出“抗日战争是持久的，最后胜利属于中国”。毛泽东以他的如椽大笔，一扫长时间笼罩在人们心头的阴云。“战争的伟力之最深厚的根源，存在于民众之中。”书中的这句名言，成为唤起千百万民众团结抗战的响亮号角。此后，战局的发展，果然都出现在他的这本书中。

《矛盾论》《实践论》《反对自由主义》《新民主主义论》《论联合政府》《在延安文艺座谈会上的讲话》等一部部经典名作、一卷卷传世雄文，就是毛泽东在延安这逼仄的窑洞里、在光线微弱油灯下酝酿出世的。收入《毛泽东选集》第四卷的 159 篇文章中，在延安写成的，就达 112 篇之多。中国化的马克思主义——毛泽东思想，就诞生在延安的土窑洞里。

杨家岭毛主席旧居，是一排三孔坐北朝南的接石口土窑。当年，毛泽东和党中央在这里组织召开延安文艺座谈会、六届七次全会和党的七大等重要会议，作出许多重要决策，组织领导了影响深远的延安整风运动，发动开展了轰轰烈烈的解放区大生产运动。顺着讲解员的指点，我看到旧居门前一方简陋的石桌和几只低矮的石凳。这是当年毛泽东会见美国进步女记者安娜・路易斯・斯特朗谈话时坐过的地方。站在这里，我的思绪穿越大半个世纪，仿佛听见伟人和洋记者的一场精彩问答，听见那句“一切反动派都是纸老虎”的极其著名的论断。

随着参观的人流，我缓步走进枣园革命旧址，走进毛泽东等伟人旧居。仔细地打量窑洞内简陋的陈设，想象他们曾经在这里办公生活的情景。土墙、土炕、木桌、木椅、书架、地图、油灯……这就是革命领袖住过的窑洞，这就是窑洞内的所有陈设，简单到不能再简单，朴素到不能再朴素。当年，我们的领袖，在这窑洞里思考写作、读书看报、阅览文件、接待客人，指挥一场接一场惊心动魄、十万火急的战事。透过这一件件实物、一幅幅照片，让我仿佛跨越时空的界限，看到了一代伟人的音容笑貌，感受到他们博大深沉的内心世界。

面壁黄土，胸怀天下。就是在这样极端艰苦的环境里，毛泽东、周恩来、朱德、刘少奇、任弼时等老一辈无产阶级革命家胸怀韬略，运筹帷幄，指挥方遒，决胜于千里之外。在这里，既能感受到革命前辈“创业艰难百战多”的无比艰辛，又有“谈笑间，樯橹灰飞烟灭”的从容若定。窑洞，这个世界上最小的指挥所，指挥了世界上一场最大规模的人民解放战争。

在烽火岁月中诞生的中国人民抗日军政大学，没有气派的校舍，没有宽敞的教室，只能在窑洞里艰苦办学，被人形象地称为“窑洞大学”。“认字就在背包上，写字就在大地上，课堂就在大路上，桌子就在膝盖上。”就是在如此恶劣的环境里，“团结、紧张、严肃、活泼”的校训，仍牢记在每个“抗大”人的心中。从1936年创立到1945年结束的十年间，“抗大”共招生8期，创办分校12个，培养十万多名优秀学员，造就了一大批急需的德才兼备的抗日军政干部，为人民军队的发展壮大、为中国革命的成功作出巨大贡献。

毛泽东为“抗大”学员作报告时，曾对延安的窑洞大加赞美：“延安的窑洞是最革命的，延安的窑洞有马列主义，延安的窑洞可以指挥全国的抗日战争……全国人民把希望都寄托在我们身上，寄托在延安的土窑洞里。”

安娜·路易斯·斯特朗对延安窑洞的印象颇深，在她的回忆录中这样感慨地写道：“党的负责干部，住着寒冷的窑洞，凭借着微弱的灯光，长时间地工作。那里没有讲究的设施，很少物质享受，但却住着头脑敏锐、思想深刻和具有世界眼光的人。”

参观路上，我的目光一直被延安的窑洞深深吸引。这里，每一孔窑洞，都曾对中国革命作出过巨大的贡献；每一孔窑洞，都延伸着中国共产党人艰苦奋斗的足迹；每一孔窑洞，带给人们的一定是一种民族精神和一份民族自豪。可以说，延安的窑洞，和巍巍宝塔山、滚滚延河水一样，是革命圣地延安的象征。

我以为，依山的斜坡上，那一排排温暖朴素的窑洞，是革命圣地延安一道最美最靓的风景！

在“为人民服务” 讲话台前

——红色延安行之四

《为人民服务》，是毛泽东同志的一篇经典名作。出生于上世纪六十年代的我，曾捧着课本一遍遍地阅读过、背诵过，也无数次地为之感动。今天，我作为延安市委党校培训班的一名学员，怀着极其崇敬的心情，来到革命圣地红色延安，来到诞生这篇光辉著作的地方——“为人民服务”讲话台旧址。在接受革命传统教育的同时，对我们党“全心全意为人民服务”这一根本宗旨，有了更深刻的体会和更新的领悟。

在延安枣园后沟西山脚下，是一座占地约两千平方米的“为人民服务”讲话纪念广场，也是枣园革命旧址的一个组成部分。山腰崖壁上，毛泽东手书“为人民服务”五个红色大字，格外醒目耀眼。紧依山脚下的纪念广场，静穆而又庄严。正面，矗立着一尊高六米、重六十吨的张思德烈士花岗石雕像，着一身八路军军装，身背木炭，表情凝重，目光深邃，展示出一名革命军人的青春风采。雕像两边，是两面高大厚重的浮雕墙。左边，镌刻《为人民服务》讲话全文。右边，一组浮雕，反映的是战士张思德执勤、训练、战斗、烧炭的几个场景，再现了张思德同志短暂而光辉的一生。广场两侧，是一排排高大挺拔、临风而立的白杨树。

1944 年秋，年轻的八路军战士张思德，积极响应大生产运动的号召，主动报名参加中央机关组织的生产小分队，和战友们前往距延安七十多华里的安塞石峡峪一条山沟里烧木炭，解决边区干部战士冬季取暖问题。建窑、伐木、出炭、包装、背运……张思德带领战友们不分白天黑夜地参加劳动。不到一个月，就烧出五万多斤木炭。然而，就在开挖一孔新窑时，突然遭遇炭窑崩塌，张思德奋力把身边的战友推出窑外。战友得救了，而他自己不幸被深埋在炭窑内，献出了年仅 29 岁的宝贵生命。

噩耗传到延安，毛泽东主席非常痛心难过，亲笔题写“向为人民利益而牺牲的张思德同志致敬”的挽词，并于张思德牺牲三天后的 9 月 8 日，亲自参加在中央警卫团的训练场上举行的张思德同志追悼大会。当主持人追忆了张思德同志的生平和革命生涯后，毛泽东神情凝重，缓步走上临时修建的一座土台子，面对台下千余名军容整齐的八路军官兵，即兴发表了长达 40 分钟震撼人心的《为人民服务》主题演讲。“我们的共产党和共产党所领导的八路军、新四军，是革命的队伍。我们这个队伍完全是为着解放人民的，是彻底地为人民的利益工作的……”毛泽东主席的讲话开宗明义，提出了共产党和革命队伍“为人民服务”的伟大命题。接着，对张思德这位平凡中见伟大的普通共产党员和革命战士作出了最崇高的评价。“张思德同志是为人民利益而死的，他的死是比泰山还要重的……”主席那朴素而深刻的话语，那浓重而亲切的湘音，久久回荡在广场上空，回荡在现场每一位听众的耳畔。

从此，“为人民服务”这句话，在我们党员队伍中广泛流传开来，成了中国共产党各项工作的出发点和立足点，成为共产党人的立党之本、执政之基、力量之源，成为中国共产党最有号召力的一面旗帜。毛泽东把“为人民服务”作为中国共产党人的最高境界和永恒追求，作为中国共产党区别于其他政党的最根本的标志。他的手迹“为人民服务”五个大字，永久地镌刻在被誉为“中国第一国门”的中南海新华门的大影壁上。

无数像张思德这样的优秀共产主义战士，对党的事业无限忠诚，对人民群众充满深厚的感情，把人民的利益看得高于一切。为了中国革命的成功，为了民族的解放，为了人民的幸福，他们吃苦在前，享受在后，鞠躬尽瘁，死而后已，体现出一个共产党人的忠诚和担当。他们的英名，值得永远铭记；他们的精神，值得永远学习。

毋庸讳言，我们党员中的有些人，随着环境的改变和地位的升迁，放弃主观世界的改造，逐渐丧失了信念，丢掉了初心，忘记了宗旨，背叛了自己入党时发出的铮铮誓言。其所作所为，与党的要求、与人民的期望完全背道而驰，与合格共产党员的标准越来越远。他们总是把个人利益放在最高位置，成天考虑的，并不是怎样更好地去为人民服务，为人们谋利益，而是“既想当大官，又想发大财”，挖空心思地想着如何去“为人民币服务”，心甘情愿地拜倒在权力、金钱和美色的脚下。这些人，腐蚀了党的肌体，损害了党的形象，走到了党和人民的对立面，最终必然落得被人民所唾弃的可耻可悲的下场，成了我们的反面教材。

来到庄严肃穆的讲话台旧址，面对鲜艳的党旗，重温入党誓词，再读《为人民服务》全文，领会《为人民服务》光辉讲话的精神实质。这一刻，我感觉自己的心灵受到了洗礼，党性得到了锤炼，精神境界再次得到升华。我也相信，站在这里的每个人，一定会为张思德同志“完全彻底为人民服务”的精神而深深感动，都会自觉地用“为人民服务”这面光明的镜子，来正一正自己衣冠，照一照自己的灵魂，剔除灵魂中那些自私丑陋的东西，去践行为人民服务这一党的根本宗旨，去践行一名共产党员在党旗下的庄严承诺。

伟人虽去，言犹在耳。在“为人民服务”讲话台前，我不由陷入长时间的思考。

坐看爱晚亭

几年前去湘西，取道长沙，错过了登岳麓山、游爱晚亭，甚感遗憾。

此次再赴长沙，不顾旅途劳顿，放下行李，走出酒店，毫不犹豫地直奔我心向往的爱晚亭而来！

闻名遐迩的爱晚亭，坐落在岳麓山半山腰景色优美的清风峡中，距离极负盛名的千年学府岳麓书院仅三百米之遥。此亭坐西向东，四面山峦耸翠，左右溪涧环绕，与周围空濛山色十分和谐地融为一体。

爱晚亭，是中国古代“四大名亭”之一，始建于清乾隆年间，原名“红叶亭”，又名“爱枫亭”。后来，有文人认为这“红叶”二字太俗，过于直白，缺乏诗意，遂取唐代杜牧《山行》诗“停车坐爱枫林晚，霜叶红于二月花”的意境，易名为“爱晚亭”。

岳麓山，为长沙乃至湖南的一方风水和文化宝地，是湖湘文化的中心所在。几百年来，无数文人骚客慕名来此，登山赏景，于爱晚亭下题诗作赋，吟咏抒怀。可惜的是，古亭于抗战时期毁于日军炮火。1952 年重建时，时任湖南大学校长的李达，函请毛泽东主席为亭题名。毛泽东欣然应允，亲笔题下“爱晚亭”苍劲挺拔的三个大字，悬于东西两面的亭楣上。

爱晚亭，八柱重檐，彩绘藻井，顶部覆绿色琉璃瓦，攒尖宝顶。其造型古朴典雅，俊逸脱俗，堪称我国古代亭台建筑的经典之作。亭前花岗石方柱上，镌刻一副长联：“山径晚红舒，五百夭桃新种得；峡云深翠滴，一双驯鹤待笼来。”

该联为岳麓书院山长罗典初建爱晚亭时所撰。清风峡幽静秀美，春日桃红柳绿，秋来霜枫欲燃。长联作者在描绘爱晚亭一带自然景致的同时，亦真切流露出一份恬淡闲适的心境。自远处观之，爱晚亭一亭翼然，卓立石上，既不失稳重端庄的古朴之美，又有凌空欲飞的飘逸之势，带给人以视觉的享受和精神的飞升。

爱晚亭，是“人文名山”岳麓山的点睛之笔，不仅以其风物绝佳和历史意蕴深厚而取胜，这里还是我党早期革命活动圣地，更留下一代伟人毛泽东的深深足迹。

青年毛泽东在湖南省立第一师范求学时，是个体育运动的热心实践者，喜欢爬山、野游和露宿。岳麓山和湘江两岸的山岗上，是他常去锻炼健身的地方。爱晚亭，也是他时常光顾的地方。周末和暑假，他经常和蔡和森、罗学瓒、张昆弟等几位志同道合的进步青年走出校园，来此亭下，聚会休憩，留下许多佳话。

一个世纪前的旧中国，那个积弱积贫、内忧外患的混沌年代，一群风华正茂、心忧天下的年轻人，就在这爱晚亭下，一起读书看报，纵谈时局，探讨真理，思考人生。他们忧祖国之命运，望革命之前途，时而有“指点江山，激扬文字”的慷慨激昂，时而发出“问苍茫大地，谁主沉浮”的深沉浩叹。

亭内壁，嵌方碑一块，上刻毛泽东主席手书的《沁园春·长沙》词句：“独立寒秋，湘江北去，橘子洲头。看万山红遍，层林尽染；漫江碧透，百舸争流……”多么豪迈的情怀，多么激扬的文字，多么远大的抱负，多么崇高的理想！此刻，站在这里，我旁若无人，一字一句地诵读伟人当年奋笔写下的这首大气磅礴的壮美诗篇，万千感慨，一时涌上心头。

适值晚秋，天高气爽。放眼望去，漫山遍野，枫叶正红，如火如荼。游人徜徉其间，除感受古诗“霜叶红于二月花”的浪漫意境，还很自然地联想到它更深一层寓含。

临近黄昏，红霞飞逝，山岚缥缈。从山上下来的游客渐渐多起来。爱晚亭前，人影绰绰。散散漫漫的一帮游人，或倚于亭下小憩，或忙着拍照留念。一拨人离开，一拨人又至。纷纷攘攘的人流，带走了爱晚亭原初的那份宁静和悠远。沿一段曲折的石阶，独自走到亭子附近幽静的水潭边。在一块兀立的大青石上坐定，对着夕阳晚照中的爱晚亭，我凝思遐想，久久不愿离去。

——原载 2019 年 12 月 19 日《合肥晚报·北城新闻》副刊

长汀怀秋白

“晚过长汀驿，溪山乃尔奇。”这是宋代大诗人陆游笔下的长汀。

“一川远汇三溪水，千嶂深围四面城。”这是另一位宋代诗人陈轩笔下的长汀。

“中国有两个最美的小城，一个是湖南的凤凰，一个是福建的长汀。”这是半个多世纪前新西兰著名作家、旅行家路易·艾黎对长汀的评价。

地处闽西龙岩的长汀，古称“汀州”，是一座国家级历史文化名城。这里，也是当年中央苏区的政治中心、经济之都、文化重镇，誉为“红色小上海”。至今，古城的街角巷尾仍保留了许多红军时期的革命旧址。一段苔痕斑驳的古城墙，一座沧桑古朴的城门楼，一条流淌不息的汀江，仿佛都在缓缓述说着长汀穿越千年的美丽与繁华。

但真正让我记住长汀、对长汀怀有深深牵念的，不是因为这座小城的古老与灵秀，而是因为一个人——一个如雷贯耳的响亮名字——瞿秋白！

位于古城一隅的长汀县博物馆——始建于宋代的汀州试院，为古代汀州八邑科举考试的场所，也是福建省苏维埃政府旧址，是长汀保存完好的最著名的一处文物古迹。这里，更为世人所记住的，是曾经囚禁过中国共产党早期主要领导人之一，伟大的马克思主义者，卓越的无产阶级革命家、理论家和宣传家瞿秋白同志。

1934 年 10 月，中央红军离开中央苏区开始长征。瞿秋白因遭受党内执行左倾路线的王明等人的打击和排挤，加之身体健康等原因，留守苏区坚持游击战争。1935 年 2 月 24 日，瞿秋白在突围转移途中，经过长汀濯田梅迳村时，因遭遇国民党保安团的围捕而不幸被俘，关押于上杭县监狱。随后，以“共党”要犯身份被押解至长汀国民党三十六师师部所在的汀州试院，并进行严加审讯。

汀州试院尽头的拐角处，“瞿秋白被囚处”的一块木牌嵌于墙上。我缓步穿过一段走廊，心情复杂地走进这间“特殊监狱”。阴暗、潮湿、逼仄。一床、一桌和三把椅子。桌子上，还摆放着一盏油灯、两支毛笔、一方砚台，完全是按着当年的原样布置的。囚室外，是一方铺满鹅卵石的狭小天井，是瞿秋白偶尔出来放风透气的地方。墙角处，当年那株枝干虬曲的石榴树，依然枝繁叶茂，绿荫匝地。囚室内，早已人去屋空，但每年春夏时节，这株古老沧桑的石榴树，依然满树繁花，如火如霞，像烈士胸腔里迸溅出的赤红的鲜血，绚烂至极！

正是在汀州试院这两间小木屋中，瞿秋白度过他人生最后的四十个昼夜。

鉴于瞿秋白曾担任过党的领袖的重要身份和在党内的巨大影响，敌人给予他“特殊的照顾”，也在他身上费尽心机。一次次威逼利诱，一次次苦口规劝，希望他能够“回心转意”。

谁不珍惜自己的生命，谁又不渴望自由的美好！但身陷囹圄的瞿秋白，心意已决，抱定必死的信念，始终不愿背弃自己心中的信仰，始终不肯出卖高贵的灵魂，更没有出卖同志、出卖组织。他心底无私，胸怀坦荡，严于解剖自我，深挖自己灵魂。作为革命的探路者，瞿秋白在如此晦暗恶劣的环境里，仍坚持思考和写作。“趁这余剩的生命还没有结束的时候”，他索性敞开性情，异常冷静地对人生作最后的回顾和深刻的反思，完成长达近二万字的自传体文章——一篇“并非多余”的《多余的话》。

“万郊怒绿斗寒潮，检点新泥筑旧巢。我是江南第一燕，为衔春色上云梢。”瞿秋白还在他很年轻时，就写下这样一首言志诗。出生于常州城内一个知识分子家庭的瞿秋白，博学多闻，才华横溢，能诗文，擅绘画，精通书法、篆刻，是中国革命文学事业的重要奠基者之一，被誉为“一位中共最有文艺细胞的领导人”。他和鲁迅先生交往甚密，为推动革命文化运动并肩战斗，成为肝胆相照的知己。他短暂的一生，创作了大量的纪实文、政论文、杂文等，翻译了高尔基等人的许多革命文学作品，留下五百万字的丰厚著述和译作。他还是第一位将《国际歌》的谱曲与中文歌词配合的翻译者，让这首唤醒全世界无产者的战歌，在风起云涌的中华大地、在亿万劳苦大众中间得以更广泛传扬。

囚室内，伫立着一尊瞿秋白半身汉白玉塑像，面容清秀，目光深邃，气质儒雅，一派学者风度。然而，就是这样一位戴着眼镜的文弱书生，却是一个临难不屈的坚强斗士，有着海岳般宽阔的胸襟，有着比钢铁还硬的骨头。我想，如若当初不是踏上这条艰辛无比的革命道路，他一定是一位成就卓著的文坛巨星、著名学者，可以在书斋里度过他平静安逸的一生。然而，他并没有为自己选择这样一条既潇洒又安全的"坦途"，他一心一意要为长期处在黑暗和水火之中的人民，飞蛾扑火般执著"去为大家辟一条光明的路"。

"如果人有灵魂的话，何必要这个躯壳！但是，如果没有的话，这躯壳又有什么用处?"在狱中，瞿秋白在他赠予友人的一幅照片上，题过这样一句掷地有声的话语。革命就一定会有流血牺牲，他把死亡形象地比作是"人生最大的休息"。所以，面对蒋介石一纸"枪决密电"，他泰然自若，毫无惧色，早已明了生死大义，把死亡看得云淡风轻。

行刑的日子到了，那是 1935 年 6 月 18 日的早上。瞿秋白在荷枪实弹的敌人面前，仍镇定自若地写完一首绝笔诗，然后整了整身上的衣衫，起身走出这间昏暗的囚室。他手持烟卷，顾盼自如，闲庭信步般走向长汀西门外的罗汉岭。在这条长约一华里"通往死亡"的路上，他风采依然，一步一个音符地用俄语高唱《国际歌》和他平日最爱唱的《红军歌》。从他的表情上，看不出一丝的悲戚和遗憾，更没有死亡的恐惧和痛苦。他缓缓地停下脚步，指着面前一片绿意葱茏的草坪，微笑着对刽子手说："此地甚好！"然后盘膝而坐，从容就义，将一个伟大的生命永远定格在三十六岁的英年。

水有清浊之分，人有黑白之别。瞿秋白，一位真正有气节有风骨的文人，一个真正无惧无畏的勇士，面对敌人狰狞面目和黑洞洞的枪口，死也死得这般儒雅、这般潇洒呵！

今天，在瞿秋白烈士殉难处，矗立起一座高大肃穆的纪念碑和一座瞿秋白烈士纪念馆，让无数后来者瞻仰、缅怀。

在长汀，忆秋白，怀秋白，思绪万千。

——原载 2020 年第 4 期《西部散文选刊（原创版）》

井冈散记

“井冈山下后，万岭不思游。”

——题记

一

五百里井冈，这是一座被翠竹、苍松、云杉、茶树和遍地幽兰染绿的山，为世人赞不绝口的“天然氧吧”和“绿色宝库”。

五百里井冈，更是一座由红旗、五星、火炬、丹枫和漫山杜鹃映红的山，是无数人心目中的“红色沃土”和“精神家园”。

有人说，井冈山是“天下第一山”。我知道，这个“天下第一”，肯定不是指它的海拔高度。华夏大地上，比井冈山高峻奇伟的名山大川比比皆是。这里的第一，说的是它在中国革命史上至高无上的地位。

巍巍井冈山，是一座革命的山，英雄的山，光荣的山，胜利的山，是中国共产党人心目中的“灵山”，是中国革命的“风水宝地”。井冈山，是中国共产党领导创建的第一个农村革命根据地，是中国革命的摇篮，是新中国的奠基石。正是井冈山点燃工农武装割据的“星星之火”，为中国革命指明了前进的方向，开辟了一条“农村包围城市、武装夺取政权”的中国特色的正确道路。星星之火，燃起冲天烈焰，迅速形成中国革命的燎原之势，照亮了一个红彤彤的新中国。名扬四海的红色井冈，创下中国革命史上许许多多“第一”，无愧于“天下第一山”的称号。

终于，在这个层林尽染、万山红遍的深秋时节，我实现了无数次憧憬的井冈山“红色之旅”。踏上这片被烈士鲜血染红的土地，我不仅用一双渴望的眼神去追寻从书本上得到的井冈山的红色记忆，更是用整个心灵，去体贴、去感悟井冈山丰厚而深邃的红色文化底蕴。

井冈山上，处处留下红色遗迹。茨坪，茅坪，读书石，挑粮小道，荆竹山雷打石，朱毛会师广场，还有八角楼上不灭的灯光；大井，小井，红军洞，红军医院，大陇红色圩场，红军烈士陵园，还有一幅幅依稀可见的红军标语……

昔日井冈，今为课堂。一路参观，一路感怀。井冈山的每一个地方、每一处遗迹，都留下鲜明的红色印记，让我心潮激荡。这里的一山一石、一草一木，都溅洒过烈士的鲜血，为中国革命作出过不可磨灭的巨大贡献，值得我永远敬仰。

二

五百里井冈，位于江西省西南部、湘赣两省交界的罗霄山脉中段，重峦叠嶂，逶迤磅礴，有大小山峰五百余座。但最峭拔险怪、最撼人心魄的，还是井冈山上的黄洋界。“过了黄洋界，险处不须看。”这是毛泽东同志《西江月·重上井冈山》中的诗句。黄洋界，也称“汪洋界”，是井冈山标志性的景点之一，位于井冈山北侧，海拔一千三百多米，山川雄奇，地势险要，时常雾气缥缈，白云翻腾，好似一片浩瀚的汪洋大海。这里，既是欣赏井冈山美景的绝佳之地，也是扼守井冈山的一道天然屏障。井冈山五大哨口之一的黄洋界哨口，就设在这易守难攻的险峻之地。

遥想当年，黄洋界保卫战，守卫井冈山的红军，居高临下，凭险迎敌，巧妙布阵，虚实结合，以不足两个连的兵力，击溃国民党反动派一个师四个团一次又一次疯狂进攻，粉碎湘赣两省敌人对井冈山的“会剿”。面对数十倍于我的敌人，根据地军民同仇敌忾，全员备战，以必胜的信念、顽强的斗志，筑起一道坚不可摧的铜墙铁壁。在这场激烈而残酷的战斗中，不仅大刀、梭镖、长矛、土炮，连山上的竹钉、滚木、石头和噼里啪啦的鞭炮声，都成了军民英勇杀敌的有力武器。关键时刻，唯一的一门迫击炮，仅有的三发炮弹，将山下敌军临时指挥所炸毁。敌人以为主力红军回来了，早已吓得魂飞魄散，再也无心恋战，借着黑暗的夜色仓皇逃遁。黄洋界保卫战，是井冈山斗争时期我军以少胜多的经典战例，不仅保存了井冈山根据地，也大大地鼓舞了根据地军民的斗志，狠狠地打击了国民党反动派进犯井冈山的嚣张气焰。

“山下旌旗在望，山头鼓角相闻。敌军围困万千重，我自岿然不动。早已森严壁垒，更加众志成城。黄洋界上炮声隆，报道敌军宵遁。”毛委员在率领红军主力回师井冈山途中，听到黄洋界保卫战胜利的捷报后，兴奋不已，欣然挥毫，写下《西江月 · 井冈山》这首大气磅礴的著名词章。这首词，采用写实手法，还原黄洋界激烈的战斗场景，描绘壮阔的战争画卷，词句铿锵，力胜千钧，热情讴歌井冈山军民团结战斗取得的伟大胜利，表达对革命战争的无限赞美之情，具有独特的史诗价值。

这是多么慷慨激昂的战士情怀！这是何等叱咤风云的英雄气概！这是怎样一种无往而不胜的革命乐观主义精神！

“云间遥见黄洋界，风过犹闻战伐声。”站在黄洋界哨所工事的遗址上，登临当年红军浴血奋战的山巅峭壁，我仿佛听到让敌人魂飞胆丧的隆隆炮声和井冈山军民震天的呐喊，仿佛看到山谷间冲天的火光和弥漫的硝烟。

三

五百里井冈山，处处传扬红色故事。

毛委员打草鞋，师长让盐，母亲送子，彭德怀发银元，人民军队《三大纪律、六项注意》军规的制定和颁布……红军队伍官兵平等，同甘共苦；红军将士与井冈山群众鱼水相依，血肉相连。他们用理想和信念、用鲜血和汗水，誓死保卫这块红色根据地，保卫工农革命来之不易的胜利果实，描绘出一幅幅红旗漫卷、波澜壮阔的生动历史画卷。

井冈山黄洋界下，有一条很有名的山间小道，叫朱毛红军“挑粮小道”。这条峰险路陡、崎岖不平的羊肠小道，是当年红军挑粮上山道路的一小段。当时，敌人不仅对井冈山进行残酷的军事围剿，还对根据地实行严密的经济封锁，妄图把红军饿死、冻死、困死在井冈山上。为解决根据地的物资给养问题，年过四十的朱德军长，和年轻力壮的红军战士、赤卫队员一起挑粮，翻山越岭，每天来回一百余里。战士们从心里敬佩朱军长，但又心疼他，整夜整夜计划作战的大事，白天还要参加劳动，怕他累坏了。大家一商量，就偷偷把他的扁担藏了起来。朱军长只好让警卫员到老乡那儿买了一根碗口粗的竹子，亲自动手，连夜削制一根新扁担。为防止战士们再"偷"扁担，还特意在上面刻"朱德扁担，不准乱拿"几个醒目的大字。第二天，天刚蒙蒙亮，身材魁梧的朱军长又健步如飞地走在挑粮队伍的前头。很快，红军中就流传着这样一首歌谣："朱德挑谷上坳，粮食绝对可靠。大家齐心协力，粉碎敌人围剿。"

这段佳话，见证了红军将士们筚路蓝缕、千难万险的革命斗争经历，见证了老一辈无产阶级革命家吃苦在前、勇挑重担的高尚情怀。在井冈山异常险恶的山路上，一条"朱德的扁担"，义无反顾地挑起中国革命的重担，挑过雪山，挑过草地，挑到延安，挑到西柏坡，挑到北京城，走过万水千山，历尽千辛万苦，挑出了中国革命的成功！

"天上的北斗星最明亮，茅坪河的水呀闪银光。井冈山的人呀，抬头望哎，八角楼的灯光哎，照四方……"

在敌强我弱、白色恐怖、井冈山的斗争遭到挫折和危难之时，革命队伍中有少数人对革命前途悲观失望，缺乏信心，看不到井冈山红军生存的希望，甚至提出"红旗到底打得多久"的疑问。毛委员在他的住地茅坪八角楼上，在微弱的灯光下，思索着中国革命的前途和命运。他时而临窗眺望，时而奋笔疾书，在这彻夜不灭的灯光中，写出《中国的红色政权为什么能够存在?》《井冈山的斗争》两篇光辉著作，满怀信心地提出"边界红旗，始终不倒""中国是全国都布满了干柴，很快就会燃成烈火"，高瞻远瞩地预见中国革命的高潮即将到来，这给了井冈山军民以极大的鼓舞和激励。

八角楼那盏微弱的灯光，在茫茫黑夜里照亮了人心，照亮中国革命前进的道路，成为指引中国革命走向胜利的万丈光芒。

四

五百里井冈山，处处回响红色歌曲。

这里，是红歌的发源地。《映山红》《十送红军》《八角楼的灯光》《毛委员和我们在一起》《请茶歌》……一首首耳熟能详的红军歌曲，满溢五百里井冈，早已唱响大江南北，成为久唱不衰、百听不厌的红色经典。扑面而来的红歌，再现了井冈山时期如火如荼的革命斗争场景，把人们的记忆带入那难忘的烽火岁月。悠扬婉转的红色旋律，传递着奋进不息的力量。

《红军阿哥你慢慢走》原是一首赣南客家山歌，也是电视剧《井冈山》中一首优美动听的插曲。几年前，中央电视台文艺中心一位负责人在井冈山参观期间，听到龙潭景区保洁员江满凤为游客演唱的这首原汁原味的民歌后，也为之深深打动，当即确定，请她到电视剧《井冈山》的开机仪式上去演唱这首歌，还建议摄制组将其用到电视剧《井冈山》中。仪式结束后，这位负责人邀请她和摄制组成员共进午餐，她憨憨一笑地说："不用了，我还要赶回家喂猪呢!"

江满凤是红军后代，是井冈山红色的传承者。她说，她的爷爷江治华少时因家贫，曾过继给一户有钱人家，念过书。及至养父亡故，爷爷又回家了。1927 年，红军到达井冈山，爷爷和井冈山的众多青年参了军，成为红军队伍中一名业余文艺宣传员。每隔一段日子，爷爷就会捎信回家。到 1930 年后，爷爷就再无音信。爷爷留下唯一的遗物，就是一个收集了几十首山歌歌词的小本子。满凤识字后，见到这发黄的手抄本，如获至宝。没有歌谱，聪明的满凤就借用熟稔的客家山歌曲调，千遍万遍地唱，从灶台唱到田头、唱到林间溪畔；从少女，唱成了阿嫂，唱成了一首优美动听的红军歌曲的代表作。

多年以后，江满凤的家人才得知，她的红军爷爷江治华，在一次激烈的战斗中牺牲于井冈山的下庄村。

"红军阿哥你慢慢走嘞哎，小心路上就有石头。疼到阿哥脚趾头，疼在老妹的心啊头……"这如诉如泣的旋律，这发自心底的歌唱，蕴含浓浓深情，再现了当年根据地人民"十送红军"时依依难舍的感人场面。随着电视剧《井冈山》的热播，这首歌深深地感染了无数的听众。

五

五百里井冈，永远不变的，是红色基因。

当年，井冈山人民不惧杀头，不怕流血，倾其所有，支援红军，保卫年轻的红色政权，为中国革命做出了无私奉献和巨大牺牲。是井冈山的红米饭、南瓜汤、山野菜、百家衣、干稻草，养育了我们的工农红军，养育了还处在襁褓之中的中国革命。

电影《闪闪的红星》中，给我们观众留下深刻印象的是“巧计送盐”的故事。其主人公——少年潘冬子的原型，便是井冈山革命斗争时期著名的聂槐妆烈士。其实，聂槐妆是位女同志，年仅 20 岁就担任宁冈县茅坪乡工农兵政府妇女主任。为了给战斗在深山里的红军送盐，聪明机智的她，想出一个巧妙的办法，将盐水浸在贴身的夹衣里，晾干后穿在身上，外面罩一件蓝布扣衫，肩上挎一只盛满山货的竹篮，佯装走亲戚。就这样，她勇敢地闯过敌人设下的一道道关卡，把珍贵的食盐送到红军手里，用盐水为伤员洗净感染化脓的伤口，解决了伤病员的危难。就在她第五次为红军送盐时，被敌人发现了这个秘密。敌人对她严刑拷打，用火烧她的身体，威逼她带路去搜寻红军。遍体鳞伤的聂槐妆，始终闭口不语，坚贞不屈，从容就义，年仅 21 岁。

走进井冈山革命烈士陵园内的雕塑园，站在伍若兰烈士的雕像前，我陷入长久的沉思。这位飒爽英姿的红军女战士是朱德的妻子，被捕前任红四军政治部宣传部长。1929 年 2 月，为打破国民党对井冈山的“会剿”，伍若兰随红军主力突围下山，向赣南进发。就在部队转移途中，突遭敌人包围。为掩护军部突围，她带领手枪排拼死阻击，因负伤被捕，落入敌手。由于伍若兰特殊的身份，国民党军如获至宝，把她押往赣州，以金钱高官引诱，企图从她口中获取红军机密，她却丝毫不为所动。敌人对她施以酷刑，柔弱之躯被各种刑具折磨得惨不忍睹，但她宁死不愿背叛红军，不愿背叛共产主义信仰。敌人要求她宣布和朱德脱离关系。她一字一句斩钉截铁地回答：“若要我和朱德脱离关系，除非日头从西边出，赣江水倒流！”敌人最终无计可施，对她施以极刑，残忍地剖开她的肚子，砍下她的头颅，首级被悬挂于长沙街头示众三日。这一年，伍若兰年仅 26 岁，肚子里还怀着朱德的孩子。井冈山人民怀念这位智勇双全、忠贞不渝的女英雄，把她比作“井冈山上永不凋谢的兰花”。

朱德同志一生喜爱兰花，把井冈山的兰花看作是伍若兰烈士的化身，先后写下 40 多首咏赞兰花的诗作，寄托对这位革命伴侣伍若兰深切的怀念。其中最著名的一首，是新中国成立以后朱老总重上井冈山时深情写下的《咏兰》诗：“井冈山上产幽兰，乔木林中共草蟠。漫道林深知遇少，寻芳万里几回看。”

第三次反“会剿”失利后，敌人占领井冈山，实行惨无人道的烧杀政策，对根据地人民进行疯狂报复和血腥镇压，叫嚣：“石头要过刀，茅草要过火，人要换种。”一时间，井冈山上草木枯死，雾霭沉沉。五大哨口内，一半以上的群众被杀害，大小五井的房屋几乎全被烧毁。毛委员在大井住过的那栋白房子，被烧得只剩下一堵弹痕累累的残墙断壁。敌人闯入小井红军医院，来不及转移的 130 多名红军重伤病员和医护人员，全部落入敌人之手。敌人将他们集中在医院北面一块狭小的稻田里。面对死亡的威胁和可以释放回家的利诱，大家互相搀扶着，挺立在寒风里，泰然自若，毫无惧色，高呼：“共产党万岁！红军万岁！”穷凶极恶的敌人，将这块稻田变成刑场，用机枪疯狂地朝人群中扫射。烈士的身躯，一排排倒下来，鲜红的热血，浸透井冈山的泥土，染红山间的溪水。新中国成立后，人民政府在烈士殉难处建造烈士墓和纪念碑。五面柱型的花岗岩碑身上，镌刻着毛泽东手书的“死难烈士万岁”六个贴金大字。

青山处处埋忠骨，血染红旗旗更红。自 1927 年 10 月毛泽东带领秋收起义失利的队伍，经过艰苦转战，把革命红旗插上井冈山开始，两年零四个月艰苦卓绝的井冈山斗争，打破敌人严密的经济封锁和频繁的军事“会剿”，历经数不清的大小战斗，付出巨大的牺牲。井冈山斗争时期，共有四万八千多名英烈长眠于此，平均每天就有六十位志士壮烈倒下。他们中的三万多名死难烈士，为了崇高的理想，为了坚定的信仰，为了革命的成功，流尽最后一滴血，却连名姓也没有留下。

忠魂不死，革命志士的鲜血更不会白流。烈士们的血肉之躯，早已化作苍劲挺拔的棵棵青松、棱角分明的坚硬山岩，和这巍巍井冈融为一体，铸成一座高耸云霄的永恒丰碑！

六

井冈山，是毛泽东最早闹革命的地方，是他的“第二故乡”，也是他一生最偏爱的一座山，最深爱的一方土地。

当年在井冈山上，毛委员为了鼓舞大家的士气，打了一个通俗有趣的比喻。他说，革命要有根据地，就好比人要有屁股。人若没有屁股，便不能坐下来；要是老走着，老站着，定然不会持久；腿走酸了，站软了，就会倒下去。他还说，有人嫌井冈山高，嫌井冈山大，今天东山，明天西山，爬山爬厌了，不愿意再爬它，想打到城市里去。这种思想错了。虽然它磨破了我们的脚，爬酸了我们的腿，但是它给我们存粮食，给我们作根据地，便于我们机动，便于我们打击敌人。

1965 年 5 月，毛泽东主席千里来寻故地，重上井冈山。回到阔别 38 年的井冈山，毛泽东特地搬了一把竹椅坐在黄洋界上静观许久，之后深情地对工作人员说：“这就是黄洋界。”旧地重游，回忆峥嵘岁月，毛泽东心潮难平，感慨万端，他对身边的同志们说：“井冈山是一座好山，地形条件好，群众基础好……为了创造这块根据地，不少革命先烈牺牲了自己的生命……没有过去井冈山艰难的奋斗，就不可能有今天了。”他还谆谆告诫大家：“日子好过了，艰苦奋斗的精神不要丢了，井冈山的革命精神不要丢了！”

在井冈山，我还从导游口中听来这么一个引人入胜的故事，一则关于“毛泽东铜像”的神奇传说。1993 年 12 月，在毛泽东诞辰一百周年之际，由南京晨光机器厂铸造的一尊巨大的毛泽东铜像，从南京启程运往伟人的故乡韶山。按行程计划，运输铜像的卡车应抵达湖南长沙停留一晚。车经湘赣边界时已临近傍晚，沿途数以万计的群众自发赶来，满含深情地目送主席铜像缓缓过境。这时，卡车毫无征兆地突然熄火，怎么也发动不起来，也检查不出毛病在哪儿，护送铜像的车队只得停下来。人们顿时纷纷议论开来：一定是主席在天显灵，依依不舍，要在他的“第二故乡”、曾经战斗过的井冈山走一走、看一看，和咱们老区的群众同住上一晚！次日拂晓，司机面向仰卧在天地间的主席铜像，双手合十，深鞠一躬，轻声说一句：“主席，咱们上路吧！”说完，飞身跨进驾驶室，顺利地启动车子，缓缓离开江西，离开这片红色的土地。

我不知道，这个传说真实与否，但我宁愿相信，“毛泽东铜像”的故事，真的就曾发生过。这个充满传奇色彩的故事，让每个听者唏嘘感慨，心绪难平，真切地感受到井冈山人民对一代伟人无比的热爱和深切的缅怀。

七

“井冈山，两件宝；历史红，山林好。”

穿上红军服，重走红军路。从茨坪到茅坪，从大井到小井，从荆竹山到黄洋界，从龙江书院到会师广场，我们一路行进，一路寻访，一路追忆，走遍井冈山这座“没有围墙的革命历史博物馆”。在饱览井冈山壮丽风光的同时，无数革命者生动的面孔和那些鲜活的战争故事栩栩如生地浮现在我的眼前，跨越时空的井冈山精神，更深深地烙印在我的脑海里。

行程万里，不忘初心。战争的硝烟早已散去，但薪火不息代代传。革命战争年代锻造出的井冈山精神，已深深植根于我们民族的血脉。巍巍井冈山，是中国革命的一座不朽丰碑；伟大的井冈山精神，是中国革命的精神之源，是对共产党人“理想信念高于天”的最生动诠释。永不褪色的井冈红，是中国共产党最可宝贵的精神财富，是共产党人安身立命的根本，更是中华儿女不忘初心、继续前行、奋勇拼搏、不懈进取的强大精神力量。

我爱郁郁葱葱的井冈绿，我更爱如火如荼的井冈红！

最美的墓地

井冈山，是中国革命的圣地，是中国工农红军的摇篮。来到井冈山，不只为欣赏这里绝美的自然风光，更为缅怀一段鲜红的历史记忆，追寻革命者浴血奋斗的光辉足迹，感受波澜壮阔的中国革命史，感悟伟大而不朽的井冈山精神。

位于井冈山茨坪镇的小井，是我们此行的一处重要参观点。走进人民军队第一所正规医院——小井红军医院旧址，面对一个个复原的场景，一件件历史的遗物，一行行生动的文字，参观者强烈地感受到井冈山时期革命斗争的艰难困苦，感受到当年红军将士一往无前的英勇气概，感受到今天幸福和平的生活有多么来之不易，也就更坚定自己高擎于心中的这份神圣的“红色信仰”。

离开小井红军医院旧址，前往小井红军烈士墓的路上，走在前面的年轻女讲解员停下脚步，轻轻地提醒我们一句：“老红军曾志同志的墓就在这里。”

一处青草覆盖的小山坡上，一株并不高大的翠柏下，有一处略微隆起的小土包，一小块普普通通的赭黑色三角形的石头嵌入泥土之中。这就是曾志同志之墓。如果不是讲解员的细心提醒，如果不是游客摆放在墓地前一束素白的鲜花，如果不是石头上镌刻的“魂归井冈——红军老战士曾志”这11个红字，你无论如何也不会知道，这里，竟长眠着一位优秀的战士，安息着一个美的灵魂！

没有宽敞的墓园，没有高大的墓冢，没有醒目的墓碑，甚至不见一行可供凭吊的生平简历文字，这应该是世界上最平凡朴素、最不起眼的一块墓地了。但我相信，站在这样一座简陋的墓冢前，我们每个人的内心都会产生强烈震颤，并引发深沉长久的思考。我和一群同行者面对曾志同志的墓冢，深深地鞠上一躬，以表达心中无比的敬意和深沉的怀念！

但凡熟悉一点中共党史的读者，都应该知道曾志这个叱咤风云、充满传奇色彩的名字。许多年以前，我曾认真地阅读过《一个革命的幸存者——曾志回忆实录》这本书，好奇而充满敬意地探究过这位职业革命家的奇特的人生际遇和丰富的精神世界。书中那些真实感人的故事，令人感慨唏嘘，也让我读出一个真正共产党人的执著信仰、无私情怀和铁血般坚强的意志。

曾志，中共早期女革命家，井冈山斗争时期一名年轻的红军女战士，一位了不起的巾帼英雄。这位出生于湖南宜章县一个旧知识分子家庭的女孩子，不仅容貌出众、气质高雅，更有着一颗坚强不屈的高贵心灵。她从小就渴望自立，向往革命，义无反顾地抛弃优裕的家庭环境，毅然决然地走上布满荆棘、极其艰苦的革命道路。

1926年秋，15岁的曾志离开她就读的湖南第三女子师范学校，进入湖南农民运动讲习所，成为年龄最小也是唯一的一名女学员。同年，加入中国共产党。1928年，参加党领导的湘南暴动，跟随朱德、陈毅率领的起义部队上井冈山，参加著名的“朱毛会师”。之后，她驰骋闽东，转战延安，奋进东北，南下武汉，革命的足迹几乎踏遍大半个中国。新中国成立后，先后担任广州市委书记、中组部副部长、中顾委委员等重要职务。曾志的一生，出生入死，历尽无数艰辛磨难，也遭受过种种误解和不公，特别是“文革”十年，她和家人蒙受种种不白之冤。但她一片丹心，始终怀着崇高的理想和坚定的信仰，把自己的一切，都献给了中国人民的解放和社会主义建设事业。

在井冈山斗争时期，曾志先后担任红四军后方总医院党总支书记，红四军组织科干事，红四军前委工农运动委员会民运股股长、妇女组组长等职，参加过著名的“黄洋界保卫战”。

1928年10月，在环境极端恶劣、物资极度匮乏的环境里，红军官兵和革命群众自愿捐款、自己动手、就地取材，选址在小井建造一所红军正规医院。为早日建成小井红军医院，减轻伤员的痛苦，已怀有7个月身孕的曾志，依旧和战士们一道，抬木头、削枝条、剥树皮。为解决缺医少药的困难，她带领医务人员上山采集草药，用竹片、木板制作一些简单的医疗器具，并亲自给红军伤员包扎伤口、喂药喂水、缝补衣服。

1929年初春，湘赣两省的国民党反动派再次集结重兵，第三次“会剿”井冈山根据地。不久，井冈山被敌人攻破，小井红军医院的所有房子被放火焚毁，来不及转移的130多名重伤病员和医护人员不幸落入敌手，全部英勇就义。作为红军医院的党总支书记，曾志本来要留守井冈的，但就在敌人大举进攻井冈山的前夕，被临时调往主力部队去做妇女工作，才幸免于难。

此后，井冈山斗争的形势愈发严峻。敌人还在不断增兵，扬言让整个井冈山的“石头要过刀，茅草要过火，人要换种”，大有不把红军消灭殆尽绝不罢休之势。红军主力部队决定，撤离井冈山，转战赣南，开辟新的根据地。就在大部队撤离前夕，为了不拖累红军队伍，曾志强忍着骨肉分离的痛苦，将刚刚出生26天还没来得及取名的乳儿，送给当地一户石姓群众抚养。就在孩子7岁那年，养父母双亡，从此只能由年迈的养外婆领着，靠乞讨度日。

天下做母亲的，有谁不牵挂疼爱自己的孩子啊！然而，在那样的乱世，对一个职业革命者来说，连做母亲的权利都被无情地剥夺了！亲人团聚、母子相见，都成了难以实现的奢望！

新中国成立后，曾志多次托人，费尽周折，找寻自己离散多年的骨肉至亲。直到23年后的1952年，曾志终于在广州见到她日思夜念的亲生儿子石来发。此时的石来发，已经长大成人，在村里分了田地，讨了媳妇。人们在为他们母子团聚而高兴的同时，以为石来发这回找到自己当高官的母亲，就可以留在大城市里享福了，再也不用当泥腿子农民了。当母亲的，何尝不希望好好补偿儿子缺失的母爱呵！可是，曾志把他留在身边住了一段时间后，让他重新回到井冈山大井村，继续当他的农民。临行前，曾志对自己的儿子说：“毛主席的儿子都能去朝鲜打仗，你为什么不能安心留在井冈山务农呢？”这个在苦水中泡大的革命者的后代，牢牢铭记住母亲的这番话，在井冈山做了几十年的护林员，不辞辛劳地巡逻在崇山峻岭中。当年，她的亲孙子想通过奶奶这层关系，办个“农转非”，希望能照顾安排好一点的工作。但孙子这点小小要求，也被当高官的奶奶给拒绝了。直到退休前，他仍是井冈山垦殖场一名普通工人。

位于小井红军医院旧址二楼的曾志遗物陈列室内，我看到悬挂于墙上镜框里的一幅极其珍贵的手稿。这是曾志在病榻上写下的一份《留言：生命熄灭的交代》的特殊遗嘱。在这份恳切朴实的留言里，曾志郑重地嘱咐家人：“死后不开追悼会，不举行遗体告别仪式，不在家设灵堂，京外家里人不要来京奔丧；遗体送医院解剖，有用的留下，没用的火化；骨灰一部分埋在井冈山一棵树下当肥料……绝不要搞什么仪式，静悄悄的，三个月后再发讣告，只发消息，不要写生平，我想这样做才是真正做到节约不铺张……”

“小井之难”，是曾志这一生中最为惨痛不堪的一段回忆，所以，她一直称自己是“一个革命的幸存者”。在她的意念里，即使当初不能和他们共同悲壮赴死，将来也要和烈士的英魂相守相伴。1998 年 6 月 21 日，曾志在北京逝世，走完她 87 年极不平凡的生命历程。子女们谨遵她生前立下的遗嘱，不举行任何仪式，将一部分骨灰带回井冈山，简简单单地安葬在小井红军烈士墓旁这处低缓的小山坡上。她是忘不了青春岁月浴血奋斗的地方，更舍不下曾经并肩战斗的那些可敬可爱的战友呵！原本可以在八宝山安息的她，却选择安安静静地回归井冈山！

“开怀天下事，不言身与家。”这是曾志生前常讲的一句话，也是她人生的一杆标尺。曾志的一生，都在为自己崇高的理想而奋斗，前进在中国革命和建设的道路上，为党和人民的事业付出了自己的一切。血雨腥风的战争年代，为了不拖累革命，她前后三次含泪泣血，将自己的至亲骨肉送人。新中国成立后，曾志虽然身居要职，位高权重，但她依然清廉俭朴，处事低调，和蔼可亲，始终保持一名共产党员艰苦奋斗的革命本色。为了革命，她割舍亲情，从未利用手中的权力为家人亲属牟取半点私利。特别是曾志从领导岗位退下来之后，很自觉地把自己当成一个普通百姓，回归平淡的生活。她主动让出紧邻中南海的一座优雅安静的四合院，搬进地处偏远、条件简陋的单元楼，完全过起普通人的生活，成了一名地地道道的家庭主妇。平素里，她既不指使保姆，也不麻烦司机，而是坚持自己去挤公交车，提着一只旧布袋去往离家很远的菜市场，亲自下厨房为家人准备饭食。她多年来省吃俭用积攒下的 6 万多元存款，一分一厘都没有留给子女，而是全部捐献给湖南贫困山区的“希望工程”。作为无产阶级革命家、党和国家领导人陶铸同志的遗孀，当年陶铸遭受无情迫害含冤逝世后，留下的稿费、公债连同后来组织上补发的抚恤金，曾志和孩子们分文也未留下，而是全部交公。这些，在普通人眼里看似不合时宜、不近情理的做法，恰恰体现出一个革命家庭纯粹干净的红色家风，体现出一个真正革命者所具有的无疆大爱，体现出一名共产党人忠诚奉献的高风亮节！

“您所奉献的远远超出一个女人，您所给予的远远超过一个母亲！”这是曾志逝世后，女儿陶斯亮在敬献给母亲的花圈上撰写的一副挽联。在总结自己母亲的一生时，陶斯亮有过这样一番强烈的感慨：“你一生追求崇高，却又甘于平凡；你从轰轰烈烈开始，却又以平平淡淡结束；当年那灼灼锐气已变为如水般的平静，但独对理想的信仰和忠诚不曾有丝毫的褪色，对革命的热情不曾有丝毫的减退。你对物质生活的淡泊与你对精神信仰的执着形成巨大的反差……”

青山有幸埋忠骨。在这巍巍五百里井冈山，在这处偏僻幽静的山坡岩石下，在游人目光难以触及的树林草丛中，有这样一座简单、朴素、静穆的墓地。我以为，这是世界上一方无与伦比的最美的墓地！

缓步雨花台

此去古都南京，第一站便是雨花台。

春日的午后，阳光煦暖，和风拂面，正是踏青游园、放松心情的大好时光。可当我们一行步入雨花台革命烈士陵园时，心情顿然变得复杂、沉重起来，本来轻快的步伐，一下子放慢许多。我们不愿意在陵园内谈笑风生，也很自觉地停止大声喧哗，生怕惊动长眠于此的革命英烈们。

雨花台，古称石子冈、玛瑙冈，位于南京城南中华门外，是一座高约百米、长三千多米的山冈，自然风光十分秀美。相传梁武帝时，一个叫云光法师的高僧在此设坛讲经，感动天神，落花如雨。从此，人们给此地改了一个很美很动听的名字——“雨花台”。

这雨花台，一直以来就是六朝古都南京的一大名胜，曾是无数文人心目中的“江南佳丽地”。生活在金陵城内的文人雅士，经常相约前来，登高览胜，吟诗结社。“千里莺啼绿映红，水村山郭酒旗风。南朝四百八十寺，多少楼台烟雨中。”据说，晚唐诗人杜牧这首千古名诗《江南春绝句》，便是站在这雨花台上吟出的。

然而，一九二七年，蒋介石发动“四一二”反革命政变后，实行白色恐怖的法西斯独裁统治。作为国民党反动统治中心的南京城，到处血雨腥风。雨花台，更成了国民党反动派镇压屠杀共产党人的刑场。二十二年内，在雨花台遭残酷杀害的共产党员和爱国志士达十万人之多。中共早期领导人、优秀共产党人恽代英、邓中夏、罗登贤、卢志英等先后在这里英勇就义。可以说，这里的一草一木、一土一石，都浸染了烈士的斑斑血迹。新中国成立后，这里建成雨花台革命烈士陵园，供人们瞻仰、缅怀。

烈士陵园广场中央，矗立着一座巨大的烈士群像雕塑。整座雕塑，背依青松翠柏，由大小不等的一百七十九块花岗石雕琢而成。雕塑中的九位烈士，看上去，有党的工作者、工人、农民、知识分子、战士、青年学生和可爱的报童，他们代表了雨花台十万忠魂英雄高大的形象。据介绍，雕塑所处的位置，正是雨花台三大烈士罹难处之一的北罹难处，也是国民党反动派残杀革命同胞最多的地方。当年，面对敌人凶残的本性和狰狞的面目，我们的革命者，抱定正义必胜、革命必胜的信念，同貌似强大的反动势力进行最坚决、最彻底的斗争。即使面对血淋淋的屠刀和黑洞洞的枪口，也表现出大义凛然、铁骨铮铮、视死如归、俯仰天地的英雄气概。“已摈忧患寻常事，留得豪情作楚囚。”这是恽代英烈士《狱中诗》中的句子。共产党人这种慷慨悲歌、将生死置之度外的大无畏精神，足以让敌人心寒胆战。驻足瞻仰，革命者这种信念如磐、英勇赴死的高大形象，令我们肃然起敬。

雨花台烈士纪念碑，位于主峰之上，碑高四十二米多，雄浑庄严，如旗如炬。碑身正面，镌刻着已故伟人邓小平题写的“雨花台烈士纪念碑”八个鎏金大字。碑前，屹立一尊奋力挣断镣铐的烈士青铜雕像。基座有一盏长明灯在日夜不息地燃烧，象征革命的火种熊熊不灭，永放光芒。倒影池两端，有花岗岩砌筑的旗形壁。壁上，分别以汉、蒙、回、藏、维吾尔五种文字镌刻的《国际歌》和《中华人民共和国国歌》词曲。

纪念碑正南边，是雨花台烈士陵园核心建筑——一座长约百米建筑雄伟的烈士纪念馆。馆内，陈列着雨花台烈士的革命事迹，以及他们生前与反动派英勇斗争时留下的珍贵遗物。

再往前，是一座由江泽民同志题写亭名的“忠魂亭”。亭前的花坛上，由绿草鲜花组成的一只巨大的钟面图案，看上去格外醒目。它似在提醒生活在和平年代的每个人，勿忘历史，继承遗志，珍惜来之不易的幸福，永远牢记当今的太平盛世和眼前生机盎然的春光美景，是无数志士仁人用鲜血乃至生命换来的！

春天的雨花台，山清水秀，绿树如海。放眼雨花台逶迤起伏的东岗一带，漫山遍野的红梅，花开烂漫，如火如荼，形成一片如霞似锦、蔚为壮观的“梅海”。史料记载，这东岗也称梅岗、梅岭，自古以来就是一处赏梅胜地。年年梅花盛开时，赏花者络绎不绝。而如今，当人们漫步雨花台时，对这里千枝万朵的娇俏梅花，更寄托一份特别深沉的情感。

——花儿为什么这样红，那是烈士的血染成！

又见映山红

春天，走进大别山，走进皖西南革命老区岳西，走进莽莽苍苍的大山深处，又见到那漫山遍野的映山红。

映山红，生长在大别山的崇山峻岭，植根于陡峭的悬崖绝壁。春风初度，映山红如海如潮，如霞似锦，层林尽染，万山红遍，美得摄人心魄，美得若梦似幻。

大别山中的映山红，花开繁密，绚烂夺目，热烈奔放，如火如荼，寄托了革命先烈的理想信念永不凋谢，象征着大别山红色精神代代传承。

在中国革命史上，有三座名山，值得人们永远仰视。从南到北，分别是：井冈山、大别山、太行山。

井冈山，是“星火燎原”的象征；太行山，谱写一曲“八路军是民族脊梁”的赞歌；而大别山，革命历史的起点更早，是著名的鄂豫皖革命根据地中心所在地。从中国共产党成立，到新中国诞生，在长期的革命斗争中，大别山赢得了“火种不灭、红旗不倒”的历史地位。

中国共产党成立之初，在大别山这块红土地上，工农革命风起云涌，波澜壮阔，先后爆发著名的黄麻起义、立夏节起义、六霍起义、请水寨暴动，诞生了中国工农红军第二十五军、二十八军和红四方面军三大主力红军，走出了三百多位共和国开国将军，是名副其实的红军的故乡、将军的摇篮。解放战争时期，刘邓大军千里跃进大别山，揭开人民解放军由战略防御转入战略反攻的序幕，为夺取全国的胜利奠定了坚实的基础。可以说，大别山见证了中国革命历史的完整过程，更铸就了厚重而辉煌的“大别山精神”。

为了民族的独立和解放，为了人民的自由和幸福，为了新中国的诞生，大别山人民不屈不挠，前赴后继，先后有二百多万民众参军参战，有数十万英雄儿女为国捐躯，可谓“家家有红军，户户有烈士”。其中，人口仅十多万的岳西县，革命烈士就达三万八千名之多。艰难岁月中，红军与当地工农群众心心相印，血肉相连，鱼水相依，结下深厚的革命情谊，以至于国民党反动派连连惊呼：大别山“人红，心红，连土地也红三尺”。

映山红，不怕土地贫瘠，不畏霜雪严寒，竞吐芬芳香送远，一片丹心报春风。映山红，是无数志士仁人眼中的理想之花、希望之花、自由之花。

第一任中共安徽省委书记王步文烈士，是大别山人民的骄傲。这位出生于岳西、一生追求真理、矢志不渝的革命者，从自家的山村小屋开始，把革命的火种传向四面八方。因叛徒出卖，王步文在芜湖被捕入狱。面对敌人的威逼利诱、严刑拷打，他威武不屈，视死如归，痛斥叛徒，勉励身边难友坚持斗争，表现出了革命者的铮铮铁骨，浩然正气。这位勇猛的斗士，拖着沉重的脚镣，面对国民党反动派的屠刀，奋力高呼：“共产党员是杀不完的……敌人无可奈何，判了我死刑。让我的鲜血去浇灌自由之花吧!”

在岳西，我还听到这样一个催人泪下的故事：当年，正是映山红开遍山野的时节，一位姓徐的大娘，收留了两名红军伤员在家中。敌人得知消息，四处搜捕未果，就把她年仅十一岁的独生儿子抓去。敌人扬言：三天之内，若不交出红军，就要“杀子示众”。然而，徐大娘始终不肯说出红军战士藏身的地方，还让别人在送饭时给儿子捎话：“不该说的不说，不该做的不做。”残无人道的敌人，就把她的儿子给杀害了。两名获救的红军战士，抱住徐大娘泣不成声。徐大娘却安慰他们说：“死了一个，换回两个，值!”

“夜半三更哟盼天明，寒冬腊月哟盼春风，若要盼得哟红军来，岭上开遍哟映山红……”

在岳西一些古老的村寨，当年红军书写在山崖峭壁上的赤色标语依稀可辨。

《红军十大纪律、八大拥政爱民公约》，至今还清晰地保留在茅山蒋氏宗祠的一面墙壁上。位于岳西县城天堂镇附近的大别山烈士陵园，背倚青山，庄严肃穆。高大雄伟的烈士纪念碑正面，朱德总司令亲笔题写的“革命烈士永垂不朽”八个鎏金大字熠熠生辉。一座花岗岩巨型英雄群雕，再现了革命者英勇赴死的悲壮场景。墓园四周，苍松环抱，翠竹掩映，王步文等众多革命烈士长眠于此。纪念馆内，展示了百余位大别山著名英烈的生平事迹，陈列着大量红军将士的珍贵遗物，凸显大别山区波澜壮阔、红旗漫卷的光辉历史。王步文烈士就义前写给父母及爱妻两封慷慨悲壮的遗书，令每一位瞻仰者动容落泪。

岳西县大山深处的鹞落坪，曾是重建后的红二十八军军政指挥部所在地。主力红军长征后，红二十八军以此为中心建立根据地，在鄂豫皖边区开始了艰苦卓绝的三年游击战争。在当地民众的配合下，红军以不足两千人的兵力，牵制了国民党十七万正规军和十多个地方保安队伍，取得一次又一次反“围剿”斗争的胜利，为长征中的主力红军提供了有力的支持。几年前，红二十八军军政旧址列入全国100个红色旅游经典景区。当鹞落坪红色旅游项目开发后，一位老红军的后代，为缅怀先辈的丰功伟绩，纪念那段难忘的红色历史，在此开起了一家旅店，取名“红土情客栈”。

巍巍大别山，一座革命的山，一座英雄的山，一座红色的山，更是一座红色的丰碑，一册红色的史诗。大别山中，有着太多的红色元素，太多的红色基因，播撒了太多的革命火种，展示出无尽的红色魅力。走进大别山，人人传颂着红军的故事，到处可见革命者奋斗的足迹，哪里都有映山红艳丽的身影。春天的大别山，绿意盎然，花团锦簇，俨然一座天然大花园。

在岳西县莲云乡，一个名叫储德翰的中年汉子深深地吸引了我。这位土生土长的农民企业家，有感于家乡丰厚的红色文化资源，出于对革命先辈的无比敬仰，出于对映山红深沉的感情，在风景如画的鹭峰山投资打造一座规模宏大的大别山映山红生态文化大观园，成了“红色岳西游”的主景区。每年春天，园内数万株映山红花树和千姿万态的映山红盆景，构成映山红极其壮美的花海景观，醉倒了八方游客。

此花不是寻常物，尽是英雄血染成。为配合映山红旅游文化艺术节的举办，当地的文艺工作者还倾心创作出一首优美动听的红歌《新映山红》——

“映山红，映山红，长在悬崖石缝中，何须名苑看春风，一路花开满山红。映山红，映山红，大别山中你最红，都说高处不胜寒，傲然怒放在山中……”

你听，这歌声，多美妙，多抒情，多动人心弦！

——原载 2014 年第 8 期《大散文》、2015 年第 2 期《鳄城文学》

王家坝的情怀

很久以前，就知道皖西北有个阜南县，阜南县有一座著名的王家坝；一直以来，就渴望去看一眼我心中的王家坝。当飞速的车轮驶过川原平旷的淮北大地，行进在这座巨龙般长长的王家坝防汛交通桥时，气势恢宏的王家坝闸就矗立在我的眼前了。

走进坐落于淮河北岸的花园式单位——王家坝闸管理处，年轻干练的工作人员小池十分热情地接待了我们，引领我们参观这座闻名遐迩的水利工程和全国唯一一座以抗洪为主题的王家坝抗洪纪念馆，并认真地作一番生动细致的讲解。

阜南县王家坝镇，位于千里淮河的上中游分界处，也是淮河及其支流洪河、白露河的交汇点，地理位置十分特殊。这里，有淮河干流第一座、也是最大的一座蓄洪区——蒙洼蓄洪区。而位于淮河岸边的这座王家坝闸，正是蒙洼蓄洪区控制分洪闸，被誉为“千里淮河第一闸”，是淮河防汛抗洪的重中之重，更是保护淮河中下游地区的一道安全屏障。

淮河，发源于豫南桐柏山区，上游坡陡水急，地理落差大，加之支流众多，夏季降雨集中，导致淮河流域洪涝频仍。包括上至河南，下至安徽、江苏，沿淮数千万民众生命财产安全受到极大威胁。

一直以来，王家坝被视为淮河灾情的“风向标”和淮河防汛的“晴雨表”，视为淮河防洪的第一道防线。这座重要的水利枢纽工程，承载着八方安危，庇护着万千生灵。王家坝开闸分洪，对消减淮河洪峰、减轻淮河上中游防汛抗洪的巨大压力，确保淮河中下游重要城市、能源基地以及京九、京沪等交通大动脉的安全，起着至关重要的作用。淮河流域一旦洪魔发难，出现严重灾情，人们自然就会想起“王家坝”这个特殊的地方。一时间，王家坝这个名字，以极高的频率出现在国内各大新闻媒体上，成为举世关注的焦点。

每当淮河进入主汛期，淮水暴涨，浪涛拍岸，防汛抗洪进入最危急时刻，朴实善良的王家坝人，就会毅然决然地站出来。他们用一次次开闸蓄洪的英雄壮举，诠释“舍小家顾大家、舍局部保全局”的无私情怀。王家坝开闸分洪时，那场面真是惊心动魄啊！十里之外，都可听见洪水下泄发出的咆哮声。挟裹泥沙的滔滔洪水，犹如千万匹脱缰野马，肆无忌惮地横冲直撞。一座座美丽的村庄、无边无垠的绿色田园，转瞬间变成一片汪洋泽国。

王家坝人，是有着大悲悯、大情怀的人。每当淮河上游洪水来袭，王家坝人便敞开宽阔的胸膛，以自己的勇敢和担当，锁住性情暴虐的洪魔；以舍弃小家和牺牲小我，来换取整条淮河的安澜。

资料显示，1953 年王家坝建闸至今，中间有 12 个年份 15 次开闸蓄洪，累计蓄滞洪水达 75 亿立方米，造成的直接经济损失达 35 亿元之多。王家坝每次开闸放水，蒙洼蓄洪区内四个乡镇、18 万亩良田尽遭洪水吞噬，17 万多名群众只得含泪舍弃家园，被迫转移他处。

但饱受水患之苦的王家坝人，内心是强大的，脊梁是坚挺的。无情的洪水，并没有让他们精神疲惫，信念丧失，而是坚持不懈地与洪魔抗争，一次又一次从灾难中振作奋起。当洪水缓缓退去，他们继续用勤劳的双手，恢复生产，重建家园。这是多么撼人心魄的壮举！这是何等坚韧不拔的毅力！这是怎样一种超级强大的精神支撑呵！

“顾全大局、自强不息、同舟共济、科学治水。”就这样，在与惊涛骇浪不屈不挠的搏击中，在一次次无怨无悔的自我牺牲中，几代王家坝人真情谱写了一曲响亮豪迈的奉献之歌，更铸就了感动安徽、感动中国的“王家坝精神”。

走出王家坝抗洪纪念馆展厅，再次踏上王家坝分洪闸宽阔的桥面，伫望眼前这座雄伟壮观、装备先进的大闸，我还不停地在心中默念这极不寻常的十六个字，品味它深刻的内涵，感受它厚朴的份量，追寻它背后那一串串感人至深的故事。

历经风雨，方见彩虹。今天，王家坝人在治理水患、改善农业生产条件的同时，更积极投身于美丽乡村建设，不仅筑起了高高的庄台和稳固的保庄圩，还利用这里特殊的自然环境、水利资源和王家坝的品牌效应，变害为利，找寻一条可持续发展的新出路。他们在行蓄洪区内建成一座特色鲜明的王家坝国家湿地公园，建成以“水利工程、淮河文化、抗洪精神”为主题的王家坝国家水利风景区。昔日出了名的老灾窝，变成今天的一大风景点。游客来到王家坝，既可以欣赏湿地景观，饱览淮河风光，体验淮河风情，又可以感受到沿淮人民大义大爱的无私情怀和可歌可泣的抗洪精神。

高高的王家坝，俨然就是一座让人仰视的淮河抗洪纪念碑，是淮河儿女倾情奉献的象征，一直巍然耸立在我的心中！

好一片绿色山林

地处淮南市东大门的上窑山，有一片葱葱郁郁的绿色山林，当地人称作“新四军纪念林”。更多的人，亲切地称它“新四军林”。几年前，由广大市民参与的“淮南新十景”评选中，作为一处新开发的人造景点，“新四军林”榜上有名，成为淮南这座新型能源城最为独特的一处地理标志，成为淮南这座山水园林城一张崭新而闪亮的红色旅游名片。

淮南，是一块鲜红的土地、英雄的土地、令人仰视的土地。当年，新四军开辟淮南抗日根据地，点燃抗日烽火。新四军二师、四师的将士们，在当地人民群众的支持下，同凶残的日本侵略者进行殊死搏斗，抒写了一个又一个战斗传奇，为抗击日寇、为新中国的诞生，作出了巨大的牺牲和贡献。大半个世纪过去了，新四军奋勇进军的号角，一直在淮山淮水间回荡不息，新四军英勇善战的威名，也一直在沿淮地区的民众中广为传扬。

新世纪之初，在纪念新四军成立六十五周年之际，在淮南市新四军历史研究会的倡议下，百万淮南市民发挥集体的力量，用兴建纪念林这一特殊方式，来传承和弘扬伟大的“新四军精神”。于是，一处“以林为体，以碑为魂”的新景点，便在上窑山的山坳间落成，让淮南及周边地区的人们从此多了一处心灵的向往之地。

六月酷夏，参加在淮南召开的全省“新时期革命纪念馆地位和作用”座谈会期间，根据会务安排，我们利用会议间隙，兴致勃勃地参观了这处被称作“绿色基地，红色景区”的国家生态文明教育基地、省级爱国主义教育基地、省级国防教育基地和省级廉政教育基地。

曾经的上窑山，林木稀疏，乱石丛生。新四军纪念林，正是在这片荒山秃岭上营造起来的。营造新四军纪念林，创意新颖，既可通过纪念林这一载体，表达对新四军这支有着光荣传统的威武之师的崇敬和纪念，也与淮南市委市政府提出的“绿化荒山、打造山水园林城市、建设绿色生态家园、造福子孙后代”的发展构想相契合。

一封倡议书，凝聚万人心。这一特殊的纪念形式，立即得到全体市民的热情支持。一时间，淮南市从机关干部，到企业职工，从个体经营者，到普通市民，大家踊跃出资捐款，为纪念林建设出一份力，添一片绿。捐款者中，既有在校的大、中、小学学生，也有耄耋之年的离退休老同志。许多新四军老战士，得知兴建纪念林，更是兴奋不已，慷慨解囊，甚至主动要求上山植树，体现了老一辈共产党人强烈的社会责任。有几位年逾八旬的老同志，重病在身，卧床不起，不能亲自前往，就让子女家人代为捐款，以表达一名新四军老战士倾尽余热、奉献不止的赤子情怀。

整个纪念林，位于上窑森林公园南大门左侧的一片山麓，是上窑国家森林公园的一个组成部分。经过十多年的开发建设，林地面积从最初的六十五亩，扩大到现在的三四千亩。学子林、夕阳林、记者林、人大林、政协林……由众多机关单位、社会团体、企业参与建设的一个个新的绿化区不断向四周延展，一棵棵弱小的幼苗，渐渐长成枝繁叶茂的参天大树。树种也由当初的几种增加到一百多种。除了高耸挺拔的青松、翠柏、银杏、桂花、香樟、国槐、红枫、毛竹、广玉兰、紫玉兰等名贵树种，还有数不清的垂柳、梅花、红杏、月季、紫薇、火棘、山茶花、迎春花等花木点缀其间。这里，层林竞秀，山花烂漫，俨然就是一座绿色植物的“大观园”。

纪念林内，景点众多，内涵丰富，树、碑、路、桥、池、亭、阁、廊、榭、馆融为一体，绿色文化和红色文化交相辉映。除了绿化覆盖率高达百分之九十的三十多个绿化小区，还分散建设了包括纪念林陈列馆、兵器广场、三年游击战争纪念园、思源书院、思源茶馆等在内的诸多特色景点和休闲场所。

沿着具有象征意义的三十七级登山台阶，一步一步拾级而上，登上山岗最高处——主碑广场。矗立眼前的，是就地取材、由一整块重达二十多吨的天然巨石构成的高大雄浑的主纪念碑。正面，镌刻“新四军精神永放光芒”九个苍劲有力的红色大字；背面，铭刻一段“新四军简介”文字，记述了新四军浴血奋战抗日救国的光辉历程。从这里延伸而去的，是贯穿林区的两条沥青路面的主干道——“北上大道”和“东进长廊”，寓意当年新四军将士奋勇北上、东进，开辟一个又一个敌后抗日根据地。道路两旁，是为叶挺、项英、陈毅、刘少奇等新四军主要领导人和新四军将领栽植的一百多株纪念树。树下，散布着大小不一造型各异的奇石共一百五十六块。那一块块镌刻着反映新四军重大战役、重大事件等生动文字的石碑，仿佛把人们带回那烽火硝烟、金戈铁马的抗战岁月，仿佛又听到“抗战建国高举独立自由的旗帜，前进，前进！我们是铁的新四军”那高亢嘹亮的军歌。这一切，让游人肃然起敬的同时，重温新四军在血与火的洗礼中由弱到强、成长壮大的光荣历史。

道路两侧，花草丛中，还有那勒于石上的一句句古今中外的名人名言，散发出思想和智慧的光辉，读来令人沉思，给人启迪。

继续沿着鹅卵石小径、青石曲径，行至密林深处，感觉整个人就像掉进绿色的海洋。这里，清泉漱石，绿荫滴翠，蝉声相送，鸟鸣应和，处处清爽怡心，步步引人入胜。虽然正值盛夏高温，山外热浪扑面，酷暑难当，而这片偌大的林区，好像一只功能强劲的天然大空调，又似一台永动不息的大型增氧机，持续不断地为来此参观的游人制造出凉爽、清新和惬意。

池水边，绿荫下，郊游踏青的人们往来逗留。一对对青年情侣，或相依相偎，或牵手并肩。他们时而喁喁私语，时而放声大笑，身心早已融入这无边的绿海之中，尽情享受新生活带来的幸福甜蜜。

淮河水，浪涛滚滚东流去；上窑山，一草一木皆含情。我想，新四军纪念林的建设，不仅为淮山淮水增添一处生态宜人的自然美景，更成为一处陶冶情致、涤荡心灵、提升境界的神圣之地。在我的眼里，这新四军林，就是一个露天的爱国主义教育的大课堂，就是一册记录新四军军史的活教材。巍巍青山，就是矗立在人们心底的一座永恒丰碑；郁郁山林，彰显了新四军将士抗日御侮、保卫家国的丰功伟绩，象征着“铁军”精神丹青不朽，万古长存。

勿忘过去，珍惜现在，开创未来……参观新四军纪念林，让我感受到了信仰的力量。缅怀新四军抗日救亡的光辉历史和丰功伟绩的同时，也让我联想到很多，想得更远。

——原载 2018 年第 1 期《淮上烽火》

辑四 诗与远方

在那东山顶上，升起白白的月亮。年轻姑娘的面容，浮现在我的心上……

追着灵魂去西藏

地处祖国西北边陲的西藏，于我而言，是“梦中的天堂”，多么遥远，多么神秘，多么令人神往！

多少年了，去西藏游历的念头，一直固执地潜藏于我的心底，渴望有一天能亲自踏上被称作“地球第三极”“世界屋脊”的青藏高原，去看大美西藏的雪山圣湖，去看巍峨壮丽的布达拉宫，去感受藏地高原独特而神秘的历史文化和风土人情。

这一天，终于到来了！接到《西部散文选刊（原创版）》杂志社信函通知，年度优秀作品颁奖典礼暨散文高峰论坛活动，将于九月上旬在雪域高原拉萨举办。作为获奖作者之一，我也荣幸地忝列本次活动的邀请名单。这样“提前相见”的绝好机会，怎能轻易错过！

去过西藏的朋友，谈及那里的高原反应，又让我立即忐忑不安起来，担心自己的身体能否经受住高反的考验，似乎真有那么一点探险、冒死的意味。但多年的愿望，马上就要变为现实，无论如何，都要鼓足勇气，克服心理上的障碍，不能让自己永远只停留在对西藏“虚幻的迷恋”中吧！

经历长达5个多小时的空中旅行，我搭乘西藏航空的TV9918这只银色大鸟，穿云破雾，飞越万水千山，终于飞落在海拔三千六百多米高的拉萨贡嘎机场。午后的高原，阳光透彻，无遮无拦。走出舱门的一刹那，强烈的紫外线，让我猝不及防，感觉一阵轻微的晕眩。但我仍然抑制不住内心的冲动，在心里大喊一声："西藏——我来了——"

会务方面，安排得十分周到。商务车早已等候在机场大门外。沿机场高速驰驱，大约四十多分钟的车程，我们抵达拉萨市区，入住位于市中心的圣瑞斯大酒店。一条洁白的哈达，一句亲切的"扎西德勒"，表达了藏族同胞对远方客人的热忱欢迎和真诚问候。

拉开酒店六楼的一幅窗帘，纵目远眺，古城拉萨的城市风光尽收眼底。近处，宽阔的拉萨河奔腾不息，在高原的夕阳下泛着粼粼波光。远处的红山上，布达拉宫雄奇壮美的身影隐约可见。更远处，是祥云笼罩下连绵起伏的暗褐色高大静穆的山峰。

初上高原，一切皆听从有经验的朋友对我的忠告。不敢洗澡，不敢洗头，不敢快步疾走，不敢高声喧哗，行动之慢如同蜗牛。但最担心害怕来的，终于还是来了。因缺氧造成的高反，并没因我的小心谨慎而完全放过我。第二天一早，起床后，感觉胸闷气短，头痛难忍，晕晕乎乎，像严重醉酒一样的感觉。医务人员为我测了身体：心率飙升至 120 以上，血氧却下降得厉害，只有 60 多一点。吃药、打吊水之后，头痛心慌的症状明显减轻，人也精神许多。有人半开玩笑地说："咱们内地人来西藏，要是身体或多或少没有一点反应的话，那不也是一种缺憾吗？"看来，这高反，也算是我西藏之行一次独特的生命体验吧！

——西藏，还真是让我既敬又畏，真的"想说爱你不容易"呵！

在西藏的几天里，除了参加一场盛大的文学活动，大多数时间里，都是和来自全国各地的作家文友们一道参观游览。布达拉宫、大昭寺、八廓街等著名景点，是每个来到拉萨的游客必去的地方，而地处藏北高原的西藏第一大神湖纳木措，已在更远更高的地方召唤我们了。

被誉为"雪域明珠"和"太阳城"的古城拉萨，是西藏自治区的首府，是西藏政治、经济、文化和宗教活动的中心。拉萨，在藏语中，是"圣地"的意思。在巍峨群峰、宝蓝色天空和洁白云朵映衬下，这座高原古城的确给人以庄严神圣之感。

"有一种神圣，叫布达拉宫。"心心念念中，布达拉宫终于近了，近在身边，近在眼前。

"布达拉"，是梵语音译，意思是"普陀洛迦"，表示观音普救众生。"布达拉宫”，是指观世音菩萨的居所。头顶光环屹立于世界屋脊之巅的布达拉宫，是一座具有鲜明藏式风格的宫堡式建筑，是西藏的象征，是所有朝圣者心中的圣地，也是海内外无数游客心驰神往的地方。依山而建的布达拉宫，高与天接，规模宏大，群楼重叠，殿宇嵯峨，令人肃然起敬。赭红和雪白，两种颜色的宫墙对比鲜明，象征着庄严和圣洁。自下而上，呈“之”字形布局的一千多级台阶，犹如登天的云梯。长时间的翘首仰望中，我竟有了一种灵魂出窍的感觉，而且，再也无法找到一句最合适的语言，来形容眼前这座建筑的壮美绝伦了！

布达拉宫，始建于公元七世纪中叶，距今有一千三百多年的历史。藏王松赞干布为迎娶尊贵的唐朝文成公主，选址在拉萨河谷的红山上大兴土木，为其建造一座宫殿。后毁于天灾人祸。公元十七世纪，五世达赖喇嘛罗桑加措主持重建，并经过历代达赖喇嘛陆续扩建，于是就有了我们今天所看到的这座金碧辉煌的布达拉宫。此后，这里就成了历代达赖喇嘛生活起居和政治活动的场所，并长期成为西藏政教合一的统治中心。在这座古老恢宏的宫殿里，供奉着各世达赖喇嘛的真身灵塔，收藏了不可胜数的精美佛像、壁画、唐卡等艺术作品和卷帙浩繁的重要经书，存放着琳琅满目的稀世珠宝和极为丰富的历史文物。前往布达拉宫的路上，年轻导游侃侃而谈，在对景点作一番介绍后，还不无幽默地来一句：“在布达拉宫，最不值钱的东西就是黄金了！”此话果然不虚，殿内的许多佛教文物，是用成百上千斤的黄金筑造的，布达拉宫的整个金光灿烂的屋顶，都是用黄金堆砌起来的。可以说，这座雄伟奇绝的布达拉宫，最完整地诠释了藏文化的博大和深邃，堪称一座艺术博物馆和文化宝库。

当我在安静肃穆的氛围中结束参观，走出布达拉宫的那一刻，还没能完全缓过神来，精神上半天都恍惚着，感觉仿佛刚刚穿越了西藏千年漫长的历史迷宫。

拉萨，向来以寺院林立、僧侣众多而著称于世，其中哲蚌寺、甘丹寺、色拉寺，号称拉萨“三大寺”。而我们接下来将要参观位于拉萨老城区中心的大昭寺，虽然不在“三大寺”之列，却是藏传佛教最高等级的寺院。它的神圣，并不逊于布达拉宫。据说，拉萨旧城有内、中、外三条转经道，都是以大昭寺为圆心而形成的。

“先有大昭寺，后有拉萨城。”这是当地藏民中流行的说法。建于公元七世纪中叶的大昭寺，巧妙地融合藏、汉、尼泊尔、印度的建筑风格，是西藏地区现存最早的吐蕃时期土木结构建筑，更成为藏式宗教建筑的千古典范。大殿内，供奉一尊释迦牟尼十二岁等身鎏金铜像，是当年文成公主进藏时从长安带来的，尊贵无比。无数朝圣者，满怀虔敬地走进大昭寺，正是为一睹佛像的尊容。

在藏传佛教信徒的心目中，大昭寺拥有至高无上的神圣地位，更是他们灵魂的寄托和信仰的归宿。一千多年来，为朝觐而来的藏传佛教的信徒们，不畏山高路远，历尽千辛万苦，三步一匍匐，一路叩拜而行，哪怕将生命留在漫漫朝圣路上也在所不惜，他们所要抵达的终点，就是大昭寺。藏族人习惯将位于老城区中心位置的大昭寺、八廓街一带称为“拉萨”。在拉萨，还有一个说法：只有到了大昭寺和环绕大昭寺而建的八廓街，才算真正到了拉萨城。

从布达拉宫出发，前往大昭寺路程很近。步行向东，穿过几条街道，也就半个小时左右。

夕阳下，大昭寺的金顶格外耀眼夺目。站在大昭寺正门前的广场上，我看见，除了像我这样东游西逛、满眼新奇的外来旅行者，到处都是身着暗红色藏袍的圣徒朝拜的身影。他们心无杂念，双手合十，口中喃喃祈祷，一次次起身站立，又一次次匍匐在地，虔诚至极。从早到晚，圣徒们始终都在不停地重复这同一个动作。

西藏，充满了浓郁而神秘的宗教色彩。藏民对佛的信仰膜拜，对大自然的尊崇敬畏，不分男女老幼，仿佛与生俱来。他们一生一世，似乎都只为做一件事：朝佛念经，转山转水转佛塔，不求今生求来世。

一部刚刚斩获第二届意大利中国电影节最佳影片奖的《冈仁波齐》，给我留下极其深刻的印象。我记得，那是一部西藏题材的影片，也是一部非常生动写实的作品，主要演员全来自非专业演员出身的当地藏族群众，根本谈不上什么演技。故事所表现的，是普通藏民真实的日常生活。讲述一群包括老人、孩子和残疾人在内的纯朴藏民，为了去往圣地布达拉宫和神山冈仁波齐，为着心中那份永远不变的信仰，以磕长头的方式，虔诚地踏上历时一年、长达 2500 多公里的朝圣之路。整部电影看下来，从头至尾并没有多少跌宕起伏的故事情节，也没有纷繁复杂的人物纠葛，但自始至终，观众静无声息，似乎也跟随电影的镜头，和这群淳朴的藏民一起风餐露宿，在艰难的朝圣路上匍匐而行。电影通过对原汁原味生活场景的再现，对藏民转山朝佛的真实还原，产生出极具震撼人心、穿透灵魂的力量，并带给观众以深深的思考。

走在布达拉宫外围的转经道上，走在大昭寺外的八廓街上，随处都能看到那些转动经筒、手执念珠的藏民，随时都能遇见五体投地磕等身长头的圣徒。藏民的信仰里，认为他们这一生一世，要磕上十万个长头才算功德圆满。许多已经上了年岁的老藏民，虽然佝身屈背，步履蹒跚，一步三晃，但朝圣路上，那紫红的沧桑面庞和眼窝深陷的双眸，依然透着坚定，依然那么平和，似乎每走一步，感觉离天堂就更近一步。我想，这大概就是神的召唤、佛的旨意吧！也不知道，他们这一生中，还有多少漫漫转经路要走下去！

徜徉于这条藏族风情浓郁的八廓街，踏上被岁月打磨得光滑通亮的青石板路，我这个对藏传佛教不甚了解的世俗之人，竟也不自觉地放慢脚步，在静谧肃穆的氛围中，跟随一群身着藏袍的朝觐者，缓缓行进在转经道上，默默许下自己心中美好的愿望。夕阳的余晖，像一道道金色的佛光，斜斜地洒在这条古老的圣路上，把我的身影拉得很长很长。这会儿，我的心也暂时逃离尘世的浮华与喧嚣，在另一个清净空灵的世界里得到片刻的休憩。

“佛光穿过无边的苍凉，有一个声音幸福安详。清晨我挥动白云的翅膀，夜晚我匍匐在你的天堂……”乌兰托娅这首《我要去西藏》的优美旋律，一直在我心底不停地飘荡。

在西藏，那蓝得通透的天，那白得炫目的云，那纤尘不染的纯净空气，那美到令人窒息的风景，让我的心肺和灵魂得到一次彻底的洗礼。西藏，带给我的视角冲击是强烈的；西藏，带给我的心灵体验也是绝无仅有的。这种完全陌生的地域色彩，这种印象迥异的人文风情，让我感到新奇而美好。这一刻，我仿佛真的已经触摸到了“梦中的天堂”。可惜的是，我不会写诗，不善于运用诗的语言去抒发我内心美好的情愫，去表达我这份独特的禅悟！

“如果不曾相见，人们就不会相恋……”天上西藏，是神鹰的故乡，是雪莲花盛开的地方，是一片令人魂牵梦萦的雪域净土。西藏之行，追梦之旅，是值得我收藏一生的难忘记忆。

——原载 2018 年第 5 期《西部散文选刊（原创版）》

天上的纳木措

有人这样过说：到西藏旅游，至少要看一座湖。纳木措，自然成了我西藏之行的首选。

纳木措，远在那高高的藏北高原，念青唐古拉山北麓，是我国第二大咸水湖，世界上海拔最高的高山湖泊，也是藏族同胞最为顶礼膜拜的“三大圣湖”之一。

之前，我多次从摄影作品和电视画面里领略过纳木措的风光。那里，有圣水、雪山、蓝天、白云；那里，有草原、牦牛、羊群、雄鹰；那里，有藏包、玛尼堆、五彩经幡和关于纳木措的许多动人的神话传说。湖边，不时可以看见身着藏袍手执转经筒或叩长头绕湖转经的虔诚藏民……

从拉萨出发，旅游车沿著名的青藏公路一路北上。滚滚不息的念楚河，与我们结伴同行。因为限速的原因，车子行进得并不算太快。好在沿途风光独具，美不胜收。透过车窗，一路上可以尽情欣赏藏地高原独特的自然美景，所以精神上始终不曾有丝毫的倦怠。

经过大半天长途颠簸，就在抵达念青唐古拉山 5190 米的那根拉山口时，憨厚的司机师傅说，前面就快到纳木措了。他将车子停在路边，招呼我们下车，在观景台上作短暂停留。

在这极度高寒缺氧的地方，在这天与地最接近的地方，在这美到快要让人窒息的地方，我俯瞰山下，终于看到山坳远处那一抹蓝色的身影。哦，那就是纳木措！那就是传说中让人心驰神往的天堂美景！激动之余，同车人纷纷拍照留影。就在我举起相机按动快门的一瞬间，心立刻醉了。我想，这也许是我今生所能达到的第一高度啦！

翻过那根拉高大险峻的山口，穿越一片空阔平旷的滨湖草甸，大约又经过十几分钟车程，我们终于来到神往已久的西藏第一大圣湖——纳木措。

“纳木措”为藏语，而这座湖的蒙古语名称为“腾格里诺尔”。两种名称，都是“天湖”之意。在藏民的心目中，这海拔高达4700多米处在天上云端的纳木措，是圣湖，是灵湖，是神湖，是神仙居住的地方。

这里，正是欣赏纳木措风光的最佳之地——扎西半岛。眼前，是一望无际蓝宝石般迷人的湖面。湖对岸，念青唐古拉山白雪皑皑的主峰直插云霄。湖水的静美和雪山的壮美，在这里浑然相融，结合得极为完美。在藏民亘古不变的美丽传说中，头戴冰冠、身躯伟岸的念青唐古拉山和身姿曼妙、性情温柔的纳木措，正是相依相偎、相亲相爱的一对神仙眷侣。

千年圣湖纳木措，水天相融，呈现出一派自然原始的生态。浩渺无垠的一湖碧水，有着大海般魅人的感觉，但仍掩饰不住它宁静安详的天然神韵。朵朵白云，倒映于湛蓝澄澈的湖水中。几只白鸥，在明镜般的湖面上轻盈自在地飞掠。高原明丽的阳光，透过云隙斜斜地洒下来。辽阔的湖面，闪烁着奇异祥和的光芒，带给人以视角和心灵的强烈震撼。

湖边，有人骑着藏民的牦牛兴奋得手舞足蹈，有人在和当地藏族同胞牵手合影。而我，则撇开众同伴，沿着曲折绵软的湖岸沙滩，独自缓缓地向前行走。就这样，让湖面的清风，醒一醒我昏沉的脑子；让圣洁的湖水，洗一洗自己带污垢的灵魂。

“那一年，叩长头匍匐在山路，不为觐见，只为贴着你的温暖；那一世，转山转水转佛塔，不为修来世，只为途中与你相见……”此时此刻，让我想起那位充满传奇色彩的六世达赖喇嘛仓央嘉措，想起镌刻在那根拉山口一尊巨石上的那首情意缠绵的诗篇。遥想三百多年前，年轻的活佛离开他长年修行的宫殿布达拉宫，面对纳木措这淼淼的湖水，情不自禁地发出细腻真挚的低吟浅唱。

“在那东山顶上，升起白白的月亮。年轻姑娘的面容，浮现在我的心上……”此时此刻，我的耳畔仿佛响起一曲熟悉的歌声，是由仓央嘉措的情诗改编创作的那首藏族情歌《在那东山顶上》。空灵缥缈，纯净如洗，那是心与心的深情倾诉，那是穿透灵魂的高原天籁呵！

独自坐在湖边绵软的沙滩上，静静地眺望着湖面粼粼的波光、远处起伏的雪峰和哈达一样洁白的云朵，感觉整个世界都安静下来。也是奇怪，初到拉萨时就已出现严重高原反应的我，现在反而觉得缓和轻松了许多。

预定的返程时间到了。若不是同伴再三招手催促，我只想在这湖边一直待着，就这么静静地待下去，让时间的流水凝固下来，永远停留在这一刻。我只想把整个身心融入这一湖纤尘不染的净水，拒绝喧嚣，远离俗世，抛却负累，放下烦忧，让灵魂得以彻底的超脱！

“纳木措湖等了我多少年，我便等了你多少年。”天上的纳木措，你怎么可以轻易地在我生命的旅程里错过！你魅人的蓝，你圣洁的美，你灵动的风韵，你如梦似幻般神秘的存在，真的让我身心沉迷，让我无力抗拒呵！

——原载2018年第5期《西部散文选刊（原创版）》、2018年11月18日《合肥晚报》“文苑”副刊

壶口观瀑随感

壶口瀑布，位于黄土高原陕、晋两省交界的黄河秦晋大峡谷中，是万里黄河之上唯一的一道瀑布，也是世界罕见的一条金黄色大瀑布。

乙未年夏月，随团赴西北宁陕地区考察。回程途中，车经陕西宜川壶口高速公路收费站。透过车窗，见路边巨幅“壶口瀑布”宣传画，方知名闻遐迩的黄河壶口瀑布已近在咫尺了。趁同车人下车休憩的短暂间隙，我徒步前行，随汹涌人流，进入壶口瀑布景区。

黄河，中华民族的史诗巨著，中华民族的母亲河。黄河，从青藏高原，从巴颜喀拉山脉巍峨的雪峰，一路奔泻而来，穿过千山万壑，历经千回百转，最终投向大海的怀抱。

著名的黄河秦晋大峡谷南端，两岸夹山，壁立千仞。滚滚黄河水奔流至此，受河床走势的影响，原本四五百米宽的河面骤然收窄，最窄处只有五十余米。挟裹着黄土高原大量泥沙的浊黄色河水，倒悬倾注，飞流直下，瞬间跌入几十米深的“龙槽”，发出山崩地裂般巨大轰鸣，激起数十丈高的烟尘水雾，形成黄河“水底冒烟”的自然奇观。

滔滔河水，若万千奔马，直入河沟深涧。惊涛怒吼，声震如雷，惊世骇俗，蔚为壮观。《尚书·禹贡》中形容此地：“盖河漩涡，如一壶然。”因其形如巨壶沸腾，故名“壶口”。古人有诗赞曰：“源出昆仑衍大流，玉关九转一壶收。双腾虬浅直冲斗，三鼓鲸鳞敢负舟。”黄河之水，以其一泻千里的磅礴气势和雷霆万钧的巨大声威，呼啸而来，让黄河壶口名扬天下。

“黄河之水天上来，奔流到海不复回。”只有站在这里，只有亲眼所见黄河壶口瀑布的奇伟壮丽，才能真的了解波涛滚滚的黄河有着怎样不同凡响的气魄，才能真正感知黄河之水那不可遏止的力量，才能真切领略到前人诗歌中那宏阔高远的大美意象。

为了寻找一处最佳的观赏、拍照角度，我不停地在河滩上来回走动，甚至走到谷底，在高高低低的岩石上跳来跳去。刚要向河岸靠近些，一股扑面的水汽，竟一下子蒙住了我的眼镜和手中的相机镜头。我下意识地后退几步，差点被脚下一块石头绊倒。就在此时，一束强烈的太阳光，忽然间从云隙中斜射而来，立刻看到迷蒙的水雾间升起一道七彩长虹，横跨于龙槽之上。此景此境，恰恰印证古诗对壶口瀑布描述的意境：“水底有龙掀巨浪，岸旁无雨挂彩虹。”我兴奋不已，站稳脚跟，迅速端起相机，调好焦距，对准眼前这绮丽动人的景象，连续按动快门。

滚滚黄河水，在华夏大地上奔腾流淌，百折不挠，万古不息。滔滔黄河，是我们华夏民族永不枯竭的血脉，不仅哺育了两岸的生灵百姓，还缔造了五千年灿烂辉煌的中华文明。而眼前这雄浑浩荡、流向沧溟的壶口瀑布，更代表一个民族桀骜不驯的性格和无可抗拒的力量，象征着这个民族自强不息的精神和坚如磐石的意志。振奋、感叹之余，我理所当然地为自己的民族拥有这样一条有内涵、有灵魂、有血性的河流而自豪，而骄傲。

“风在吼，马在叫，黄河在咆哮……”此时此刻，我的耳畔，仿佛传来一阵深沉雄浑的歌声。是的，中华民族是一个铮铮不屈、愈挫愈奋、永不沉沦的伟大民族，就像身边这奔腾咆哮的黄河，就像这排山倒海的黄河之水。七十多年前，中华民族到了亡国灭种的最危险时刻，一曲慷慨激昂的《黄河大合唱》，就诞生于黄河壶口瀑布前。那短促跃动的曲调，那铿锵有力的节奏，那振奋人心的歌词，吼出亿万中华儿女共御外侮的强烈心声，激发起全民族救亡图存的极大热情。历经十四年旷日持久、艰苦卓绝的奋勇抗争，中华民族经受住血与火的洗礼、付出巨大的牺牲后，最终将骄横残暴、不可一世的日本侵略者赶出中国，取得抗日战争的全面胜利。

被国人誉为“黄河之心，民族之魂”的壶口瀑布，淋漓尽致地展示出了黄河之水百折不挠的天赋秉性、激情四溢的生命活力和坚无不摧的阳刚之美。壶口瀑布，带给每位走近它的游人，除了巨大的视觉冲击、强烈的心灵震撼、如痴如狂的景仰膜拜，更多的，是精神的激荡和境界的升华。

观壶口瀑布，并不在此次行程的计划之列，然而，我有幸一睹其壮美的雄姿，多年的夙愿在这一刻得以实现，内心更是获得了一份极大的满足。

——原载 2015 年 12 月 2 日《合肥晚报》副刊

时公祠的清风

坐落于淮河南岸、八公山下的国家历史文化名城寿县，城垣巍峨，市井繁华，名胜古迹，处处可寻。但众多景点中，最吸引我目光的，当属城中那座古朴、典雅、肃静的时公祠了。

时公祠，也称“留犊祠”，位于古城西南隅一条名为留犊祠巷的深巷尽头，为纪念一位名叫时苗的古人而建。

时苗，何许人也？为什么会有人愿为他修建这样一座名字奇怪的祠宇？为什么会有如此多的人一直这么敬奉他、怀念他？

《三国志》载：“时苗，字德胄，巨鹿人，少清白，为人疾恶。建安中入丞相府。出为寿春令，令行风靡……”在任期间，清风惠政，体恤民情，为寿春百姓办了许多好事实事，深受人们的爱戴。

这里，有一个特别温情、也十分感人的故事。一千七百多年前的东汉末年，寿春令时苗驾着自家的一辆黄牛车，带着简陋的行囊，千里迢迢赴寿春（今寿县）任职。居官岁余，牛生一犊。卸任时，他把牛犊留下，交给当地百姓，说：“令来时本无此犊，犊为淮南所生有也。”意思是说，我来时本只有一头老牛，这头牛犊生下来后，吃的是淮南的草，饮的是淮河的水，理应将它留下来。大家又说：“六畜不识父，自当随母。”一致恳请县令把牛犊带走。时苗还是婉拒大家的好意，拜别前来送行的寿春百姓，登上来时乘坐的老牛破车，两袖清风而去。

为纪念这位清正廉明的好官，寿春城内的百姓把小牛饮水的池塘，取名“留犊池”，牛犊栖身的牛栏，建留犊坊。自汉以后，历代名宦皆尊奉时苗为楷模，推崇备至。明成化年间，寿州知州赵宗，重浚留犊池，植竹于池旁，种莲于池中，喻时苗的品德，有如竹的劲节、莲的高洁。池畔建时公祠，供人祀之，并将祠旁的小巷称作“留犊祠巷”。

那座建于明代的祠宇，因年久而荒废。清乾隆十年重建，又毁。现在的时公祠，地方政府于1990年拨款，在原址上恢复重建。

“时苗留犊”的典故，早在唐代就被作为儿童启蒙教育的典范，编入《蒙求》一书。一个心底无私、自甘清贫的州县小吏，从此家喻户晓。苏轼、张軏、汤鼐、董豫、王思九等历代众多文人墨客，慕名寻访拜谒，并留下赞美诗篇。元代著名书画家赵孟頫，作《寿春令时苗留犊》图一幅，今藏于台北故宫博物院。近些年，经常有海内外学者、游客，专程到此，寻访胜迹，发思古之幽情。

“好人走过的地方，身后开满鲜花。”“时苗留犊”的佳话，在中华大地上千古传扬。

联想到当下少数官员。他们为官一任，不是为民请命，造福一方，而是以权谋私，挖地三尺，疯狂敛财，家藏万金，真是欲壑难填。他们玩弄权术，鱼肉百姓，迷财贪色，得意忘形，勤政为民的宗旨意识早丢到一边。然有朝一日，东窗事发，锒铛入狱，只落得臭名远扬、可耻可悲的下场。想想，这些人所作所为，与时苗为官之德的反差，真是何其大也！

俗话说得好：金杯银杯，不如老百姓的口碑。一个清白做人、踏实做事、情系群众、利为民谋的好官，老百姓自当永远记着他的好处。

“来一牛来去一牛，清风高节至今留。”走过留犊巷，驻足时公祠，顿感一股清风拂面而来。

——原载2014年8月10日《安徽商报》“副刊·美文”、2014年8月29日《中国建设报》“建设文苑”

漫游洗耳池公园

在巢湖市老城区，有一座很有名的公园。我游览这座城市公园，完全是冲着“洗耳池”这个有趣的名字来的。

这是一座开放式水景公园，位于高楼林立、商业繁华的闹市中心。亭台水榭，竹树环合，花草茂盛，鸟鸣啁啾，一派小桥流水的南方园林风光，的确是居民闹中取静的休闲好去处。

洗耳池公园，碧水环绕，四面有桥相通。市民可以随意进出，游客亦可自由参观游览。虽然不是周末，但秋光宜人，来此休憩、游玩的人依然很多。人们在这里听戏、下棋、打牌、垂钓、健身、聊天，各得其乐。

巢父亭前，一尊神形兼备的“牵牛洗耳”雕塑，吸引了我的目光。原来，“洗耳恭听”的著名成语典故，就出自这里。故事的两位主人公，便是名列“上古七十二高士”的许由和巢父。

史传，上古尧舜时代，帝位禅让相继。尧帝年事已高，准备让天下于一位德才兼备的贤士。他打算将天下禅让给巢父，但巢父并没有接受。他又听说有个叫许由的人，做了很多好事，教会当地百姓耕田、挖井、打猎和捕鱼等谋生的技能，是一位非常贤能的人。于是，找到许由。许由也推辞不受，便推荐了舜，自己则隐居箕山。尧还以为许由谦虚，就更加敬重他，希望他出任九州长。许由听到这个“坏消息”后，吓得连夜出逃，从此游历四方。

一天，许由来到江淮之间的巢湖岸边，因为心情不爽，独自对着一条云溪发呆。此时，恰逢一个叫巢父的人，牵着一头牛犊打这里经过，许由便将自己的苦衷告诉他。巢父认为他是故作清高，很不屑地回答说："谁叫你成天在外招摇，惹出这些麻烦事，假如你一直住在高山深谷，谁能知道你呢？是你自己想求得这种虚名罢了！"许由听罢，既惭愧，又钦佩，立即走到到溪边掬水洗耳、拭目，表示真诚地听取巢父的告诫。巢父气呼呼地说："你洗耳污染了干净的溪水，洗耳水会弄脏我的牛嘴。"说罢，径自将牛犊牵至小溪的上游饮水。

巢父直言不讳地批评许由，不应该这样"浮游于世，贪求圣名"。许由真是个宽怀大度、知错即改的人，他非但没有生气，还诚恳地接受巢父的批评和规劝，并将其引为知己，成为心心相印的好友。从此，与巢父结伴，息隐山林。

后人敬怀这两位品行端庄、精神高洁的隐士，弘扬他们清风廉心的美德，把巢父牵牛经过的巷子称作"牵牛巷"，把许由洗耳的那段溪水称作"洗耳池"，也称"洗耳芳池"，并在此地建"二贤亭"，凿"巢父井"。洗耳芳池，以其悠久的历史和深厚的文化底蕴，成为古巢"十景"之一。前些年，洗耳池公园实施升级改造，又增添巢父亭、市隐亭、逆耳廊、悦耳廊、饮犊桥、洗心桥等诸多新景观。

"洗耳恭听"这则流传千古的人文故事，旨在劝诫世人：不为利益所驱，不为诱惑所动，不做沽名钓誉之徒，保有一份随心而行的超然洒脱。洗耳之举，贵在洗心明志，洁身自好。

如今，牵牛古巷还在，洗耳芳池还在，"巢父牵牛、许由洗耳"的佳话，更流播于世，为历代文人贤士所推崇，留下大量脍炙人口的赞美诗篇，带给人以精神的启迪。

"访古慕高远，回首笑流俗。千世得巢父，萧然慨遗躅。"这是北宋史学家、诗人刘攽题《巢父井》诗。驻足于典雅古朴的巢父井前，面对眼前这一泓凝碧的池水，品味"洗耳恭听"的千古佳话，我仿佛再一次聆听了两位古圣先贤那段极精彩的对白。见贤思齐，我强烈地感受到这洗耳故地的风流遗韵。

沿洗耳池畔一条临水木栈道悠闲漫步，忽见路边一丛高大的桂树，花开得金黄灿然。徐徐清风，送来桂花特有的幽香，精神顿然为之一爽。

拜访冶父山

“长剑欲一淬，夜寻冶父山。揽衣望其气，直在斗牛间。”这是赞颂历史上一代铸剑名匠欧冶子的一首古诗。字里行间，充盈着一股浩然之气。

诗中提及的冶父山，位于庐江县中部的冶父山镇，距县城庐城镇东北约八九公里。从县城出发，不过十几分钟车程，前往游览十分便捷。

冶父山，曾名“野父山”“冶甫山”“冶山”“铁冶山”等，为大别山余脉，峰峦起伏，植被丰富，古木参天，梵宇巍列，素有“江北小九华”之美誉，现为国家级森林公园、省级风景名胜区和自然保护区。相传，此山曾为中国古代铸剑鼻祖欧冶子为楚王铸剑的地方，也是中国第一把钢铁宝剑的诞生地，后人仰其高蹈，遂以名山。冶父山兼具自然、人文之美。“冶父晴岚”，为古代“庐江八景”之首。前人游览此山时赞道：“孤峰突起，屹立独尊，山高水秀，奇峰幽谷，有北山之峻，兼南岭之秀。”

《天下名山志》《越绝书》《濡须志》等诸多史书文献记载，欧冶子是春秋末期到战国初期越国人，生活在群雄称霸、诸侯混战的动荡年代。其一生，充满神话般传奇色彩。他自幼聪颖好学，少年时随舅母学习冶金技术，开始冶铸青铜剑和铁锄、铁斧等生产工具。凭借非凡的智慧和精湛的技艺，欧冶子曾为越王勾践铸造湛卢、纯钧、胜邪、鱼肠、巨阙五柄青铜宝剑。后又与女婿干将、女儿莫邪一起，在这荒僻山野间为楚昭王铸就七星龙渊、泰阿、工布三把钢铁宝剑。这八大名剑，尊贵无比，冠绝华夏，堪称神兵利器。在列国纷争、干戈四起的冷兵器时代，这些锋利而轻便的“新式武器”，显示出摄人心魄的无穷威力，也奠定了欧冶子“中国铸剑之父”“天下第一剑师”的至尊地位。

一个夏日的午后，怀着对冶父的敬仰和寻古探幽的强烈兴趣，我和七八位同伴兴致勃勃地跨进冶父山巍峨的山门石坊。蜿蜒曲折的山道上，虽有绿荫为伴，蝉声相送，怎奈高温酷暑，山路陡险，走不多远，便大汗淋漓，呼呼如牛喘。好在有同伴们互相加油打气，才不至于半途而废。将近一个小时的艰难攀登，终于登临海拔近四百米的冶父山最高峰——欧峰。

位于冶父山之巅的铸剑广场，正是欧冶子铸剑时留下的千年古迹。相传，当年欧冶子不辞辛劳，踏遍天下名山大川，最终在此山中寻觅到出产铁英、寒泉和亮石的地方，作为铸造宝剑的理想之所。在这里，考古工作者曾发掘出土大量与冶铸有关的遗址和文物。

一尊欧冶子昂首挺胸、双手捧剑的巨型雕像，矗立于广场之上。面容清矍，长髯飘飘，深邃的目光透出他坚毅的性格。广场中央，有一方水池——龙泉池。据说，这池中本就有一处天然泉眼，池水终年不涸不溢，澄澈见底，清冷逼人，凛凛如剑气浮空。池中，一石赑屃驮一方石碑，正面书“欧冶子铸剑处”，背面镌刻明人赵国琦所作的铸剑池碑记，四周围以石栏。传说，当年欧冶子正是在这里凿池储水，在池边结庐砌灶，伐木烧炭，从山中采得铁英，炼铁铸剑，用这池冰冷彻骨的泉水淬火。池上的高台，建有一座六角小亭，飞檐翘角，造型古朴，名曰“铸剑亭”。亭下，安放一只厚重浑朴的铁炉模型，数把正在锻造的宝剑插于其中。铸剑亭右侧，是一尊干将莫邪的铜筑雕塑。距离铸剑池不远的山道边，兀立丈余高的一方巨石，上刻“试剑石”三字。令人称奇的是，这块巨石，自上而下裂开一道整齐的缝隙，形如剑劈。传说，当初欧冶子筑成宝剑后，为试剑锋，对着此石用力一劈，只见寒光一闪，剑过石开。可见宝剑的威力之大。上世纪六十年代中期，在湖北江陵发掘出土的越王勾践剑，出土时仍完好如新，锋刃锐利，寒气逼人。剑身布满菱形花纹，八个鸟篆铭文清晰可辨，工艺极其高超，令人叹为观止。这一重大考古发现，给诸多史籍中关于欧冶子铸剑的记载提供了鲜明的实物佐证，说明欧冶子铸造的传世宝剑，并非虚无缥缈的神话传说。

龙泉池前，那两株被称作“连理朴”的参天古树，格外引人瞩目。它们干粗如斗，相对而立，枝叶交互，影投池中。传说，眼前这两株造型奇特的古树，正是为铸剑而舍命的干将、莫邪这对恩爱夫妻，是他们高贵灵魂的化身。

正所谓“脚力尽时山更美”。站立于欧峰之巅，天宽地迥，八面来风，顿觉神清气爽，疲惫全无。俯瞰四野，林海苍茫。抬眼望天，白云悠闲。驰目骋怀，浮想联翩，让人陡生几多豪迈之情！

遥想当年，越王勾践牢记会稽之辱，卧薪尝胆，励精图治，出师伐吴，欲一雪前耻。出征前，为了说服楚国出兵牵制吴国兵力，越王勾践只得答应楚昭王提出的交换条件，让欧冶子前往楚国，为楚王铸剑。就这样，一代名匠欧冶子，为拯救自己多灾多难的祖国，忍辱负重，孜孜以求，委身山野，风餐露宿，十年磨砺，百炼百淬，终于铸造出名扬天下的中华第一把铁剑——七星龙渊剑。

“何时得遇英雄主，用尔平治天下去。”欧冶子不仅完成铸剑报国的神圣使命，他更祈盼自己铸造的宝剑能早遇明主，大显神威，戡乱止暴，化剑为犁，以求天下永世太平，人民安居乐业。

山之巅，早已不见熊熊的炉火，也寻不见冶父那刚毅的身影。历史的烟云，已随风而散，唯有从那座千年古刹伏虎寺巍然大殿中飘过来的缕缕禅音，让我等游客感到内心如水的宁静。

走读六尺巷

我来桐城，不为别的，只为寻访六尺巷。

“我家两堵墙，前后百米长。德义中间走，礼让站两旁……”2016 年央视猴年春晚舞台上，皖籍影视明星赵薇压轴主唱的一曲《六尺巷》，让亿万观众同时记住了“六尺巷”这个特殊的名字，也让六尺巷的故事广为人知。随之，这个位于安徽桐城的六尺巷景点一下子暴热起来。

有道是：天下文章出桐城。安庆桐城，文脉厚重，文星璀璨，曾享有“文都”之誉。清代，出现过张英、张廷玉这样为世人称道的“父子宰相”，产生过戴名世、方苞、刘大櫆、姚鼐等众多令人仰慕的文学大家，形成极具声势和影响的散文流派——桐城派，并在长达两百多年的中国文坛独领风骚。走过小城古老的街闾巷陌，俯之即是的人文遗存，让我强烈地感受到此地的文采风流。

六尺巷，位于桐城市区西南一隅，始建于清康熙年间。巷长百余米，宽两米，青砖黛瓦，路面均由鹅卵石铺就。巷两旁高大挺拔的古樟、桂花，阴翳蔽日。空气中，弥漫着沁人心脾的芳香气息。六尺巷为东西走向，巷南原是张英宰相府，巷北曾为吴氏宅院。

传说当年，这里居住着张姓和吴姓两个家族。吴家在修筑新房时，欲占用张家宅邸旁的空隙之地，进而引发纠纷。双方互不相让，将官司打到县衙。县官考虑到两家都是权势显赫的名门望族，岂敢轻易了断此案。情急之下，张家人修书一封寄往京城，向身居宰辅之位的家人张英求援，希望他出面干预，给地方官施加压力。张英接到家信后，当即回书四句："一纸书来只为墙，让他三尺又何妨。长城万里今犹在，不见当年秦始皇。"

张家人读罢回信，明白诗中的含义，立即撤回诉状，主动将自家的院墙向后撤让三尺。吴家人见状，深为感动，不仅不再争执，也自觉地将院墙退后三尺。争之不足，让则有余。正是这短短一首诙谐而不失郑重的打油诗，化解了原本剑拔弩张的邻里矛盾。于是，就有了今天我们看到的这条古朴幽深的"六尺巷"。而张吴两家从相争到相让的故事，很快在当地传为佳话，成为邻里和睦相处的楷模。

一则六尺巷的故事，流传了三四百年。真实感人的故事，折射出的，是一种宽厚仁爱、胸襟旷达的人生境界，彰显的是人与人之间互敬互让、和谐共融的传统美德。而故事的主人公张英，且不说他作为一代名臣辅佐康熙大帝成就盛世伟业，仅凭这首短短的"让墙诗"和谦恭礼让、不与民争的为官之德，就足以流芳千古，为后世所景仰。

历史远去，精神犹存。几百年前的那封家书早已泛黄，但六尺巷旧迹仍在，六尺巷的故事并没有结束。上世纪50年代中期，毛泽东主席会见苏联驻华大使尤金时，针对当时微妙的中苏关系，引用"六尺巷"这个十分经典的历史掌故，并情不自禁地吟诵起张英的这首古诗，希望在处理国与国之间关系时，也能够做到以礼相待、以和为贵。

这首"让墙诗"和六尺巷的典故，于我，早已耳熟能详，早已烂熟于心。但我，还是心怀对历史人物的敬意和寻古探幽的强烈兴趣，亲临故事的诞生地，亲眼看一看六尺巷的实地实景，感受先辈前贤那宽厚谦让的君子风范，感受其中蕴含的中华传统文化的无穷魅力。

古老的六尺巷，有着史书般深沉厚重，成为彰显和传承中华美德的生动载体。六尺巷入口处，兀立一块巨大的太湖石。石壁上镌刻的，正是这首脍炙人口的"让墙诗"。而一座镌刻着"礼让"二字的徽式汉白玉石舫，恰恰作了这本史书的扉页，格外引人瞩目。

"宽容大度，克己处事。""忍一时风平浪静，退一步海阔天空。"六尺巷的故事耐人寻味，发人深省，蕴含了廉洁、谦让、包容、和谐等丰富而深刻的处世哲理。六尺巷，更像是度量人生修养的一把尺子，随时可以量出一个人胸怀气度的大小和人品境界的高低。

“我家一条巷，相隔六尺宽。包容无限大，和谐诗中藏……”走过幽深静谧的六尺巷，《六尺巷》那温婉如水的旋律，一直在我心中潺湲流淌。而重温这则六尺巷的故事，我真切地感受到精神的升华和心灵的舒张。

——原载2020年1月2日《合肥晚报》“北城新闻”副刊

古琴台遗韵

“高山流水”的成语典故，千古传颂，知者甚众，令无数人唏嘘感慨。故事的背后，说出了世间知音难觅、友情弥足珍贵的道理。

相传，春秋时期，在晋国做大夫的楚国琴师俞伯牙，回乡探亲途经汉水，泊舟上岸，遇见从山间归来的樵夫钟子期。伯牙坐于石上鼓琴抒怀时，见子期放下柴担，站在那里凝神静息，听得十分投入。伯牙琴技高超精妙，心事赋琴，在琴中奏出自己的志向。伯牙抚琴志在高山，子期脱口赞道：善哉！峨峨兮若泰山。伯牙抚琴志在流水，子期又说：善哉！洋洋兮若江河。伯牙赞叹道：善哉！子之心与吾心同！赶忙起身施礼，和子期结拜为兄弟，引为知己。这一晚，恰是中秋月圆。依依惜别时，他俩约定，来年中秋，再次相见。未承想，到了第二年，钟子期染疾而亡。伯牙不见故友，心中悲切，摔琴断弦于子期墓前，以谢知音，终生不再鼓琴。知音一去，弦有谁听？痛哉！

故事虽带有浓厚的传奇色彩，却并非完全杜撰。《列子 · 汤问》《吕氏春秋》等先秦诸子文献中均有此史事的记载。楚人酷爱音乐，史书中记载有楚国司乐官、著名音乐家钟仪、钟建的生平事迹。俞伯牙心胸旷达，情趣高雅，通过琴声展现出不与世俗同流合污的精神情怀。民间亦藏龙卧虎，不乏钟子期这样的奇才高人。以种田砍柴为生的钟子期，虽一介布衣，但作为钟仪、钟建等名士的后裔，通音律，善歌辞，对音乐有着极强的感悟力和鉴赏力。听琴声能听出如此这般的境界，就不足为怪了。

琴台公园，位于武汉汉阳龟山西麓，月湖东畔，背依汉水，江南古典园林式建筑风格。白墙蓝瓦，湖光山色，竹树掩映，秀丽如画。据考，这里正是当年伯牙和子期相遇、相识、相知的地方，是“知音”文化滥觞之地。十多年前，我曾游览过此地，印象颇深，而且余兴未尽。这次，和友人张君顺道过江城武汉，决定再游古琴台，重温“高山流水遇知音”的千古佳话。

琴台，始建于一千四百年前的南北朝时期，为纪念俞伯牙和钟子期真挚的友谊而筑台建馆，供文人雅士游览凭吊，追慕先贤之遗风。历经岁月沧桑，琴台经过多次修葺和扩建。现在的古琴台，基本保持了清乾隆年间重修时的形制风貌。现存有宋代大书法家米芾手迹“琴台”碑、清代岭南宋湘“竹叶诗”碑等珍贵文物。琴台公园的建筑布局，包括伯牙台、知音蜡像馆、清道光皇帝御书“印心石屋”照壁、历代题咏琴台的石刻碑廊，以及伯牙抚琴和伯牙子期告别等内容的汉白玉雕像等。公园东侧，一座新建的“高山流水”厅内，除展示反映琴台文化的书画、音像作品外，还经常举办琴瑟筝的演奏活动，供游客欣赏。

“一片弹琴石，千秋过客寻。牙期偶相遇，山水感知音。”高山流水遇知音的典故，成为中华民族的一桩千古韵事。古琴台所蕴含的“知音”理念和“知音”文化，成为中华传统美德生动传神的写照。

在清幽静雅的琴台公园内参观游览，耳畔回荡的，正是中国十大古典名曲之一的《高山流水》古琴曲。琴声淡然、空灵、悠远，仿佛天外神曲。或许就是当年伯牙弹奏出的那支曲子吧，穿越两千多年时光的界限，一直抵达现代人的心灵深处。坐于琴园树荫下石桌前品茗小憩，于袅袅如诉的弦音中，用心品味那凄美动人的传说。于微微的沉醉中，心绪片片，感慨万端。无意中发现，进入园内的游人也都如我，表情肃静，步履轻盈，始终不愿大声喧哗，生怕惊动在我们看不见的某处专注于弹琴和听音的那两位风度优雅、可敬可爱的古人。

相识满天下，知音有几人。人这一生，芳草易见，知己难觅。虽然，谁都渴望获得一份忠贞不渝的爱情，谁都希冀拥有可以生死相依的友情，谁都祈盼快乐时与人分享、危难处有人安慰，然而，真正情缘相投、心灵相通、相扶相携的知音，少之又少。现实生活中，更多的人，是孤独地来到人间，又在孤独中默默离开，情感世界几乎一片空白。所以，到头来只能发出“茫茫人海，知音是谁”的无奈吁叹和无处排遣的孤独怅惘了！

——原载 2013 年 5 月 20 日《合肥晚报》“杏花村”副刊

沉醉杏花村

牧童遥指处，池州杏花村。自从小学语文课本中第一次读到《清明》诗开始，杏花村，一直都在那邈远而神秘的地方诱惑着我。

一千多年前的那个晚唐，一个名叫杜牧的风流才子，辗转来到池州刺使任上。正值清明时节，江南之地，杂花生树，草长莺飞，一年中最美最好的光景。理政余暇，这位刺史大人独自冒着霏霏细雨，信步走出衙斋，走向池州城西的一片幽静旷野，沽酒寻芳而来。

青青的柳色，粉红的杏花，醉人的春雨，招摇的酒帘，牛背上的牧童……眼前的景象，恰似一幅清新淡雅的水墨画，镶嵌在江南早春古雅的画框里。这一切，已经让诗人未饮先醉，情不自禁地随口咏唱，便咏出一首堪称千古绝唱的《清明》诗，也唱出一个闻名千古、饮誉天下的杏花村。

“清明时节雨纷纷，路上行人欲断魂。借问酒家何处有，牧童遥指杏花村。”一首《清明》诗，千古相诵，妇孺皆知。且不说作为晚唐“文坛领袖”的杜牧，在文学上的卓世才华和诸多成就，仅凭此诗，就奠定他在中国文学史上至高的地位，足以让他独步诗坛。

每当清明来临，翠柳含烟，红杏带雨，人们自然就会记起这首脍炙人口的古诗，勾起内心绵绵乡情。短短一首七言绝句，江南春日秀美的田园风光、浓郁的乡土气息、牧童天真可爱的形象以及诗人明媚欢愉的心情跃然纸上，给人以美的享受，让人心生无限浮想。

循着《清明》这首古诗的余韵，一千多年来，数不清的名人诗家，不远千里慕名纷至，赏花沽酒，流连吟唱。除了感受杜樊川笔下“杏花春雨江南”的意境，也留下无数吟咏杏花村的诗篇。清康熙年间出版的一部《杏花村志》，收集包括杜荀鹤、朱熹、陆游、黄庭坚等唐宋以来历代诗人题咏杏花村的诗词歌赋一千余首。花美，酒美，诗更美。杏花村，“天下第一诗村”的美誉，不胫而走。

池州杏花村，跟着杜牧和他的一首诗而扬名天下。古人仿唐诗的意境，曾相继于此筑事、建坊、葺祠。至清代，已形成闻名遐迩的平天春涨、西湘烟雨、三台夕照、桑柘丹枫、铁佛禅林、黄公酒垆、白浦荷风、栖云松月、昭明书院、茶田麦浪、杜坞渔歌、梅州晓雪等“杏花村十二景”。

清代文学家、池州人郎遂爱乡心切，自号“杏村”，二十岁时开始潜心撰修《杏花村志》，耗时十一载。皇皇一十二卷传世，是我国古代志苑中一朵艳丽的奇葩。该书文字优雅，图文并茂，旁征博引，考据细致，对杏花村山川形势、名胜古迹、风俗民情均有详实记述，对“杏花村十二美景”亦有生动描绘。从中，可领略杏花村山水之秀、村落之古、人文之萃。古人为一村立“志”，本就凤毛麟角，而此书有幸以“村志”入选中国古代最大一部文献典籍《四库全书》，更是独一无二。

当我来到有着“千载诗人地”之誉的池州，自然不愿错过游览杜牧笔下的千古名村杏花村。从入住的碧桂园大酒店出发，司机师傅习惯地启动现代化车载导航仪。既无需下车问路，也用不着“牧童遥指”，而是通过语音导航，朝着既定的目的地一路飞奔。

虽然不是在“十里烟村一色红”的清明时节，也没有“村酒村花两共幽”的绝美春光，但仅凭“杏花村”这个充满诗意和魅力的村名，仅凭满树杏花千年不绝的一缕余香，我以为，此番畅游的兴致，不会有丝毫削减。

走进杏花村，但见湖光山色，水环村绕，杏林在野，酒旗若现，处处流溢出村的风情、花的芬芳和诗的意境。沿醉仙湖四周，一路参观游览杏花亭、杏花岛、怀杜轩、青莲馆、昭明堂、吟诗台、半亩园、渔歌埠、民俗村、黄公酒坊、窥园、六朝长廊等景点，真可谓一步一景，引人入胜。

漫步杏花村，我总是走不出梦的缠绵，走不出诗的意韵，也走不出杏花的气息。我迷离的眼神、游移的目光，一直在急切地找寻——那个行走在微雨中青衫半湿的风流诗人在哪？那个骑在牯牛背上天真烂漫的牧童在哪？那处让杜诗人一意寻访酿制出醇香勾魂的“黄公酒”的酒家在哪？那口传说中“香泉似酒，汲之不竭”的黄公古井又在哪？

村中风物依旧，诗意犹存。而诗人的身影，已经随岁月远去。

——原载 2016 年 10 月 23 日《合肥晚报》“逍遥津”副刊

告慰春申君

前段时间，电视剧《芈月传》热播，许多地方台的收视率一路冲顶。虽然故事的演绎与历史的真实相去甚远，但透过诸侯之间、宫廷内外纷纭复杂的争斗，让人仿佛看到了战国乱世的滚滚烽烟；通过跌宕起伏的剧情，让观众认识了一位能言善辩、潇洒风流的历史人物春申君。

丙申清明，和三五友人一道，前往地处淮河之畔、赖山脚下的淮南市谢家集区李郢孜镇，去凭吊春申君墓。

春申君，本名黄歇，战国末期楚国丞相，名满天下的政治家、军事家，和魏国信陵君魏无忌、赵国平原君赵胜、齐国孟尝君田文并称“战国四公子”。

黄歇年轻时，四处拜师游学。他才华出众，见识广博，学养深厚，机敏善策，以辩才出众著称。为人贤德且有雄才大略的黄歇，深得楚顷襄王的赏识和重用，让他担任左徒一职，与楚王共商军政大事。

战国末年，曾经强大的楚国，内忧外患，已是强弩之末。国力日强且野心勃勃的秦国，欲联合韩、魏，攻打楚国。公元前272年，黄歇受楚顷襄王之命，出使秦国。凭借出色的外交才能，不仅成功说服秦昭王取消进攻楚国的计划，还促使秦、楚缔结盟约，互为友国，让楚国暂时解除战争危机。但太子熊完和使臣黄歇作为人质，被秦昭王整整扣留十年，历经九死一生。几经周旋，黄歇通过周密细致的谋划，施以金蝉脱壳之计，让太子假扮车夫成功逃出秦宫，逃回楚国。而后，黄歇也辗转回到自己日思夜想的祖国。

不久，楚顷襄王病逝，太子熊完顺利即位，称为楚考烈王。考烈王元年，忠贞耿直、护驾有功的黄歇，被任命为楚国令尹，辅佐楚王，封为春申君，并赐淮北地十二县为其祝寿。多年以后，从楚国的战略大局考虑，春申君主动献出淮北十二县，请封于边远偏僻的江东。楚王立即答应他的请求。

春申君便在自己的新封地苦心经营，在吴国都城的废墟上重建城邑，繁荣商贸。几千年来，苏州一带的居民一向尊崇春申君，不少民众奉之为城隍神。至今，苏州城内仍有春申君庙祠，定期祭祀。

春申君为楚相二十五载，勤于政事，拓垦荒蛮，注重农桑，疏通河道，抑制水患，在一定程度上维持了楚国的国力，甚至出现了短暂的兴盛景象。他本人，也因政绩卓著，做了许多实事好事，让百姓安居乐业，而深得民众爱戴和铭记。在他的封地太湖流域的吴地，当地百姓为纪念他，以其姓或号为山、水、地方命名，如江苏江阴的申浦、申港、黄田港、君山，无锡的黄公涧、黄埠墩，苏州的黄埭、春申湖，浙江吴兴的黄浦等。贯穿上海的母亲河吴淞江，改称春申江、黄浦江，也称申江。后来，“申”字就成了上海的简称。由此可见，今天，上海成为国际化大都市，和江浙一带经济文化的繁荣富庶，与当初春申君在此开发治理，一定存在着某种必然的联系。“乘长风兮开宇天，古往今来兮二千年。”2002 年 9 月，上海成功申办世博会。欢庆晚会上，黄浦江畔，群情激昂，万人齐声高唱的第一首歌就是《告慰春申君》，以表达对这位“开申之祖”的纪念和敬意。

春申君宽厚仁爱，威望深远，礼贤下士，招徕宾客。最多时，身边的门客多达三千，而且对他们恩宠有加，“食之以玉食，荐之以珠履，将望之以国士之报。”他力图凭借自身的才华和不懈的努力，与众人一道挽救风雨飘摇、危在旦夕的楚国。

公元前 257 年，为遏制秦国吞并中原的势头，春申君亲率军队救赵却秦，解除邯郸之围。次年，率兵向北征伐鲁国。通过援赵、灭魏，使楚国声威复振，春申君在诸侯国中的地位和影响大增。

然而，世事难料。春申君的才华尚未得到完全施展，便死于一场非命，振兴楚国的事业也戛然而止。

春申君因执迷不悟，未能听从贤士朱英的提醒，最终遭到身边无赖小人李园的暗算。公元前238年，楚考烈王去世，春申君匆忙前往宫中奔丧。在毫无防范的情况下，于楚都寿春城棘门之内，被李园豢养的死士刺杀而亡，转眼身首异处。其全家老少，也悉被李园斩杀，无一人幸免。这样一位叱咤风云的历史人物，命运结局竟如此悲惨，留下千古遗恨。

人啊，往往因为处于顺境之时而忘乎所以，总是过于自信，看不清、也克服不了自身的弱点，所以才会频出昏招，祸起萧墙。由春申君和李园联袂导演"李园献妹"移花接木的一出荒唐闹剧，不仅毁掉春申君的一世英名，甚而招致杀身之祸。同时，将一个忘恩负义、贪婪成性、内心阴暗、手段残忍的奸吝小人，永远钉在历史的耻辱柱上。

太史公司马迁在《史记·春申君列传》中，感叹春申君悲剧命运的同时，明确指出其命运急转而下的最直接原因：正是"'当断不断，反受其乱。'春申君失朱英之谓邪。"唐朝诗人杜牧有怀古诗《春申君》一首，诗云："烈士思酬国士恩，春申谁与快冤魂。三千宾客总珠履，欲使何人杀李园。"

一个才华横溢的人、一个功绩卓著的人、一个忠君为国的人、一个宽厚仁爱的人，就这样窝囊地死了，死于一场无妄之灾！春申君之死，其结局命运令人唏嘘叹惋，其历史教训更让人深思明鉴。

春申君黄歇墓，位于寿县古城东北二十多华里的李郢孜镇东沈郢村，也称"春申君陵"，俗称"黄泥孤堆"，为省级文物保护单位。陵园为仿汉建筑，由围墙、门楼、神道、祭坛、墓冢构成。墓葬封土高大如山，岿然而立。位于墓冢南侧的祭坛，分上下两层，四周分别围绕汉白玉和青石云柱护栏，正中立龟驮碑。祭坛两边，各立一根四米高的汉白玉古汉阙。墓园四周，芳草萋萋，苍松掩映。

今欣逢盛世，政通人和，天下太平，社会安宁，人民幸福。我想，眼前这一切，足可以告慰一代贤相春申君的在天之灵！

时光荏苒，岁月沧桑。在这里，沉睡了两千多年的春申君，留给后人太多的追怀、太多的警示，也为史家留下无尽的课题。其功过是非，只能任由世人去评说了！

——原载2016年第2期《安徽地方志》

八公山上说廉颇

八公山——耸峙于淮河南岸的一座名山。说它名闻遐迩，并不因为此山有多么崔嵬高峻，也不因为山中景色有多么蔚然深秀，更主要的是，这里包藏着极其丰厚的历史文化遗存，还有无数先贤和英杰留下的闪亮足印。

距今八亿五千万年前珍贵的“淮南虫”化石群在八公山一带被发现，“一人得道，鸡犬升天”的传说故事出自八公山，“风声鹤唳，草木皆兵”的淝水之战发生在八公山下。这里，至今还保存有“战国四公子”之一的春申君墓、编纂出传世奇书《淮南子》的淮南王刘安墓、威震千古的赵大将军廉颇墓等众多历史名人的墓葬。

胜迹处处的八公山，总能带给人们寻古探幽的浓厚兴趣。然而，在我心中，分量最重、最吸引我目光的，当属那座封土如山的廉颇墓了。

廉颇，战国末期的赵国人，战国“四大名将”之一。司马迁《史记·廉颇蔺相如列传》的起笔就是这样一句：“廉颇，赵之良将也。”文章开宗明义，对廉颇卓越的军事才华给予极高的评价。汉文帝刘恒饱受匈奴侵扰之苦，曾大声感慨道：“嗟乎！吾独不得廉颇、李牧，时为吾将，吾岂忧匈奴哉?”汉代一位大将军冯唐，十分仰慕廉颇的军事才能，赞叹：“天下之将，独廉颇李牧耳。”唐宋时期，皇帝追封廉颇等数十位古代名将，并为他们设庙立祠，享受后人的虔诚敬奉和香火祭拜。

廉颇，虎背熊腰，身材魁伟，相貌堂堂，威风凛凛。传说他的食量大得惊人，“一饭斗米、肉十斤”。他骁勇善战，所向披靡，一生屡建奇勋。赵惠文王十六年，廉颇做了赵国大将，率兵攻打兵强马壮且蛮横无理的齐国，挫败不可一世的齐军，并长驱直入齐境，一举夺取阳晋。从此，廉颇在诸侯各国中名声大震。

此后，赵国军队在廉颇的率领下，转战四方，破燕败魏，攻城拔寨，威震四方，在军事上节节胜利。

人说“乱世出英雄”，但廉颇并不是一般敢打敢拼的草莽武夫，而是一位忠心耿耿、有勇有谋、可堪大任的“国之重器”，也是一位性情耿介、棱角分明、极有血性的人。但战功赫赫的他，又颇为自负，甚至有点功高自傲，目中无人，大有舍我其谁的气势。这样的性格特点，无意之中得罪了很多人，给自己带来不少麻烦事。

出生卑微的蔺相如，因“完璧归赵”的出色表现，取得对秦外交斗争的重大胜利，得到赵王的信任擢拔，被封为上卿。这下，可就惹火了在战场上流血拼命的廉颇。廉颇梗着脖子、跺着脚骂道：“我乃赵国大将军，有攻城野战的大功，而蔺相如不过靠能说会道立了点功，可是他的地位却在我之上，我感到羞耻。”并且扬言说：“我哪天遇见蔺相如，一定要狠狠地羞辱他一顿。”脾气火爆的廉颇，把话撂得既响亮，又难听。

一段时间，蔺相如一见着廉颇的影子就躲开，在路上见到廉颇的车队，立刻就从小巷子里绕着走，避免与他发生正面冲突（据说，今天的邯郸城里还有一个叫“回车巷”的地方，传说就是蔺相如避让廉颇的胡同）。连跟在蔺相如身边的人都看不下去了，纷纷劝他去找廉颇理论。但蔺相如一脸真诚地对他的随从说：“强大的秦国之所以不敢轻易攻打赵国，就是因为我和廉将军在呀。两虎相争，势必不能共存。我这样忍让，就是为了把国家的急难放在前面，而把个人的私怨置于后面啊。”蔺相如的这番话传到廉颇耳朵里，廉颇因自己的鲁莽而羞愧难当，于是出现十分感人的一幕：只见他脱光上衣，袒露上身，身背一束带刺的荆条，自称一个“粗野卑贱的人”，向蔺相如“负荆请罪”来了。廉颇由对蔺相如的极不信任，到后来两人矛盾化解，成了“刎颈之交”。他们一文一武，齐心合力，共御外敌，共同演绎了一出“将相和”的故事，成为人们竞相传颂的千古佳话。

——每次读这则历史故事，钦佩蔺相如高瞻远瞩、顾全大局、遇事冷静的君子作风的同时，更为廉颇知错必改、勇于担当、胸怀坦荡的大将风度所折服。

面对决心吃定赵国的强秦，赵国上下，本应该君臣一心，同仇敌忾，共御外侮。可是后来，即位不久且年幼无知的赵悼襄王竟然听信奸臣谗言，莫名其妙地罢黜老将廉颇的职务。而好友相如已故去多年，朝野之中，再也没有人站出来替他说话。身经百战的老将，倏忽之间命运逆转直下。

如同一头被囚于笼中的雄狮，既狂怒至极，又徒叹奈何。廉颇因遭排挤而愤然出走，去了魏国的大梁。野心勃勃的秦国，得知赵国发生内耗，拔掉秦人眼里的这颗钉子，于是，再无忌惮，一路挥师东进，攻城略地，开始了对赵国大规模的讨伐和屠戮。

被虎狼之性的秦军围困日久，赵国危如累卵。心急如焚的赵王，希望重新起用廉颇，以扭转在战场上的败局。廉颇也无时无刻不忧心赵国的局势，更愿意在危难之时披甲上阵，统帅三军，迎战强敌，继续为自己的祖国效力。"廉颇老矣，尚能饭否?"看来，小人永远是君子的克星。又是无耻小人从中作梗，赵王便以为廉颇真的已经老朽，不中用了，便主动放弃廉颇。"老骥伏枥，志在千里；烈士暮年，壮心不已。"只可惜，廉颇一腔报效祖国、尽忠赵王的愿望，最终还是付诸东流。

再后来，廉颇辗转来到南方的楚国。虽然楚王对廉颇敬重有加，待若上宾，但廉颇仍然一心思念自己处在水深火热之中的赵国。他始终认为，真正的英雄，不应该苟且偷生，而是驰骋在烟尘滚滚的战场上奋勇拼杀，最后战死疆场，马革裹尸。然而，眼前的一切，让他深切地感到"英雄末路"的哀伤、悲凉与无奈，以致郁郁而终——壮志未酬，一颗最闪亮的将星划空而去。

问世间，谁是英雄。我相信，生活中，每个人的心中，都怀有一个挥之不去的"英雄情结"，都有自己一生为之尊崇的盖世英雄。这一点，正反映出古往今来人们对理想人格和道德精神的强烈追求。廉颇，恰是这样一位有着传奇经历和充满悲情色彩的历史人物，恰是这样一位"力拔山兮气盖世"的顶天立地的时代英雄，恰是这样一位"忧忡为国痛断肠"的国之忠魂。他的故事，他的形象，无数次地出现在史书典籍内，出现在成语故事中，出现在民间传说里，也出现在戏剧舞台上，被后世永远地记住，成为千年万载说不尽道不完的话题。

廉颇终未能再回到他的赵国，而是客死楚都寿春。楚人崇德尊贤，敬惜英雄，厚葬廉颇于城北约十五华里外八公山纪家郢附近的放牛山西南坡。廉颇墓，当地人俗称“颇古堆”，背倚青山，西面平野，远眺淮水，大冢巍然。冢高约20米，周长约30米，墓基用条石垒砌。当代著名书法家司徒越先生手书的“赵大将军廉颇之墓”八个遒劲有力的大字，镌刻在冢前的大理石墓碑上。

岁月流走，曾经叱咤风云的赵大将军，在这里静静地躺了两千二百多年。拂去历史的尘埃，赵大将军高大威猛的形象，渐渐变得清晰生动起来。

青山有幸埋忠骨，何须马革裹尸还。接纳廉颇，这是八公山的幸运。因为廉颇，八公山更加令人仰视。

阳春三月，风和日暖，草木葱茏。八公山上，桃红如霞，梨白似雪。漫山遍野的桃花、梨花以及各种不知名的山野小花，似乎都在为长眠于此的一代英雄而绽放，而骄傲。此刻，我缓步登上八公山，走向梨花深处，走到廉颇墓前。驻足凭吊，追怀古人，让我强烈地感受到一股回荡在天地之间的英雄正气！

——原载2014年第3期《未来》、2014年第4期《安徽地方志》

清风阁上不染尘

漫步于合肥喧嚣繁华的芜湖路上，还没进入包河公园景区，老远就看见矗立于包河之畔绿树掩映中的那座飞檐翘角、青瓦朱甍的栗红色楼阁。

这座楼阁，当然不是一般城市公园仅仅用以点缀风景、让游客登高望远的普通建筑。对于因“包公故里”而引以为傲的合肥市民来说，它的存在，是一个符号、一个象征、一座丰碑，更代表合肥这座城市鲜明而独特的精神气质和文化品格。

合肥众多历史名人，首推出生于合肥、归葬于合肥的北宋名臣包拯。公元一九九九年，是包公诞辰一千周年。为纪念一代先贤，弘扬包公精神和包公文化，家乡人民怀着一份特殊的感情，精心规划选址，前后历时两年，建成这样一座仿宋风格的塔式阁楼，成为包公文化园的点睛之笔。其建筑高度，虽然只有四十二米，但在我心目中，它的伟岸形象，它的精神高度，远非周边那些百米以上建筑华美的现代化摩天巨厦所能企及。

清风阁，坐西朝东，东面与包公墓一墙之隔，西侧与包公祠遥相呼应。其建筑，明五暗四，共九层，高屋建瓴，古朴宏伟，神采俊逸，气势斐然。

“清风净宇宙，明月朗乾坤。”这是镶嵌于清风园牌楼大门两侧的一副楹联，也是世人对“弊绝风清”理想社会的祈盼与追求。包公两袖清风、一尘不染的高贵品质，“包青天”清正廉明、为民请命的清官形象，足以令万世景仰，万民称颂。名曰“清风阁”，其寓意不言自明。

步入清风园景区大门，走过明月亭，跨过鱼沼飞梁，穿过功德广场，我径直来到园区的主题建筑——庄重肃穆的清风阁脚下。

我没有乘坐封闭的电梯飞速直抵顶楼，而是选择顺着楼内的旋梯，一层层拾级而上。每一层展厅，都有关于包公生平事迹的生动介绍，都有脍炙人口的包公故事。通过一幅幅壁画、一组组浮雕、一件件实物陈列、一个个场景再现，让我对包公精神和包公文化有了更多、更深一层的了解。登临的这座楼阁，虽然不过短短数十米高度，但我的目光和思绪，仿佛已经穿过一条漫长的时光隧道，穿越百代千年。一路参观，一路感怀，一路景仰。包公铁面无私、不畏权贵的高大形象愈发清晰，包公胸怀社稷、心系苍生的民本情怀让我敬爱，包公一身正气、清正廉明的人格魅力令我肃然。

登临清风阁，凭栏俯瞰，包公墓、香花墩、包公祠、廉泉亭、浮庄、脚印塘、带玉桥等包河公园一带的秀丽景色尽收目中。极目远眺，明净透彻的天宇下，大道通衢，高楼林立，现代化都市风光直奔眼底。

凌然而立的清风阁，不仅是包公文化园景区一座代表性的建筑，也不仅是合肥这座古城醒目的文化地标，更是无数人为之瞩目、为之景仰的心灵坐标。清风阁，以其独有的古韵清风，以其独特的文化内涵，已成为一处游人如织的新景点，成为一处不可多得的爱国主义教育和廉政文化教育基地。

“方领聚游多雅致，幅巾嘉论有清风。”登临清风阁最高层，抬眼上望，顶端正面的巨幅牌匾上，“清风亮节”四个金漆大字，在明丽的秋阳下格外耀眼，也格外端庄。

置身清风阁上，凭栏凝思，追怀包公一生辉映日月的功业伟绩，感念千古不朽的包公精神，此时此刻，我思绪绵绵，感慨万千。思古鉴今之情，亦油然而生。

一阵浩荡的清风，拂面而来，摇响檐下串串风铃，也拂去我心底的斑斑尘埃。这一刻，我强烈地感受到精神的沐浴、心灵的洗礼和思想的升华，顿觉神清气爽，灵魂透亮。

清风阁，不正是一尘不染、两袖清风的包公形象和包公精神的化身么！

香花墩上有奇泉

记不清第几回游览合肥包公祠了。

每次去包河公园，走进坐落于香花墩上的包公祠，拜谒殿内高大威严的包拯坐像和安详静穆的包公墓园之后，一定会情不自禁地走向祠东边那座飞檐翘角、玲珑别致的廉泉亭，看一看亭子下那口称作“廉泉”的千年古井，望一望井中一泓晶莹透亮的廉泉水。

廉泉井，相传为北宋名臣包拯生前亲自挖掘，遗于后人。他更希望自己后世子孙的精神品格，永远像这口井里的水一样清纯洁净。

井口内侧的青石上，一道道被井绳勒得极深的凹痕，见证了时光的久远和岁月的沧桑。护井的廉泉亭，为后人所建。井亭之上，有云龙彩绘的精美浮雕。青天白日，龙影映入井底，随着井水晃动而摇曳不停，颇有“游龙戏水”之情趣，故又称“龙井”。

据说，这廉泉之水，有着特异的功能。一杯水，能分出忠与奸，能辨别贪和廉，而且还非常灵验呢！

合肥是包公的家乡，包公更属于合肥的骄傲。在合肥对外宣传的城市名片上，“包公故里”位列首位。合肥民间，与包公相关的传说俯拾即是。其中，就流传着这样一种神秘说法：这廉泉的水，常年不竭，清洌可鉴，正直无私的人喝了，甘甜如饴，身心俱爽；若是贪官污吏、不肖子孙喝下去，立马就会头痛欲裂，不能自持。

传说，曾经有个姓臧的官员来庐州任太守。为显示自己为官清正，上任当天就带着手下一帮人来拜谒大名鼎鼎的包公祠。当他感觉口渴时，便命人从井中汲水。猛喝一大口后，顿时用双手搂住自己的脑袋，一脸痛苦状。而别人，喝过井水后并无不适之感。这位臧姓太守一怒之下，命人把井口给封了。后来，此官果然因贪赃枉法而被革职查办。人们便议论纷纷，说这肯定是铁面无私、疾恶如仇、断案如神的“包青天”遗泽绵长，再显灵威，以此方式，惩戒贪官。从此，世人改称此井为“廉泉”。

明人张好宁游历此地，有感于廉泉的传说之奇，即兴赋诗一首：“香花墩上有奇泉，饮罢头痛始觉贪。争得长江大河水，悉于廉泉得其源。”

亭壁之上，嵌方形石碑一块，碑文为清咸丰年间举人李国蘅所撰《香花墩井亭记》。文中记述他和志趣相投的几位文友盛夏之时来此，“开井汲泉，煮茗自饮”解渴消暑的经历，一边享受廉泉水“味寒而香烈”，一边发出“抑或孝肃祠旁之井为廉泉，不廉者饮此头痛欤？未可知也”的议论。

且不管廉泉传说可信与否，恰恰是合肥民间生生不息的“包公情结”的生动表达，是人们对风清气正的世风怀有一份朴素愿望罢了。人们在表达对贪腐之徒深恶痛疾的同时，也意在警策那些为官者慎用手中权力，常怀律己之心，常思贪欲之害，为民务实清廉。我虽是无神论者，但我宁愿相信，廉泉之水，真的就这般非同寻常，真的有如此神奇功效！

“清心为治本，直道是身谋；秀干终成栋，精钢不作钩；仓充鼠雀喜，草尽兔狐愁；史册有遗训，无贻来者羞。”包拯年轻时自作这首《书端州郡斋壁》的明志诗，正是他一生清廉为官、真诚为民的真实写照。守正不阿、执法严明、节亮风清、心不染尘的“包青天”，留下千古美名，赢得万民景仰。

或许是因为现实生活中像包公这样的清官廉吏少之又少，所以一直有那么多黎民百姓喜欢看“包公戏”，爱听“包公故事”；或许是因为现实社会奸伪卑劣层出不穷，贪官污吏、卖官鬻爵者前“腐”后继，所以会有那么多人尊崇包公，怀念包公，声声呼唤“包公归来”。

君不见，当前反腐利剑已高高举起，在“苍蝇”“老虎”一起打的高压态势下，那一个个利令智昏、蔑视党纪国法的腐败分子无处遁形，纷纷落马，最终被死死地钉在历史的耻辱柱上！廉泉故事，再次警醒世人：“莫伸手，伸手必被捉。”

端正心灵，戒除贪念。惟愿每个为官为政者，都能做到襟怀坦白，操守清廉，而不至于在包公祠前望而却步，在廉泉井边丑态百出。

——原载2014年第5期《未来》，获《合肥晚报》“廉泉杯”文学征文一等奖

礼赞黄山松

第一次游览黄山后，就再也忘不掉黄山松。

第一次见到黄山松，便对黄山松肃然起敬。

黄山，精华荟萃，众美毕具。奇松、怪石、云海、温泉，誉为“黄山四绝”，它们聚合在一起，共同创造出一处令世人无限神往的人间仙境。而奇松，更位列“四绝”之首。可见，黄山松在人们心目中位置之高，分量之重，钟爱之深。

明代大旅行家徐霞客初登黄山，脱口赞曰：五岳归来不见山，黄山归来不见岳，给黄山“天下第一名山”这样至高无上的评价与定位。这算是徐霞客无意之中为黄山撰写的最响亮的一句“广告词”吧。就凭这句话，搁在今天，他当之无愧算是最成功的策划营销高手。当然，在他的视线里，这黄山国色天姿的绮丽之景，一定包含被他称作“奇山中又有此奇品”的黄山松。

清代文人黄景仁，作有《黄山松歌》：“黟山三十有六峰，峰峰石骨峰峰松。有时松石不可辨，一理交化千年中……”作者回环往复、一唱三叹式的歌咏，极力赞美为黄山所特有、给黄山增添无限灵机的名树——黄山松。

被称作当代“诗坛歌手”的皖籍诗人张万舒，伫立于黄山之巅，心潮澎湃，直抒胸臆，对人格化的黄山松，喜爱与敬意之情更是溢于言表。“好！黄山松，我要大声为你叫好，谁有你挺得硬，扎得稳，站得高。九万里雷霆，八千里风暴，劈不歪，砍不动，轰不倒……”

黄山多松树，自古就有“无树非松，无松不奇”之说。黄山松，大多生长于八百米以上高海拔的峰谷之间，生长在一峰突兀的绝壁危崖之上，生长在任何人都不能想象的地方，而且山峰愈高，山势愈险，寒气愈重，其态愈奇。黄山松，与别处的松有着明显不同，所谓天下独绝，针叶粗短，颜色苍翠，枝干屈曲延伸，如龙蛇起舞，呈拏云攫海之势。无论从哪个角度看过去，黄山松都让人感觉有一种勾魂摄魄的天然之美。

黄山松的根须，紧紧抓住光溜溜的岩石，深深钻入几乎看不见的石缝。无论朝云暮霭，无论狂风雷电，也无论冰雪霜冻，根底的艰难贫瘠，环境的困厄险恶，并不能消磨黄山松坚韧挺拔的意志，并不能影响黄山松在这里一站就是百年千载。然而，更为神奇的是，即使是一株生长数百岁甚至上千年的古松，看上去，也丝毫没显出暮气沉沉、老态龙钟之相，依然如意气风华的青壮年，依然似翩翩俊秀的美少女。

植根于陡崖峭壁上的黄山松，与奇峰异石相映成趣。梦笔生花、喜鹊登梅、仙人对弈、仙女打琴、关公挡曹、十八罗汉朝南海……无不是大自然造化的神功，无不是松与石共同的杰作。特别是位于散花坞的梦笔生花景点，下圆上尖的一柱石峰顶端，一株奇松盘曲延展，如同笔尖。古人对此景有诗赞叹：“石骨棱棱气象殊，虬松织翠锦云铺。天然一管生花笔，写遍奇峰入画图。”

出于对黄山松特殊的喜爱，很早的时候，人们就评出黄山“十大名松”。它们是：迎客松、送客松、凤凰松、黑虎松、连理松、蒲团松、麒麟松、探海松、贴壁松、团结松。你听听，哪一株树名不是恰如其分；你看看，哪一株树形不是造型奇特；你问问，哪一株松树不是闻名遐迩。尤其数玉屏楼前那大名鼎鼎的迎客松，你看它伸开双臂，仿佛要和登临黄山的游客握手拥抱，仿佛对着远道而来的五洲宾朋亲切地问候一声“你好啊”。迎客松，成了大美黄山热情好客、广迎四海的象征。

黄山松，真是无松不奇、无松不美啊！即使落选“前十”的盼客松、陪客松、接引松、双龙松、龙爪松、飞虎松、竖琴松、望泉松、扇子松，以及山崖边、危岩下更多不知名的大松、小松，也都千姿万态，千奇百怪，让人惊叹唏嘘的同时，想倚于树下，与它们合影留念。

当我第一次游览黄山后，就再也忘不掉险峻山道上那一路相陪的黄山松。黄山松，你的形象，你的风度，你的气韵，你的品格，你的精神，你的境界，已深深地印入我的脑海，挺挺地植入我的胸怀！

——原载 2013 年 11 月 15 日《合肥广播电视报》“闲趣 · 湖畔”副刊、2014 年 2 月 14 日《合肥晚报》“杏花村”副刊

探幽皇藏峪

皇藏峪，位于皖北萧县境内，久负盛名，有“幽谷胜地”“淮海佳境”之誉。此地古称黄桑峪，因峪内多生黄桑树而得名。传说，楚汉相争时，汉王刘邦曾因躲避霸王项羽追捕而藏身于此，故改地名为“皇藏峪”。《汉书·地理志》记载：“汉高祖微时常隐邙、砀山间，即此山有皇藏峪，汉高祖避难处。”

平畴千里的黄淮大地，一望无垠，辽远坦荡，使人胸胆开阔。但久居此地，不免让人有一种一览无余、单调乏味的感觉。好在一马平川的千里大平原之上，还点缀着像皇藏峪这样一处极其秀美、极为可观的山水胜境和人文胜迹。

皇藏峪，属低山丘陵地貌，山势虽不高峻，但峰崖陡峭，岩石峥嵘。山峪上下，林木茂密，花草繁滋，清泉四出，溪涧长流。这片占地两千多公顷的天然森林，树木种类多达146种，草本植物近700种，数百年乃至上千年的青檀、黄桑、银杏、青松、翠柏等参天古树随处可见。凭借植被丰富的生态资源优势，现建立皇藏峪国家森林公园、国家级自然保护区。

千年古刹瑞云寺，依山而建，背负山崖，下临深谷，气势恢宏。四周众山环合，古木掩映。清人王士毅有诗描写此处景致：“缛绣群花合，屏高叠嶂悬。更无云气在，漠漠起寒烟。”而瑞云寺得名，也与刘邦的神奇传说有关。《史记·高祖本纪》载：“吕后曰‘季所居上常有气云，故从往常得季’。”暗指刘邦乃真龙天子，无论走到哪儿都有祥云相托。传说当年刘邦藏身此山，吕后寻夫，远望一洞口白云缭绕，前往很快找到了刘邦。深山藏古寺，向晚闻钟声。规模宏大、古色古香的瑞云寺，虽历经千载，仍钟鼓声闻，香火鼎盛。

当年，刘邦、项羽大战于彭城（今徐州），刘邦损兵二十万，仅率随从十数骑突出重围，异常狼狈地一路狂奔，逃往这人迹罕至的山野之中。见项羽的军队穷追不舍，四处搜寻，刘邦急忙钻进半山腰险峻处约十米深的天然岩洞藏匿起来。惊魂未定的他，心慌意恐，不禁喃喃："如有巨石挡洞，吾则安也！"果然，天遂人愿，旋即有一巨石自空中落下。又想：若再能有一张蛛网遮住洞口，则更安全。立刻就有蜘蛛过来吐丝织网。就这样，刘邦有惊无险，躲过杀身之祸。后人有诗描述过刘邦藏身的这处岩洞："古寺森森立洞前，参天大树遍青山。若非蛛网来相护，岂有汉家万里关。"后来，刘邦做了皇帝，此洞便被称作"皇藏洞"。凭借洞口微弱的光线，隐约可见洞内有刘邦和两个执戟侍卫的塑像。兀立于洞前的一尊巨石上，"飞来石"三个篆书大字赫然在目。

举凡身临其间的每位游客也都如我，站在皇藏洞前，不禁浮想联翩：假如当初不是这处易于藏身的幽僻山峪，不是这孔让刘邦幸运躲过一劫的普通岩洞，那么，中国的历史，或许就会从此改写。然而，历史从来就没有假设，总是按照它自身规律向前发展，总是在偶然之中演变为必然。

山谷中有一泉眼，曰拔剑泉。相传，刘邦逃至此处，人渴马乏，寻水无着，于是拔出佩剑猛掼山岩，剑拔泉涌。呈剑孔状的井泉深不见底，其上，现建有一座双檐彩绘的六角小亭，名为"拔剑泉亭"。近处有马扒泉，传说是刘邦的坐骑拴于石上，四蹄前扒后蹬、刨地出泉而得名。至今，此泉仍流水汩汩，淙淙不竭。

但凡关于古代帝王将相的历史掌故，总免不了带有许多传奇成分和玄秘色彩，甚至还有某种看不见的神力。在当地民间，刘邦落魄避难的传说被渲染得云山雾罩，神乎其神，无非是为证明皇藏峪是中国历史上那个"最厉害皇帝"的一方福地。但究竟此中有多少史实，恐怕更多的属于牵强附会和无中生有，所以只能姑妄听之。

平民出身的刘邦，怒而斩蛇，起兵反秦，几经磨难，终于转危为安，反败为胜。秦亡后，刘邦和他的追随者们又异常艰苦地赢得一场旷日持久的楚汉战争，使得曾经桀骜不驯的项羽被困垓下，四面楚歌，演绎了一场霸王别姬的爱情悲剧。终因"无颜见江东父老"，项羽只能仰天长叹，自刎乌江。

正是凭着自己的雄才大略、坚韧顽强和知人善任，刘邦终于在群雄蜂起的秦末乱世脱颖而出，一统江山，建立汉朝，奠定了长达四百多年且影响深远的大汉基业。刘邦，也因此成为汉民族和汉文化伟大的开拓者之一。

癸巳年初夏，逗留淮北数日，百无聊赖。忽一日，游兴大发，邀约三五同伴，驱车前往皇藏峪，寻访两千多年前那段惊心动魄的历史现场，领略刘邦逢凶化吉的“皇藏胜迹”的绝妙风采。

走进景区大门，跨过锁龙石桥，一路观山景，闻溪声，听掌故，尽享探幽寻古之乐趣。而面对这四面静默无语的葱翠青山，满眼风光，任凭我如何去搜寻历史的背影，如何去做思接千载的遐想，却怎么也感受不到当时那种风云激荡、兵戈相见的紧张气氛了。

——历史的烟云，早已随徐徐山风飘渺而逝，无影无踪。

——原载 2014 年 5 月 8 日《安徽工人日报》“五月风”副刊

长思虞美人

一

去皖北灵璧，当然要去谒虞姬墓，当然要去追怀一段沧桑久远的历史，听一听那个悲壮凄美的战争与爱情的故事。

虞姬，人称“虞美人”。关于虞姬，民间有许多神奇而美好的传说。《江西吉安庐陵项氏家谱》记载：“虞后生时五凤鸣于宅，异香闻于庭。”说是虞姬出生那一刻，天降祥瑞，令人称奇。而虞姬和项羽的相识相爱，民间传说的版本更是不胜其数。这其中，流传最广的，是“英雄举鼎、美人生情”的动人传说。正值桃李年华、情窦初开的虞姬，在一次乡间庙会上的美丽邂逅，便心生倾慕，大胆主动向这个英气勃发、手能举鼎的青年后生示爱。而项羽，对眼前这个花容月貌、美目顾盼的清纯少女，更是一见钟情，双双很快坠入爱河。

《史记·项羽本纪》对虞姬的描述过于简约：“有美人虞，常幸从；骏马名骓，常骑之……歌数阕，美人和之。项王泣数行下，左右皆泣，莫能仰视。”只有渺渺几笔，而且是在她生命的最后一息。虞姬的形象，虞姬的美，如惊鸿一瞥。

几千年来，她倾国倾城的绝世容颜，她细腻丰富的情感世界，因为没有留下更多可供参考的史料，人们只能凭自己的想象和臆断，去还原一个更为生动丰满、更接近历史真实的虞姬!

二

虞姬，生活于两千多年前烽烟遍地、群雄并起的秦末乱世，成长于楚汉相争、杀伐不断的混沌年代。命运，对这个如花似玉的乡村女子似乎特别眷顾，却又那般无情。她与霸王项羽相识、相知、相爱，又义无反顾地陪伴在霸王身边。她追随夫君南征北伐，西灭秦军，分享霸业初成的胜利喜悦。谁知干戈又起，一场更为惨烈残酷的楚汉之争，又将她卷入动荡不安的连年征战中。

一个风华绝代的美女子，一个能歌善舞的才女子，一个既柔情似水又性格刚烈的奇女子——穿越岁月的滚滚烟尘和历史的重重迷雾，虞姬留给这个世界的，依然是那个情深意重、光彩照人的青春倩影。

但我想，在世人心目中，虞姬这个名字，之所以成为一个不朽的传奇，之所以让一代又一代人咏叹不绝，并不仅仅因为她是天生丽质的绝代佳人，更感动于她生死不渝的爱情传奇。

“嬴王无道把江山破，英雄四路起干戈。”当初，项羽发兵起义，一路高歌猛进，推翻暴秦，建立西楚，叱咤风云，气吞万里。将门之后、贵族出生的项羽，性格刚烈，骁勇善战，身先士卒，战则必胜，所向披靡，是所有人心目中的“战神”。即使最终落得个兵败垓下、自刎乌江的不幸结局，也依然抹不掉他“成也英雄，败也英雄”的旷世英名。“生当作人杰，死亦为鬼雄。”这正是后人对霸王项羽做出的极高评价。

虞姬是西楚霸王项羽的爱姬，两情相悦，互为知己，随一代英雄项羽南征北战，建功立业。其实，她的内心祈望的是，早早结束这场无休止的杀伐与动荡，这样，既能让天下百姓免遭涂炭，休养生息，也可使自己获得一份身心的安逸，好与她的大王共苦同欢，长相厮守。

然而，风云多变，时局难料。虞姬不仅没能盼来她所憧憬的那份简单安逸的爱情生活，等待她的，却是楚军兵败垓下的无限怅恨，是与心爱之人的生离死别的无比哀痛!

三

历史上的项羽，虽志存高远，勇武过人，但他注定是一个大起大落的悲情式的英雄。

项羽年轻时，一次远远看到秦始皇巡游的銮舆经过，竟发出“彼可取而代也”的豪言壮语，令人刮目。在后来反秦复楚的征战中，霸王横扫千军如卷席，成就了他叱咤风云的赫赫威名，令所有对手望而却步，心惊胆寒。但他不谙机谋、不善用人、过于重情、优柔寡断和逞个人之勇的性格弱点，到了楚汉战争后期显露无遗，以至于在与曾经的盟友——汉王刘邦的交锋对峙中屡屡受挫，渐渐处于下风。垓下之役，楚军大败。当楚军在沱河岸边的垓下遭遇刘邦五十五万大军的十面埋伏，兵少食尽，又闻四面楚歌箫声，这一刻，他的军心彻底崩溃了。

楚军被逼到穷途末路的绝境，霸王犹如一头笼中的困兽。此时此刻，谁又能够觉察到，虞姬那善良柔软的内心，正在经受一场前所未有的巨大煎熬和痛楚。她心中的忧戚和痛楚，并不因为自身的困顿安危，而是大王和他身边那些将士的命运。她苦苦思索着，如何再次激发大王胸中的斗志，重整旗鼓，尽快脱离眼前的困局险境。在那个月黑风高的冬夜，虞姬悄悄地走到大王帐下挥剑起舞，以自己年轻的生命为代价，表达对夫君刻骨铭心的挚爱，留下一曲“霸王别姬”悲歌慷慨的千古绝唱。

“力拔山兮气盖世，时不利兮骓不逝；骓不逝兮可奈何，虞姬虞姬奈若何。”此时的霸王，意识到大势已去，只能仰天而叹，徒唤“奈何”了。深沉的暗夜里，霸王的歌声苍凉悲壮，缱绻悱恻，让人第一次感觉到，这位豪气冲天的铮铮硬汉，也有儿女情长的柔情一面。他是在悲叹自己，纵有拔山举鼎之勇，到头来却霸业成空，甚至连自己最心爱的美人也保护不了。这歌声，表露他英雄末路的哀伤无助，饱含着撕心裂肺的痛。

“汉兵已略地，四方楚歌声；大王意气尽，贱妾何聊生。”朔风凛冽、寒气彻骨的旷野里，那凄婉的歌声，那爱情的誓言，令营帐外每一位楚军将士潸然泪下。虞姬且歌且舞，幽幽如水的目光，几乎一刻也没离开她心爱的大王。一曲和罢，横剑一刎，毅然而逝。虞姬香消玉殒，舍生取义，忠贞的爱情，惨烈的命运，天下人皆为之唏嘘叹惋！

四

常言道：自古红颜多薄命。红颜薄命，若是用在美人虞姬身上，我以为多少有失偏颇，也不敢完全苟同。

人生得一知己足矣！虞姬为爱而生，爱情几乎占据她生命的全部，为心中的那份爱，可以勇敢赴死。她的生命虽然短暂——只有二十几个春秋冬夏，但她已获得最终的心灵归宿，得到真正属于自己的那份刻骨铭心的真爱，感受到了爱的甜蜜和满足，感受到了生命的珍贵与美好。

再说霸王，虽身经百战，杀伐无数，达到“而封王侯，政由羽出”的号令天下的权力顶峰，但他最终赢得的，不是梦寐以求的江山社稷，而是美人的芳心，是那种悲欢共、生死同的人间至情。一个男人，他的生命中，能够遇到这样一位真正懂他爱他、为他倾尽一生心的红颜知己，夫复可求！

好一句“大王意气尽，贱妾何聊生”！纵然千般依恋，纵然万般不舍，纵然对大王的爱如滔滔江水绵绵不绝，但虞姬已清醒意识到，今夜，该是自己和大王永诀的时候了！

此时的生离死别，为的是彻底断了心爱人最后一丝牵挂，激发他背水一战之斗志，下定突出重围之决心。虞姬见霸王忧心忡忡，夜不能寐，独自一人在营帐中一杯接一杯郁闷地饮酒，便轻轻走到近前为大王斟酒，含情脉脉地注视着眼前这个勇武过人、让她心疼无比的男人，这个宠她爱她给了她无数温暖幸福的男人。

夜已深沉，汉军此起彼伏的呐喊声渐渐消退，天边几点微弱的星光更显暗淡。然而这一夜，对于这一对英雄美人来说，注定是无法入眠的夜晚，凝重的寒气已浸透了他们身上略显单薄的衣衫。

虞姬再一次给大王斟满酒，起身为大王舞剑助兴为名，与大王作最后的告别。虞姬并没有让人看到那想象中生离死别时泪飞如雨、凄惨凄恻的场面。她的神情依然那么镇定自若，舞姿依然那么蹁跹优美，表现出极少有的矜持与决绝。然而，这看似平静如水的背后，谁又能真正体会到，此时此刻她内心的翻江倒海和肝肠寸断的依依不舍。

虞姬明白，自己所能做到的，也只有以一种极端方式告别陷入困顿绝望之中的大王，告别这个异常纷乱的世界，才是自己生命最好的归宿。况且，人总有一死，能死在心爱人面前，也算是一份幸运、一种幸福吧！所以她才有如此飞蛾扑火的惊人之举，才有如此粲然一笑的从容，才有如此一剑斩断红尘缠绵的决绝。感喟虞姬心中有爱、生死无悔的爱情理想，这让我记起普希金那一句很有名的诗："爱情对我的折磨我很珍重，纵然死，也让我爱着死去!"

霸王别姬，悲壮一刎，从此成为千古绝唱，成为不朽的爱情经典!

"遗恨江东应未消，芳魂零乱任风飘；八千子弟同归汉，不负君恩是楚腰。"这是清人何浦赞虞姬的一首《虞美人》诗，感念她与生俱来的柔肠侠骨，感佩她对爱情至死不渝的高贵气节!

接下来的故事，想必大家已经非常清楚了。史书记载：悲痛欲绝的项羽，跨上乌骓马，带领身边八百名亲兵，杀开一条血路，拼死突围。刘邦急命灌婴率五千骑兵紧追不舍。项羽渡过淮水后，继续跟随他的兵士仅剩下一百多人。汉军兵分三路，包抄而来。项羽且战且退，至乌江岸边。年高有德的乌江亭长把船驶过来，请他登船过江。项羽感慨"无颜见江东父老"，乃拔剑自刎而死。

五

暗淡了刀光剑影，远去了鼓角铮鸣……

但岁月带不走的，是那个世人熟知的名字，是那个美丽鲜活的面容，是那充溢于天地之间的一股英雄气。

于是，在淮北大平原上的灵璧，在小城郊野的垓下古战场，一座古朴静穆的虞姬墓园，成了历代文人墨客凭吊寄怀、歌吟爱情的地方。一丘黄土，萋萋芳草，成了人们对千古美人追思忆念的地方。

虞姬，义无反顾地与心爱的人诀别，将自己年轻的生命、纯洁的精神，化作一缕香魂，幻成一朵鲜花——一朵芬芳吐艳的"女人花"。

"我有花一朵，开在我心中，含苞待放意幽幽……"走过松柏环绕、花草点缀的虞姬墓，仿佛有缈缈歌声随风飘来，是当年华语歌坛一代巨星梅艳芳唱红的那首《女人花》，曲调优美舒缓而又略显苍凉，如诉如泣，深情款款。

虞美人草，多么动听的名字。虞美人花，好一朵美丽的“女人花”。虞美人，年年花开，娇媚可爱，红艳似火，绚烂之极，带给人无尽的遐思。“虞姬一剑霸图空，原草千年带血红。”一定是美人的丹心碧血，从此让虞美人花开不败，占尽芳华。

“霸业乌江空逝水，美人芳草自留香。”几千年的烽烟战火，几千年的历史舞台，演绎过一幕又一幕惊心动魄的王朝更迭、江山易主的剧情，让人目不暇接。多少王侯将相、无数风流人物——那些所谓的时代精英，你方唱罢我登场，但最终大浪淘沙般被历史的尘埃所湮没。而真正纯洁善良的美丽生命、铭心刻骨的人间真情，永远不会枯萎，即使遭受风刀霜剑严相逼的无情摧折，仍然可以重新焕发生机，就像这风中尽情绽放的虞美人！

——原载 2014 年第 4 期《志苑》

厚重褒禅山

丙申盛夏，高温酷热。借前往含山交流考察之机，走马观花，游览了集自然之美、生态之优和历史人文厚重于一体的江淮名胜褒禅山风景区。

褒禅山，旧称花山、华山。唐贞观年间，玄奘的弟子、唐代三大高僧之一的慧褒和尚云游至此，极目远眺，见起云峰、灵芝山、碗儿岭、鳌鱼岭等大小山峰如列翠屏，古木幽深，怪石嶙峋，秀水泉涌，凝天地之精华，聚山川之灵气。这里的清灵、幽静和神秘，牢牢吸引了慧褒和尚的目光。于是，结庐其下，建庙立寺，用心讲法，传授衣钵。慧褒和尚圆寂后，其弟子将其葬于庐内。为纪念他，后人将华山改名为褒禅山。唐宋以来，褒禅山寺庙成群，香火鼎盛，成为众人向往的佛教圣地。

但是，真正让褒禅山扬名天下的，却是北宋著名政治家、思想家、文学家、“唐宋八大家”之一的王安石。我第一次认识褒禅山、记住褒禅山这个名字，正是因为读过王荆公脍炙人口、流传千古的散文名篇《游褒禅山记》。可以说，几乎是一个人、一篇文章，成就了一座名山。

北宋至和元年（公元 1054 年）春，时任舒州通判的王安石，三年期满回乡省亲途中，和他的至交好友萧君圭、王回，胞弟王安国、王安上，顺道游览褒禅山，并举火探路，游览了山中一座著名的天然溶洞——华阳洞。同年七月，王安石带着游玩未能尽兴的遗憾，以追记形式，写下这篇著名的游记散文。

和一般意义上的散文游记明显不同的是，王安石并没有把大量笔墨花费在对褒禅山、华阳洞景色之美、探幽之险的描绘上，而是独辟蹊径，将写作重点放在游览之后的感悟上，借题发挥，以事喻理。文章以同行人担心“不出，火且尽”，其他人纷纷盲从附和，导致半途折返的经历，生发出层层联想，引出大段精辟的议论，强调严谨治学的态度和变法革新的精神，揭示“世之奇伟、瑰怪，非常之观，常在于险远”“而人之所罕至焉，故非有志者不能至也”的深刻道理。文章启迪我们，治学贵在严谨，做事勇于创新，遇事百折不挠。显而易见，这篇仅有五百余字的“记”，不单是一篇普通的游记散文，更不是一次简单的旅游经验小结，而是一个有志者立身行事的座右铭。

其实，在王安石游览褒禅山、写作此文的时候，已开始孕育一场巨大的政治变革的“头脑风暴”。就在写出《游褒禅山记》的十五年后，已身为宰相的他，在宋神宗的支持下，勇敢而坚决地向积存多年的顽瘴痼疾开刀，制定并推行了农田水利、青苗、均输、保甲、免役、市场等一系列新法，在政治、经济、军事、教育各方面实行改革，旨在富国强兵、改变北宋王朝积弱积贫的国势，这就是中国历史上著名的“王安石变法”。他极力推行的变法，对革除时弊、增加国家收入、巩固宋王朝的统治的确起到了积极作用，但也触动了当时大官僚、大地主阶层的既得利益，因而引起以司马光为首的保守派竭力反对和大肆攻击。其间，王安石因坚持变法，两度被罢相，历尽艰难坎坷。宋哲宗元祐元年（公元1086年），起用司马光为相，废除新法。不久，王安石在忧愤中去世。

虽然变法以失败而告终，但王安石孜孜以求的探索精神和矢志不渝的改革勇气，一直受到后世的推崇，《游褒禅山记》成为历代文人学子的必读之文。也因此，千百年来，无数骚人墨客、文化名流，怀着一份崇敬之情慕名前往，走进褒禅山寻踪访古。游人沿着先贤的足迹，一路探寻，一路思考，一路前行。

“天变不足畏，祖宗不足法，人言不足恤。”镌刻于洞壁之上的这几句话，至今听来，仍振聋发聩，警醒世人。这就是王安石为变法改革而提出的著名论点。“三不足精神”，也是当年王安石变法的巨大精神支柱，旨在向世人表明他力图变法革新的决心和勇气！

为纪念历史上的一代名相，也为了充分开发当地旅游资源，今人在华阳洞前建王安石文化广场。广场中央，立有一尊王安石高大威严的白色塑钢塑像。手持“万言书”的荆公，器宇轩昂，目光坚毅，形神兼备，栩栩如生，很好地展现出他作为伟大文学家、改革家的旷世才华和心怀天下的高远志向，令人敬仰。方形大理石基座上，镌刻着一行醒目的红字——“中国十一世纪的改革家”。这句话，是革命导师列宁曾对王安石给予的高度评价。广场北侧，建有由现代著名书法家手书《游褒禅山记》的壁廊。

游山如读史，看洞若观画。虽然只是匆匆一瞥，未来得及细细品味赏玩，但我，已强烈地感受到了褒禅山的深沉与厚重。

——原载2017年3月22日《市场星报》“文化旅游”副刊

漂流秋浦河

皖南古县石台，深藏于大山绿色的褶皱里。境内著名的秋浦河，在云雾缥缈的深山腹地蜿蜒而去，流淌不息，构成“一水贯群山，两岸风景秀”的巨幅山水画卷，宛若人间仙境。当身临其境，畅游秋浦，“中国最美的河流”之誉，肯定会让你心悦诚服。

秋浦河，以其旖旎的风光，吸引了历代无数文人墨客探幽寻胜，留下大量诗文佳作。一千多年前的唐代，诗仙李白前后五次来此漫游。诗人泛舟秋浦，流连忘返，吟哦不绝，千古不朽的瑰丽诗篇《秋浦歌》十七首就此诞生。自那时起，“诗河”美名，不胫而走，誉满天下。

青山隐隐水迢迢。我们所到的闻名遐迩的怪潭景区，位于秋浦河上游的石台县横渡镇钓鱼台村鸿陵溪畔。这里，是秋浦河两大源头之一，风光极美，环境极幽，传说掌故俯之即拾。这里，有冠定石台县名的“三埭石”，有大自然鬼斧神工造就的奇石谷，有传说姜太公在此放线垂钓的钓鱼台，有弃官隐居于此的窦子明得道升天的飞仙台，有神秘莫测的怪潭和关于怪潭种种奇闻传说，还有诗仙李白和村姑巧娘一段美丽凄恻的爱情故事。“一步观景，三步称奇，七步喊怪，十步之外目瞪口呆。”一位知名诗人在游历怪潭之后，由衷发出这番惊奇的赞叹。

除了寻先贤踪迹，听传说掌故，怪潭景区最有诱惑、也最具人气的，还是它野趣十足、原汁原味的自然生态，还是眼前这条澄碧如秋、诗韵流淌的秋浦长河，还是这里堪称“皖南第一漂”的怪潭漂流。

我们漂流的这一段河谷，全程大约四千五百米，落差十余米。沿途河道迂回曲折，水量丰沛。水流时急时缓，时而波平如镜，绿如翡翠；时而激流险滩，飞珠溅玉。两岸青山，绵延起伏，怪石嶙峋，古木参天，藤缠树绕。舟行河上，仿佛穿行于一道美不胜收的山水画廊。

行进中，或把桨掌舵，奋力向前；或心猿意马，随波逐流。其间，要经过两处落差较大的水坝，穿越两条陡然变窄的冲浪滑道。当皮筏艇顺流而下、急速冲过滑道的一刹那，伴随游客一阵惊恐无助的嗷嗷乱叫，瞬间激起的数米高巨大的浪花，一下子把皮筏高高弹起又旋即抛下，猝不及防地将艇上人劈头盖脸浇个透湿。虽然看上去样子有些狼狈，但也真切地体验一回“浪遏飞舟”的惊险刺激。

行至一段水流舒缓的宽阔河面，艇上的游人一个个攒足了劲，不约而同地拼命挥桨划船，与其他游艇展开一场争先恐后的激烈追逐赛。而当两三只皮筏艇相互“遭遇”，一场激烈的水战也就在所难免。无论男女老幼，无论互相熟悉或不熟悉面孔，大家以桨为枪，以水为弹，向身边的游客发起一波又一波猛烈的攻击。一番水花飞溅的“激战”，个个衣衫透湿，像一只只落汤鸡。大家非但不急不恼，还一脸灿烂，笑语喧哗，感觉收获的是满满的祝福，满满的幸运。

老夫聊发少年狂。此情此景，让我们这群已不再年轻的文学界同伴也忘记了身份，忘记了年龄。立即放下文人的矜持，投入到异常激烈的“捉对厮杀”中，激动得像个疯子，快乐得像个孩子。一场畅快淋漓的水仗，简直嗨翻天，绝对爽到爆，玩的就是心跳。

遥想当年，傲岸不羁的李白，因受谗遭疏，愤而离开大唐的权力中心——长安，从此游走江湖，四海漂泊。在风物宜人的江南，在景色如画的秋浦河畔，诗人放浪山水，一路吟咏，留下“千千石楠树，万万女贞林”“江祖一片石，青山扫画屏”“渌水净素月，月明白鹭飞”“水急客舟疾，山花拂面香”等脍炙人口的千古绝唱。是静如处子的秋浦河，是平平仄仄的秋浦河水，抚慰了他千疮百孔的受伤心灵，再一次给予进入人生暮年的诗人以生命的激情和创作的灵感。

“天地悠悠，过客匆匆，潮起又潮落……何不潇洒‘漂’一回。”那就远离尘世的繁嚣，放下缠身的俗务，让整个身心彻底放松下来；那就纵情自然，玩转山水，醉乐其间，让秋浦河澄澈的流水带走生活的烦忧，洗净心灵的尘埃吧！

“鸟度屏风里，人在画中游。”不知不觉，已经抵达此行的终点。舍舟登岸，结束一个多小时的秋浦河漂流。这会儿，每个人都感觉自己陡地精神了许多，年轻了几岁。凝望秋浦河淙淙而去的碧水清流，我意犹未尽，仍沉浸在刚才惊险刺激的漂流带来的兴奋和欢愉中。

——原载2017年9月26日《安庆晚报》“月光城”副刊、2019年第1期《牯牛降》

千古醉翁亭

中国有四大名亭，滁州醉翁亭、苏州沧浪亭、北京陶然亭和长沙爱晚亭。而醉翁亭，又推为华夏名亭之首。

“滁之山水得欧公之文而愈光。”这是欧阳修的学生曾巩当年追随先生来滁时说的话。意思是，滁州这座普通的江淮小城，正是因欧公的到来和欧公的诗文而名声大振，让天下文士，纷纷慕名而至。“醉翁之意不在酒，在乎山水之间也”的佳句，更是脍炙人口，千古传诵。

少时，读欧阳修《醉翁亭记》，就被欧公之文所描绘的山水风光、人文胜迹深深吸引，从此就记住了琅琊山中那座美丽的亭子。而今，带着对欧公文章的深刻记忆，我与友人结伴而来，走进“望之蔚然而深秀”的琅琊山，探胜觅古，感受先贤的风流遗韵。

北宋著名的文坛领袖、唐宋八大家之一的欧阳修，因支持改革、刚直敢言而遭排挤诬陷，初贬夷陵，再贬滁州。来到滁州的欧阳修发现，此地风光秀美，民风淳厚，的确是休养生息的好地方。一番牢骚之后，也便淡看个人不公的遭际，逍遥山水，并怡然自乐。

历史上，有太多政治上失意的官员，或颓靡不振，自怨自艾，或干脆息隐林泉，无所作为。在被贬滁州做太守的三年里，欧阳修将个人的进退得失放置一边，施政宽仁，简约轻松，与民休息，亦与民同乐。身处逆境而不失人生信仰，实在难能可贵。三年治滁，有声有色，成绩斐然，让滁州这方地域呈现出一派其乐融融的太平盛景。

欧阳修初谪滁州时自号“醉翁”。那年，他才三十九岁，正值壮年。“我时四十犹强力，自号醉翁聊戏客。”可别以为他真的只顾整天借酒浇愁，成了迷糊不醒的酒徒醉鬼。“醉翁”，只不过是一句戏言，一个玩笑罢了。“众人皆醉我独醒。”在这个世界上，还有谁比他更清醒呢！

那时，滁州城西南郊的琅琊山，还比较偏僻荒凉，像一块未琢之玉。欧阳修的好友、琅琊寺住持智仙和尚，在山麓建一座供人歇足的凉亭。欧阳修应智仙之邀，亲自为亭命名，并为作记，于是成就了中国文学史上璀璨不朽的散文名篇《醉翁亭记》。

《醉翁亭记》以其生动细腻的笔触，描绘琅琊山朝暮变化之美，四时景色之美，风俗民情之美，发乎内心地表达了自己对滁州这片山水的眷恋和热爱。同时，作者从山水中品赏、参悟人生，借山水以寄托与民同乐的情怀，给人以深刻的启示。文章语言晶莹润畅，朗朗上口，一唱三叹，如行云流水，带给人以美的愉悦。“我欲亭下渔且田，日卧醉翁文字边。”明代文学家王世贞对《醉翁亭记》思想艺术价值给予至高无上的评价，其仰慕之情，简直到了顶礼膜拜的地步。

在欧阳修的亲自主持下，和醉翁亭遥相呼应的丰乐亭、醒心亭亦相继竣工，为琅琊山增添几处新的景观。从此，欧阳修与一帮志同道合朋友经常来亭中弹琴对弈，诗酒游乐，有时也在此办理公务，风流潇洒。后人有诗赞曰：“为政风流乐岁丰，每将公事了亭中。”

毕竟是宋代文坛盟主、一流文化名人，欧阳修以其道德方正和才学高远，而聚拢了当时大量的文坛精英。即使在他失意遭贬之时，众多追随他的文人学者，仍然以欧公为核心，在滁州聚散流连，笔会神交，兀然形成一座俊美峭拔的文学高峰。

今天的醉翁亭景区，是一组依山而建的园林庭院建筑群。以醉翁亭为主体，周围有二贤堂、宝宋斋、冯公祠、影香亭、古梅亭、意在亭、怡亭、醒园等古建筑。亭台轩榭，布局高低互让，参差错落，曲折紧凑，迂回疏阔。

“醉翁行乐处，草木亦可敬。”在影香亭和古梅亭之间，生长着一株身影高大、枝干虬曲的古杏梅。传说是欧阳修亲手所植，世称“欧梅”，为国内现今尚存的“四大寿梅”之一。老梅传情，素心可证。虽经千年风霜雪雨，梅树依然枝茁叶茂，清香不绝。我们到来时，正值初春，满树花开似雪，沁人心脾。我以为，眼前这株独立不移、千古馨香的古梅，恰恰是欧阳修人格精神的物化，寓意了欧公端庄正直的道德文章，以及对后世所产生的极大影响。

在宝宋斋，收藏着一块由苏东坡手书、铭刻石上的《醉翁亭记》碑。欧文苏字，珠联璧合，堪称文坛“双绝”，后人瞻仰敬谒，惜之为稀世之宝。

走出醉翁亭，看到眼前流过的一道清清溪泉，正是《醉翁亭记》中记述的“水声潺潺而泻出于两峰之间”的酿泉。伫立溪畔，凝望一泓清冽可鉴的泉水，似乎还能闻到一股醇厚的酒香。遥想当年欧公临溪而渔、酿泉为酒的情状，心中也就滋生了无限感慨。

缘溪而上，一路听泉声，闻鸟鸣，和风送爽，野芳幽香。恍惚间，竟有“穿越千年”的奇妙体验。漫步琅琊古道，三五游人，悠游自得，或口中念念有声，或低头玄思妙想，不亦乐乎。

山水是地上的文章，文章是案头的山水。琅琊山的灵山秀水，给了身处逆境的欧阳修莫大的精神慰藉，他也以自己饱满的情思和飞扬的文采，为琅琊山这片山水增辉添彩。一篇《醉翁亭记》的横空出世，一座小亭随之播誉四方。

名亭名文，相得益彰，千古不朽也！

——原载2017年5月10日《市场星报》“文化旅游”副刊，获“我与安徽文物”征文优秀奖

岳阳楼上思悠悠

是梦？是幻？皆不是！

此时此刻，我的的确确已经站在岳阳楼上了。

凭轩西望，眼前，是“湖水连天天连水”的八百里洞庭；更远处，是“白银盘里一青螺”的洞庭君山。置身楼头，如临仙境，湖山胜景，尽在目中。

“予观乎巴陵胜状，在洞庭一湖。衔远山，吞长江，浩浩汤汤，横无际涯；朝晖夕阴，气象万千。此则岳阳楼之大观也……”

学生时代，津津有味地朗诵《岳阳楼记》。当教师后，神采飞扬地解读《岳阳楼记》。范公的锦绣文章，我早已倒背如流，烂熟于心。范公的阔大襟怀和浩然正气，为当时和后世竖起精神的旗幡，道德的标杆。就这样，一座千古名楼和一篇千古美文，在我心中交相辉映。

我曾想，若只读名文，而不登名楼，岳阳楼在我心中毕竟是虚幻缥缈的，那岂不是人生一大憾事？所以，很早的时候，我就对雄峙于洞庭湖畔的岳阳楼满怀渴望，心驰神往，并把岳阳楼列为“一生必去的地方”。

驾万里长风，来此登临岳阳楼，于我而言，绝不仅仅是一次单纯的按图索骥和圆梦之旅，更是一次精神的朝圣，一次心灵的洗礼。

据说，九百多年前的北宋时代，范仲淹写《岳阳楼记》时，并未踏足岳阳地面，也未在洞庭湖上泛舟，更未亲自登临岳阳楼。其时，他因倡导改革而与朝中的保守派发生冲突，被贬在偏远的河南邓州，心情肯定不是很爽。“楼记”

是受谪守巴陵的友人滕子京书信之托，依照一幅《洞庭晚秋图》而作的一篇“命题作文”。范仲淹果然没让滕子京失望，不仅很快完成朋友的“约稿”，而且匠心独运，肆意挥洒。此文一出，惊世骇俗，古今无双，令无数文人折腰。文章由楼而景，由景而情，由情而论，随物赋意，一步步通向主题，响亮地回答了关于生命真谛这一宏大命题，足见其视野之辽阔，想象之丰富，境界之高远，文笔之精妙。《岳阳楼记》，短短三百六十余字，可谓字字珠玑，堪称旷世绝笔，让人千古传诵。而范公、滕公两位前贤政见相近、互为知己的深厚交情，早已成为文坛佳话。

范公在他的《岳阳楼记》中，借洞庭湖四时之景、阴晴变幻的描写，对“古仁人之心”作了一番细致的探究和深切的追怀，抒发自己以天下为己任的政治抱负和崇高的人格理想。“先天下之忧而忧，后天下之乐而乐”的名句，震烁古今，照亮一代又一代中国文化人的心灵。“不以物喜，不以己悲，居庙堂之高则忧其民，处江湖之远则忧其君”的处事警言，表现出作者安社稷、济苍生的强烈的忧患意识。心怀天下，先忧后乐，成了中国文人的座右铭和最核心的价值观，对他们个人品格养成发挥了不可或缺的作用。

于是乎，岳阳楼成了中国历代无数文人贤士的精神庙堂。且不说其建筑本身有着怎样的气度神韵和美轮美奂，单是岳阳楼展示出的思想和文化高度，已远远高过天底下任何一座摩天楼宇。

眼前的岳阳楼，楼高三层，重檐盔顶，琉璃金黄，纯木结构，风格奇异，凌空欲飞。其实，它早已不是范公笔下的那座岳阳楼了。岳阳楼，历经千载，命运多舛，几经兴废，几经修葺。即便是这样，也并不影响岳阳楼巍峨挺拔、俯视古今的非凡气势，并不妨碍人们对它的景仰和膜拜。楼以文显，地以人传，纵观天下之景，莫不如是。这就是文学强大、持久而神奇的力量啊！

“洞庭天下水，岳阳天下楼。”是雄浑壮阔、水天一色的八百里洞庭，托出一座金碧辉煌、气宇轩昂的岳阳楼。是范公的不朽文章，将岳阳楼推向极致，让岳阳楼从此名冠天下，益增其美。一湖、一楼、一记，各美其美，且互为映衬，共同构成睥睨天下的奇绝之景，体现出人与自然的和谐之美。

站在岳阳楼上，沐着清凉的湖风，许多描写岳阳楼、洞庭湖的名诗佳句，顷刻之间纷纷涌入脑际。恍惚之中，感觉自己已经完全打开一扇厚重的时光之门，穿过幽长的时空隧道，正在和衣袂飘飘的先贤前哲，进行一次轻松愉快的晤面和畅快淋漓的对话。在感受“古仁人”千古风流的同时，也深切地体悟到，人生贵有大境界，生命须有大气象。达则兼济天下，穷则独善其身，抛开个人的命运沉浮，位卑未敢忘忧国。举凡天下英伟磊落之士，无不如此。

江山何其俊秀，心情何其美哉。站在岳阳楼上，我一字一句地默诵《岳阳楼记》，心中的思绪和眼前洞庭湖的苍茫云水一样，翻卷不息。

——原载 2014 年 12 月 4 日《合肥晚报》“杏花村”副刊

情漫君山岛

“未到江南先一笑，岳阳楼上对君山。”这是宋代大文豪黄庭坚的诗句，表达其对岳阳这片山水人文由衷的爱慕。

是的，岳阳楼和君山岛遥遥相对，构成名满天下的洞庭胜景。来到湖湘之地的岳阳，不用说，洞庭湖畔的“千古一楼”岳阳楼，肯定是我等必去登临感怀的地方，因为，矗立在那儿的，何止是一座煌煌大观的古建筑，更是中国古代文人思想的一座高峰。而洞庭湖中的君山，那里的自然美景和人文胜迹，同样不能错过。

君山，古称洞庭山、湘山、有缘山，是烟波浩淼的八百里洞庭湖中一座美丽小岛，由大小七十二座山峰组成，总面积不足一平方公里。关于君山岛的形成，有许多神奇的传说。有人说，君山是七十二个仙螺制服兴风作浪、残害生灵的洞庭水妖后变幻而成，七十二座山峰，就是七十二只螺壳。也有人说，是昆仑山上一块石头，被风吹落此地而成。有诗云：“曾于方外见麻姑，闻说君山自古无。原是昆仑山上石，海风吹落洞庭湖。”

君山岛，小巧玲珑，草木葱茏，水汽氤氲，神秘飘渺。岛上环境秀雅，翠色无边，景点处处，古迹甚多。唐代诗人刘禹锡，脱口不凡，赞美君山：“遥望洞庭山水翠，白银盘里一青螺。”

从岳阳南岳坡旅游码头，乘游艇前往君山岛，仅半个多小时水路。在饱览“洞庭波涌连天雪”的湖上风光的同时，不知不觉间，便抵达有着“小蓬莱”

和“东方爱情岛”美称的君山岛。

君山岛上，最负盛名的景点，应该是二妃墓和湘妃祠了。传说，舜帝晚年南巡，他的两位美貌贤淑的妃子娥皇、女英，见舜帝久出未归，思念心切。二妃跋山涉水，千里寻夫。当她们所乘的船只因大风阻于洞庭君山时，忽闻舜帝殁于苍梧之野，不禁悲恸欲绝，肝肠寸断，竟双双投水殉情。二妃客死他乡，遗体葬于君山东麓，被后人奉为君山、湘水之神。

眼前的二妃墓，为圆形石砌，前立石柱，上雕麒麟、狮、象等图案，中竖墓碑“虞帝二妃之墓”，其字系清代两江总督彭玉麟手笔。后人为二妃至真至诚的爱情所感动，在墓冢旁建湘妃祠，殿内供奉二妃塑像，以纪念两位为爱痴狂、为爱献身的烈女子。

传说，二妃得知舜帝的死讯，遥望天南，抱竹痛哭，泪洒竹上。青青竹枝，立刻浸染了殷红带血的斑斑泪痕。从此，人们就将这里的竹子，称作泪竹、斑竹、湘妃竹。“君妃二魄芳千古，山竹诸斑泪一人。”二妃墓的四周，以及附近山间小道边，栽植大片丛丛簇簇象征爱情、寄托思恋的斑竹。

这样忠贞美好的爱情故事，如此凄楚动人的民间传说，越传越远，越传越久，越传越浪漫神奇。

带着无限唏嘘感慨，我们离开二妃墓和湘妃祠，走向岛上另一处著名景点——柳毅井、传书亭。

“柳毅传书”的神话故事同样神奇，在中国民间广为流传，妇孺皆知。传说，一名叫柳毅的落榜书生，进京赶考的返程路上，偶遇一位遭夫家迫害的牧羊女。原来，这牧羊女是洞庭龙君的小女儿，受父母之命嫁于泾川龙王的一个无赖公子。柳毅从龙女的哭诉中了解到她的悲惨遭际，怜其不幸，爽快答应龙女之托。他辗转来到君山，由桔井下到洞庭湖龙宫传书，龙女终于得救。几经周折，重情重义的龙女，与古道侠肠的柳毅结为恩爱眷侣。

传说，眼前的这口用麻石垒砌的古井，这泓幽深的井水，就是洞庭龙宫的入口。而书生柳毅，正是通过这井口出入于龙宫的。传书亭，又叫鸳鸯亭，位于柳毅井后约两米的高台之上，由两座亭子重叠交错而成，造型独特，古朴典雅。

爱情，是人类世界最美好的情感。因为爱情，因为爱的魔力，因为渴望与爱结缘，就连这般牵强附会、荒诞不经的神仙故事，真诚善良的人们，居然就相信了，感动了，并在内心深处接纳了。

爱情是圣洁的，美好的，刻骨铭心的。纯美而永恒的爱情，是人人憧憬的，更需要精心培育和倍加珍惜的。漫步君山岛，除了发怀古之幽情，每个人对“爱情”这个词，一定又多了几分理解和感悟。

“洞庭风物美，最是君山茶。”君山银针茶，是君山的特产，中国十大名茶之一，被誉为“群茶之冠”，自唐代始即被列为贡品。在岛上走累了，恰好发现路边一处环境清幽的茶室可供小憩。在一个角落里安静地坐下来，要一杯正宗君山银针。于袅袅茶烟中，将杯中甘洌的香茶，连同那些传颂千古的美好爱情，慢慢啜饮品尝。

中国历史上四大经典爱情故事的发生地，在这方小小如一枚邮票的君山岛上就占据了两个，你说，这能不让人啧啧称奇么？

君山美，美得惊世骇俗，美得不同凡响，美得令人心醉神迷！

——原载 2015 年 2 月 10 日《合肥晚报》“杏花村”副刊

圆明园的回响

一向喜欢阅读中国历史。自从盘古开天地，三皇五帝到如今，泱泱华夏上下五千年的历史故事，总让我兴味盎然，感慨不已。

然而，凡事皆有例外。譬如，中国近代史上英法联军自海入侵、攻占北京、火烧圆明园那一段黑暗屈辱的历史事件，却让我最触目惊心，不忍卒读。

读中国近代史，圆明园，成了一个最刺目、最伤心、最惨痛却又让人无法绕过的字眼。捧起一本《古今中外三百大事》一书，我一页页读下去，还是读到其中《圆明园的毁灭》那一章、那一页，心情一下子灰暗、沉重起来。

既然绕不过去，那就不要去刻意回避。我一边阅读，一边仔细地查找有关介绍圆明园的史书资料。

圆明园，位于北京西北郊海淀的一座清代皇家园林，占地五千二百余亩，由紧密相连的圆明、长春、绮春三个园组成，合称“圆明三园”。圆明园规模宏大，景色秀丽，优美景点多达百余处，耗费大量财力物力，役使无数能工巧匠。经康熙、雍正、乾隆、嘉庆、道光、咸丰六代皇帝长达一百五十余年的经营建造，形成独成格局的“圆明园四十景”。

盛时的圆明园，有金碧辉煌的宫殿，有玲珑剔透的亭台楼阁，有象征热闹街市的“买卖街”，有象征田园风光的山村乡野，有仿照杭州西湖、苏州园林而建的风景名胜，有根据古代诗人、画家的诗情画意建造的蓬莱琼台、武陵春色等。园中，不仅有传统特色的民族建筑，还有浓郁西洋风格的建筑群，以及世界上最壮观的“大水法”（喷水池）。

圆明园，集中国三千年造园艺术之精华，既有宫廷建筑的雍容华贵，又具江南水乡园林的委婉多姿，同时，汲取西方园林建筑的形式，是一座令世人叹为观止、无与伦比的杰作，正所谓：“虽由人作，宛如天开。”圆明园因之被誉为“一切造园艺术的典范”和“万园之园”。

蜚声世界的法国大文豪雨果，曾用这样的语言描述圆明园：“在世界的某个角落，有一个奇迹，这个奇迹叫圆明园……一个几乎是超人的民族的想象力所能产生的成就尽在于此……总而言之，请您假设人类幻想的某种令人眼花缭乱的洞府，其外貌是神庙、是宫殿，其实是世间独一无二的奇迹，那就是这座名园。”

然而，谁又能想到，就是这样一座美轮美奂、天下无双的宫苑，竟然在一夜之间毁在“两个野蛮的强盗”之手，而且毁灭得那么干净，那么彻底，只留下断壁残垣，一地废墟。

第二次鸦片战争，西方的坚船利炮打开中国紧闭的大门。1860 年 10 月 6 日，是中国人永远不应忘却的一个国耻日。这一天，英法联军数千名士兵蜂拥而至，闯入圆明园，开始了极度疯狂、极其野蛮的洗劫。凡能拿得动的，统统掠走。拿不动的，就用大车或牲口一件件搬运出去。实在运不走的，就肆意破坏，一律推倒砸毁。精美建筑、雕塑破坏殆尽，无以计数的奇珍异宝、珍贵文物被抢掠一空。为掩盖其罪恶行径，这群面目狰狞的强盗，竟然纵火焚烧了整座圆明园。冲天大火，整整持续三天三夜。遮天蔽日的滚滚烟尘，笼罩在北京城的上空。就这样，一座被世人称之为“难以想象、无法描述”的美丽园林，顷刻间夷为平地，化为焦土；就这样，一个有着五千年文明的东方古国的尊严，毫不留情地被盗贼一片片撕得粉碎，并彻底践踏于脚下。

圆明园的毁灭，是世界文明史上罕见的暴行，是对人类文化、对东方文明的极大摧残。侵略者的罪恶行径，简直到了泯灭人性、令人发指的地步。可是，那些犯下弥天大罪的强盗们，竟然是非颠倒，荒谬至极，把自己扮作胜利者，他们手挽手，带着赃物，笑嘻嘻地回到欧洲。雨果先生在剥开两个强盗的画皮后，继续感叹道：“这个奇迹已经消失了！永远不复存在了！”

显而易见，这位有良知的西方人，在向全世界讲述法兰西、英吉利这两个强盗的故事时，何止是痛心疾首，他是被彻底震怒了！

圆明园不幸罹难，坐落于海晏堂扇形喷水池两侧被称为“水力钟”的十二生肖兽首铜像，在那场劫掠中同样未能幸免。圆明园中，最精美、最具代表性的这十二件国宝，牛、虎、猴、猪、马、鼠、兔首，流落海外一百多年后先后抢救回国。有消息称，龙首目前在我国台湾。而蛇、羊、鸡、狗首至今下落不明，无数人依然为之牵肠挂肚，祈望能早日完璧归赵，回归故土。

多年前，我第一次游览京华，第一站选择了颐和园。当我陶醉于颐和园昆明湖、万寿山湖光山色时，却与颐和园毗邻的圆明园擦肩而过，失之交臂。

历史的伤疤，并不会因时光的流逝而消弭。今天的圆明园遗址，是全国重点文物保护单位、全国爱国主义教育示范基地，也是在一片满目疮痍的废墟上，建成的一处供海内外游人参观凭吊的圆明园遗址公园。

这次去北京，我毫不犹豫选择圆明园。带着异常复杂的心情，走向位于西洋楼景区的谐奇趣、养雀笼、方外观、远瀛观、蓄水楼、海晏堂、大水法等残存的废墟，去阅读历史遗留的断章残句，去倾听一段荒唐而真实的历史悲歌。

记住耻辱比怀念辉煌更有意义。德国前总理维利·勃兰特有一句名言：“谁忘记历史，谁就会在灵魂上生病。”中国也有一句人人尽知的古语：“以史为鉴，可以知兴替。”一部圆明园的兴衰史，就是近代中国的兴衰史。一处圆明园遗址，就是一面镜子，更像高悬于我们头顶之上的一口警世巨钟。这钟声，时时昭示后人：勿忘国耻，居安思危，警惕历史的悲剧再度重演！

走进圆明园遗址公园，自始至终，我把自己的步子迈得很慢，放得很轻，更不愿大声喧哗，生怕触碰这道深深的历史伤口，勾起这片土地不堪回首的痛苦回忆。在废墟瓦砾和残垣断柱前驻足沉思，倾听历史的回响，让我们牢牢记住一段灾难深重的耻辱过去，记住曾经的那场人类文明空前绝后的浩劫。

俗话说：多难兴邦。古老中国——这条沉睡已久的巨龙，已在世人的期待中醒来，正昂首腾飞在世界东方。经过一代又一代人顽强抗争和拼搏努力，中华民族山河破碎、风雨飘摇、积贫积弱、任人宰割的历史，一去不复返。河清海晏，国泰民安，已不再是国人心中虚无缥缈的一份梦想。站在新的历史起点上，亿万炎黄子孙，更当自强不息，积极进取，抒写中华民族伟大复兴“中国梦”的新篇章。

——原载 2016 年第 5 期《志苑》

走近宣城谢朓楼

谢朓楼，“江南四大名楼”之一，位于风光秀美的皖南宣城市区中心阳陵山麓。

与名满天下的黄鹤楼、岳阳楼、滕王阁相比，谢朓楼的声名，或许并不那么响亮，甚至不为更多人熟知。然而，谢朓楼作为中国传统诗歌文学的一个地理标志，一处千古风流的文化圣地，在我心中有着极重的分量，一直让我惦念不已。

在中国诗歌史上，谢朓，一个永远也绕不开的名字，一位开一代风气的杰出诗人。他留下的许多脍炙人口的诗篇，至今为世人所传诵。

谢朓，字玄晖，南朝齐的著名诗人，著有《谢宣城集》。因与南朝宋的另一位大诗人谢灵运同宗，其诗亦深受谢灵运的影响，人称“小谢”。他出身贵族，自幼聪颖好学，文才出众。明帝建武二年（公元 495 年）出任宣城太守，亲民爱民，颇有政绩。后卷入王室内部斗争，因秉性耿介、坚持正义反遭诬陷下狱，含冤而死，年仅 36 岁。

在宫廷中作了十余年幕僚的谢朓，阅尽官场种种丑陋，深感政治风浪的险恶，早已身心疲惫。所以，当他离开都城出任宣城时，心情非常之好，以避身远祸得赴名郡而庆幸。

在任宣城太守的两年多时间里，是谢朓一生中最美好、最快乐的时光，也是他诗歌创作的丰盛期和高峰期。江南山清水秀，风物殊佳，城郊宛溪、句溪诸水环绕，城北十里敬亭巍然，让谢朓获得一份精神的抚慰和心灵的归宿感。这种亦官亦隐的惬意生活，正遂他“敛性就幽蓬”“聊恣山泉”的愿望。

宣城民风淳朴，社会安定。谢朓从政宽简，多得暇日。公务之余，徜徉于宣城的大好山水间，逍遥自得，吟哦不绝，抒发内心的畅快。诗人洒脱不羁的个性，得到充分释放。“天际识归舟，云中辨江树”“日出众鸟散，山暝孤猿吟”“鱼戏新荷动，鸟散余花落”“兹山亘百里，合沓与云齐”“望山白云里，望水平原夕”……优美的文笔，纯净的诗心，对应宣城的自然美景，便产生出一幅幅萧疏淡远、平和宁静、摇曳出尘的写意水墨画卷。宣城的山川景物，成就了一代杰出诗人；灵性的诗人，更成就了这座江南小城，让宣城从此以“江南诗地”的美称而扬名海内。

谢朓的生命历程虽然短暂，但在历史的天空中划出一道耀眼的光芒，在文学史上更有“继汉开唐之功”。杜甫称：“诗接谢宣城。”沈约赞谢朓：“调与金石谐，思逐风云上”“二百年无此作也”。连狂傲不羁的诗仙李白，也将谢朓引为千古知己。清人王士祯称李白“一生低首谢宣城”，用今天流行的说法，他应该是谢朓的“超级粉丝”了。李白因“长忆谢玄晖”而多次游历宣城，登临谢朓楼饮酒赋诗，慨叹人生遭际，表达自己对先贤的怀念和对高洁精神的追求。他在《秋登宣城谢朓北楼》诗中，满怀深情地唱道：“谁念北楼上，临风怀谢公。”

谢朓融情于景、清新秀逸的诗风，还直接影响了王维、孟浩然等一大批唐代山水诗人，在中国诗歌史上有着特殊的贡献与地位。

来到宣城的第二年，谢朓在郡署之北的阳陵山自建书斋。因其居高临下，名曰“高斋”，生活起居均在此处，并在此写有《高斋视事》《高斋闲望》《后斋回望》等诗。宣城地方志载：谢朓“视事高斋，吟啸自若，而郡亦治”。

唐初，宣城人为纪念一代诗人谢朓，于高斋故址重建一楼，取名“北楼”，后又改称“北望楼”“谢公楼”“叠嶂楼”“谢朓楼”等。谢朓楼建成后，历代无数文人名士慕名而来，登楼怀古，留下大量歌咏谢朓和谢朓楼的传世佳作。仅一部《全唐诗》，描写谢朓楼的诗作就达 8 首之多。

谢朓楼屡建屡毁，历经沧桑。最后一次，是日军侵华期间，在数十架敌机对这座古城的狂轰滥炸中毁于一旦。名楼重修，文运再兴。1997 年，地方政府和文物部门在原址上重建一座两层十字歇山顶结构的仿古楼阁，再现了昔日谢朓楼轩昂宏伟、辉煌瑰丽的名楼风采和“北望敬亭，东送两水”的绮丽胜景。

江山留胜迹，我辈复登临。甲午八月，时近中秋，与友人同游谢朓楼，追寻谢朓遗踪。在补习一把中国古代文学史的同时，也切身感受了古圣先贤的流风余韵。凭栏远眺，江城如画，古诗意境，历历在目。一时心空澄澈，宠辱皆忘。

——原载2014年9月24日《合肥晚报》副刊、2014年10月17日《中国建设报》“建设文苑”

在汴水里打捞诗情

“汴水流，泗水流，流到瓜洲古渡头，吴山点点愁。思悠悠，恨悠悠，恨到归时方始休，明月人倚楼。”少时读诗，白香山一曲缠绵哀怨的《长相思》，深深拨动我的心弦，也让我从此认识了一条叫汴水的河流。

“尽道隋亡为此河，至今千里赖通波。若无水殿龙舟事，共禹论功不较多。”后来，读晚唐诗人皮日休的《汴河怀古》，才知道一条古老的汴水，竟有着如此不平凡的来历，有着这般难以消弭的沉重背影。

汴河，亦称汴水、汴渠，古称通济渠。隋炀帝时，征发河南、淮北诸郡民众，历尽千辛万苦，开凿一条名为通济渠的大运河，沟通了黄河和淮河两大水系，沟通了中原腹地和江南富庶之地。

隋朝统治者横征暴敛，动用数百万民夫，开凿大运河，影响甚广。据说当年，荒淫暴虐的隋炀帝杨广，慕扬州琼花之美，取尽膏脂，滥用民力，开掘千里运河，打造万艘龙舸，沿大运河顺势南下，一路浩浩荡荡，旌旗蔽日，绵延二十余里。千里长河，载满了百姓的血泪和民间的哀怨之声，加速了隋王朝的灭亡。当隋炀帝第三次巡行扬州后，就再也没能去回到他的京都洛阳。隋帝国短命而亡，恰恰印证“水能载舟，亦能覆舟”这一颠扑不破的深刻道理。

“半天下之财赋并山泽之百货，悉由此路而进。”客观上，通济渠的开掘，对隋朝以后南北物资交流、文化融合、经济发展和政权巩固，起到了极为重要的作用，成为唐宋时期最繁忙的一条东西交通大动脉。但到宋金对峙的年代，因长期战乱和动荡，漕运中断，大运河无可避免地走向衰落的命运。

古老的汴水，流过了唐风宋月，见证了王朝的成败更迭和历史的兴衰演变。炀帝开河，往事千年。功耶？过耶？这一切，只能留给史家和后人去评说了！

在我的印象里，古老的汴水，是一条“诗性的河流”，是从唐诗宋词里流出来的。打开中国古代诗歌典籍，吟咏汴水的名篇佳作迭出，或即景抒怀，或借古喻今，抒发家国之痛、兴亡之感。白居易、刘禹锡、宋之问、杜牧、崔颢、胡曾、皮日休、李益、罗隐、梅尧臣、欧阳修、王安石、苏轼、范成大、韦骧……历史上，竟然有那么多星光璀璨的文人骚客、风流大家，在汴水边徘徊，为汴河赋诗。

正是从这些脍炙人口的妙词佳句里，我寻见汴水之畔古宿州的形貌旧影——

“江淮扁舟，四时上下，昼夜不绝。”得古汴河水陆交通之便，造就了一座舟车交汇、商旅文人云集的千年宿州城，也让宿州赢得“淮南第一州”之美称。一条古汴河，见证过“运河名城”古宿州鼎盛时的美丽与繁华。“扼汴水咽喉，当南北要冲。”一条古汴河，构筑了一道难以逾越的天然屏障，更凸显宿州城在古代战争版图上极其重要的战略地位。

天下兴亡多少事。一千多年来，因战争破坏、黄河水患，加之年久失修，原本岸阔水深、帆樯林立的古汴河，渐至淤塞断流，源头枯竭。一条满载诗情的古汴河，就这样逐渐湮废，消失在黄河一次次决堤泛滥后留下的厚重泥沙中。就这样，作为隋唐大运河最重要一段的古汴河，无声无息地沉睡于数丈深的地下，成为历史的过往，成为悠远而斑驳的记忆。

上世纪六十年代末，长期饱受水患之苦的豫皖苏三省人民，万众一心，团结治水，趋利避害，以重整山河、改天换地的壮举，在苍凉浑莽的古原上展开一场轰轰烈烈治理淮河的“新淮海战役”。数十万治河大军，自力更生，不畏艰难，完全靠锹挖肩挑，历三冬四春一千多个日日夜夜，在隋唐汴河大堤以北，开挖出一条集防洪、排涝、灌溉、供水、航运、养殖于一体的大型人工运河。这是新中国成立后开挖的第一条人工运河，因与早已湮废的汴河故道基本平行，故命名为“新汴河”。

土地平旷，碧水潆洄。新汴河，是宿州城市的母亲河，是孕育滋养宿州人民的生命之源，更承载着宿州人挥之不去的文化乡愁，唤起这片土地曾经桑海的古老记忆。穿越历史的波诡云谲，一条新汴河蜿蜒而来，流淌在广袤无垠的皖北大平原上，流过古老的城镇，流过静谧的乡村，让新时代的宿州大地春潮涌动，风生水起。

“一条大河波浪宽，风吹稻花香两岸……”一条新汴河，让历尽岁月沧桑的皖北大地重现生机活力，让贫瘠多灾的土地变成物产丰饶的果海粮仓；一条新汴河，再现当年渔舟唱晚的诗情画意，再现当年碧水穿城的生态美景，也延续了古汴河悠久绵长的文化脉络。

中国大运河——世界上里程最长、工程最大的古运河，是流淌在华夏大地上的一首壮美史诗，是中国历史上与万里长城齐名的一项世界级伟大工程啊！几年前，包括隋唐古运河在内的“中国大运河”，成功入选世界文化遗产名录，再次提升人们对中华传统文化的认同感和归宿感，也再次勾起潜藏于宿州人心底的“运河情结”。

新汴河，流进新时代。新时代，赋予新汴河以崭新的使命。绿水青山，就是金山银山。近年来，在新汴河工程治理的基础上，宿州的城市建设者们高瞻远瞩，以民为本，充分利用新汴河丰沛水源和发达水系，精心打造亲水宜居之城。经过大手笔建设而形成的宿州城区段新汴河景区，构筑了新汴河一道美不胜收的“十里画廊”，先后成为省级水利风景区、国家级水利风景区、国家 4A 级风景区、全国中小学生研学实践教育基地。饱经沧桑的古汴河，在时代大潮中得以涅槃重生。

新汴河风景区，融宿州大地厚重的历史人文于幽美的生态水景，为城市环境增绿加蓝的同时，也成为宿州城市景观的新地标，成为一处市民和游客游览观景、休闲健身、亲水戏水、执竿垂钓、放飞心情的绝佳去处。秀润多姿的新汴河，宛若一条轻柔缥缈的玉带，给这座皖北古城平添几多妩媚，也给热爱生活的新市民提供了亲近自然的机会。

水，是一座城市的血脉和灵魂。一座城市，因水而生，因水而兴，因水的浸润而更具活力，更有灵韵，带给人以诗意的栖居。十五公里长的新汴河风景带，桃柳依依，花草鲜妍，白鹭翩飞，鱼翔浅底。新汴河的秀丽水岸，展现出一幅五彩斑斓、美不胜收的自然风情画卷。而发生在宿州这片钟灵毓秀土地上的重大历史事件、名人掌故和特色独具的民俗文化、人文风情，都可以在新汴河的波光水影里一一找到答案。

“寻芳临水曲，轻蔼荡春晖。”孟夏佳日，文人兴会，汴水寻芳，在新汴河里打捞诗情。流连于清幽迷人的汴水之滨，我静静地欣赏满河的浪花激流和两岸的生态美景，体味这座魅力古城的万千风情。

在宿州，感受古汴遗韵的同时，我竟产生为新汴河放歌一曲的强烈冲动！

——原载 2019 年 7 月 31 日《拂晓报》“枫叶”文艺副刊

流连向阳湖

认真说起来，我也是个不折不扣的“追星族”。但我，并不同于今天的某些年轻人，近乎狂热地追捧那些红得发紫的歌星、影星。我心目中膜拜的“明星大腕”，是通过优秀文学作品结识的那些如雷贯耳的文学大师，是闪烁在浩瀚文艺星空中一颗颗璀璨耀眼的文化明星。

地处鄂南的咸宁，在我的“地理词典”里，不仅是一座有着“香城泉都”美誉的中华桂花之乡，更是一处“六千文化人同一片土地”的文化圣地。甲午羊年深秋，桂香满天的时节，我们“五七”干校文化考察团一行数人，一路南下，赶赴咸宁，直奔仰慕已久的文化圣地向阳湖而去。

荆楚大地上，一座神秘的向阳湖，我曾无数次地从当代作家的诗文中读到过它，认识了它，也不止一次地想象过它真实的模样。可以说，“向阳湖情结”，曾经在我这个文学青年的心中扎下了深根。

上世纪六十年代中期，那个“个人崇拜”达到登峰造极的年代，伟人一篇《“五七”指示》横空出世。作为“文化大革命”的新生事物，一时间，全国各地冒出数以千计的“五七”干校。党政机关、高等院校、文教科技部门数百万名干部、教师、专家、文艺工作者等知识分子被“赶出”城市，下放干校，进行劳动改造和思想教育。

当年，文化部在咸宁西郊向阳湖畔创办的咸宁“五七”干校，是国内规模最大、知名度最高的“五七”干校之一。文化部机关和文联作协、出版、文物、电影等文化系统六千多名文化人及其家属，从北京来到两千多里外的咸宁，以一名普通劳动者的身份参加劳动锻炼，接受批判改造，上演了各种悲欢离合的故事，经历了一段刻骨铭心的艰难岁月。他们之中，不乏全国顶级、在国际上也具有一定影响的文学大师、文化巨匠、知名学者。如此众多的文化名流荟萃一地，其人数之多、密度之大、名气之响，在中外文化史上也极为罕见。向阳湖，一个名不见经传的弹丸之地，从此被更多的人所记住，并载入中国文化的史册。

这批浩浩荡荡的文化大军，汇集于咸宁这片偏远的土地，在古云梦泽边的向阳湖畔（原名“关阳湖”）安营扎寨。他们被编成 5 个大队 26 个连，过起了半军事化的生活，而且美其名曰：“五七”战士。

诗人臧克家在诗集《忆向阳》序言里，有过这样的描述：“向阳湖，是一个年代久远的荒湖，面积广阔，茅草丛生。野鸟在上面安家，獐子在里边落户。泥浆浑混浊，青天也印不上个清亮的影子。四面，一片荒野，找不到一株树……”就是在这片极度荒凉的沼泽地上，我们的“五七”战士白手起家，建窑厂，烧砖瓦，修路筑桥，垦荒建屋，围湖造田，大搞粮、油、肉、蛋“四自给”。从 1969 年 1 月创办到 1974 年 12 月解散，五年多时间里，这批文化精英，硬是在向阳湖浊水污泥中开垦出数万亩耕地良田。正如臧克家在《向阳湖》一诗中描绘的那样：“荒湖万顷岁时长，浊水污泥两混茫。小试翻天覆地手，白茅换作稻金黄。”向阳湖，贮满众多文化人辛勤的汗水和坎坷的经历，留下他们艰辛的足迹和无尽的叹息。

这些原本舞文弄墨、治学严谨的文化人，大多是戴罪“流放”，甚至成为诬陷、打击、专政的对象，被当作“反动学术权威”和“牛鬼蛇神”严加控制。他们不仅被剥夺写作和发表作品的权利，连一举一动都受到限制。在军宣队、工宣队干部严格管制下，文化人从事的是翻地、挑粪、拉车、挖渠、种菜、锄麦、插秧、割稻、养猪、放牛、放鸭子、修猪圈这些极繁重的体力劳动。同时，在军代表和专案组干部的监督下进行“斗、批、改”，深挖身边所谓的“五一六”分子。夏季的向阳湖，气温高达四十摄氏度以上，溽热难耐。一遇大雨，则泥泞遍地，寸步难行。吸血的蚂蟥和蚊虫，更是防不胜防。不仅自然环境极其恶劣，文化人还要忍受各种身心的屈辱。

冒着秋日蒙蒙细雨，我们抵达当年原文化部咸宁“五七”干校机关驻地咸宁市郊的向阳湖镇（原名“甘棠镇”）。在机关旧址上建起的向阳湖文化展览厅，是我们参观的首站。从展厅一面墙壁上《向阳湖“五七”干校部分学员名单》中，我看到冰心、冯雪峰、沈从文、周巍峙、张光年（光未然）、严文井、李季、萧乾、郭小川、楼适夷、张天翼、臧克家、侯金镜、周汝昌、文洁若、吴泰昌、孟超、绿原、丁宁、葛洛、阎纲、范增、王世襄、罗哲文……一大批著名作家、翻译家、评论家、书画家、出版家、文博专家灿若星辰的名字，赫然在目。

这些命运多舛的文化人，在向阳湖驻扎下来后，在精神倍感压抑的情况下被迫进行强制性的劳作。虽然，受到极不公正的待遇，但他们的精神并没有被压垮，反而在逆境中思考，在劳动中体验人生，在自然山水中触发艺术灵感，心灵得到陶冶，人格得到升华。

这些本应是文艺工作者的专家、学者，这时全都抛掉书本纸笔，摇身一变成了“鸭倌”“猪倌”“牛倌”“瓜农”“菜农”。中国作协党组副书记、著名儿童文学家严文井，在干校先后担任班长、排长、连副指导员，他自嘲自己来到咸宁“连升三级”。著名剧作家陈白尘，扛起鸭竿放鸭子，成天与一大群鸭子为伴，自封“鸭司令”，从鸭子身上发现了美，视鸭子为最亲密的伙伴。诗人张光年、剧作家孟超，都兼任过干校的“天气预报员”，每天按时收听广播里的天气预报节目，然后一笔一画地在食堂门口的小黑板上公布。画家许麟庐在向阳湖先是放鸭，后改为养猪、放牛，戏称自己的“官”（倌）越做越大。画家秦云岭，在渺无人烟的湖边独自开一块荒地，种下黄瓜、南瓜、西瓜、丝瓜和香瓜五种瓜，被人戏称为“五瓜先生”，他住的瓜棚子也被称作“五瓜草堂”。“横行如线竖行匀，巧手争先试腰身。袅娜翠苗塘半满，斜风细雨助精神。”体弱多病的老诗人臧克家，和年轻人一样下田劳动，他的一首《微雨插秧》，表现出诗人在极其艰苦的环境下，仍保持着一份积极向上、乐观豁达的精神品质。

一座向阳湖，同样留下文化人太多的不幸，也留下一串串不屈的身影。著名文艺评论家侯金镜，一向敢于仗义执言，由于痛骂一句林彪是“政治小丑”，立即被打成“现行反革命”。他本来就有高血压、心绞痛等症状，却被军宣队当作壮劳力强迫干重活，因劳累过度，猝然身死，一张苇席卷起他干瘦的躯体。古典文学编辑、著名红学家朱南铣，独自去池塘担水，不幸溺水而亡。著名翻译家、《静静的顿河》的译者金人，遭受无端迫害，含恨而死。还有大热天锄地时中暑而死的女编辑刘敏如，身患癌症不准回京治疗而去世的编辑谢思洁，因“现行反革命”罪名而被折磨致死的女校对孙昌雯，含冤服毒、绝食而死的女校对程穗。仅人民文学出版社，就有八人在向阳湖干校罹难。在韦君宜晚年作品《抹不去的记忆——忆向阳湖畔十个无罪者》一文中，一一记载了他们的名字和悲惨的遭遇。站在向阳湖畔，面对一片苍茫湖水，我在心里默默凭吊当年屈死在向阳湖的文化冤魂。

在干校这样极端恶劣的环境中，我们的作家、艺术家，仍时时表现出“忧乐天下”的文人情怀。许多人默默坚持在干校读书，冒着巨大风险偷偷地搞“地下创作”，不忘在向阳湖里打捞诗情。作家沈从文仍坚持为他的学术专著《中国古代服饰研究》补充资料，还写下《双溪大雪》《喜新晴》等诗作。诗人郭小川仍然像个勇猛的“斗士”，以火一般的激情，创作了《花纹歌》《楠竹歌》《欢乐歌》等许多脍炙人口的优秀诗篇，后来又写出《团泊洼的秋天》《秋歌》等产生过广泛影响的重要作品。作家张光年的《向阳日记》，陈白尘的《牛棚日记》《云梦断忆》，杨静远的《咸宁干校一千天》《炼人学校》，韦君宜的《思痛录》和干校题材的中篇小说《洗礼》，文化部咸宁“五七”干校政工部编辑出版的《向阳湖诗选》，以及一大批向阳湖文化名人的照片、日记、书信、手稿、回忆文章，都真实地记录了那个“伟大时代”的“荒唐与辛酸”，成为特殊年代的一部“影像志”。

向阳湖畔一个叫“王六嘴”的地方，是当年中国作家协会、人民文学出版社所在的干校第四大队驻地。当年干校人自力更生建造的“五七桥”“向阳桥”“红旗桥”仍在使用，干校盖起的一排排砖瓦结构的简易宿舍、办公用房、粮食仓库还在。沿着当年的干校学员宿舍，我们依次参观了文学评论家冯牧，作家冰心、张光年、严文井、韦君宜，诗人李季等在向阳湖简陋的旧居。在向阳湖文化名人旧址文物管理所，陈列着当年干校学员使用过的各式农具和各种生活用品，包括“文坛祖母”冰心使用过的水壶，老诗翁臧克家使用过的提包、饭盒、蚊帐、雨伞；陈列着作家萧乾的《萧乾家书》、诗人牛汉的《牛汉诗文集》、剧作家陈白尘的《牛棚日记》等向阳湖人的大量文学著作。

岁月流走，物换星移。作为“文革”的产物，“五七”干校早已成为一个历史名词。向阳湖昨天的历史，也翻开崭新一页。“咸宁向阳湖，长在记忆中。”向阳湖，已成为昔日六千文化人生命中一份割舍不断的情结，一段永远抹不掉的记忆。在中国当代文化史上，作为知识分子流放地和受难地的向阳湖，为我们留下了一段笔墨凝重的篇章，留下对“文革”深刻的反思和沉重的叹息。作为咸宁的“文化地标”，向阳湖文化名人旧址，已列入第七批全国文物保护单位，成为最年轻的“国保”之一。

向阳湖，见证了史无前例的“十年浩劫”那个病态、畸形、荒唐的年代，见证了“文革”时期一批“国宝”级文化大师的深重磨难和辛酸遭遇。令人唏嘘的是，长期繁重的劳役生活，加之无情的精神折磨，不仅消磨了作家、艺术家们最美好的生命年华，更严重地损害了他们的身体健康，带来无法弥补的精神创伤。

历史是不能忘记的，也是不应该被忘记的。历史是一面镜子。反思历史，触摸历史的疮疤，是为了让历史的悲剧不再重演，是为了社会更好地发展进步。下放向阳湖时任文化部副部长、“文革”后担任中央文献研究室主任的李琦痛定思痛，给向阳湖干校的题词是：“不能再发生文化大革命了！”

正如有人所说的“文人不幸咸宁幸”。向阳湖这片土地，留下当代众多文化名人沉重的背影。“向阳湖”这个名字，无数次地出现在浩如烟海的当代文学作品中，并随着作品的传播而声名远扬。毫无疑问，向阳湖是一座沉积深厚、挖掘不尽的“文化金矿”。向阳湖文化现象，已成为一份不可复制的文化资源，成为咸宁极其珍贵的文化品牌，更是一道令人瞩目的文化风景。向阳湖，在当代中国文化界，早已不单纯是一个地理名称，它已经成为那个时代知识分子的精神化石和文化符号。

在向阳湖，我十分欣喜地了解到，近些年来，在众多有识之士的积极倡导、呼吁下，当地政府挖掘这份独一无二的文化资源，正展开对向阳湖文化名人旧址大规模保护性修缮，对向阳湖文化遗产进行抢救性发掘，并精心打造“中国向阳湖文化村”。作为特色旅游文化，文人的向阳湖，会越来越为更多的人所瞩目、所向往。

这次短暂的向阳湖考察之旅，让我领略了向阳湖文化名人风采，也强烈地感受到向阳湖深沉悲凉而又雄浑浩瀚的文风。于我而言，这更像一次精神的朝圣。

——原载 2016 年第 1 期《西部散文选刊（原创版）》，获《西部散文选刊（原创版）》年度优秀作品一等奖

南浔走一走

季节虽然已是初冬，但在山温水软的江南之地，并没有多少萧瑟苍凉的感觉。一个天气晴好、阳光煦暖的上午，我们一行人的身影，悄悄潜入这座古老而美丽的江南小镇——南浔，在感受水乡古镇魅力的同时，也细细品味了半日闲暇宁静的绝美时光。

南浔，光听听这名字，光看看这两字，就感觉很美、很滋润，不由得令我心生向往。

南浔古镇，地处杭嘉湖平原腹地，北倚太湖，水网密布，一派“小桥流水，家家枕河”的水乡风光，是江南六大名镇、中国历史文化名镇、中国十大魅力古镇之一。早在八百年前的南宋时期，南浔已是“桑耕之富，甲于浙右”。到了明末，南浔已成为“烟火万家，舟航辐辏”的江浙之雄镇。清代晚期，南浔依然是“东西水栅市声喧，小镇千家抱水圆”“水市千家聚，商渔舟结邻”的繁华景象。

当代著名作家徐迟先生，是湖州南浔人。他在自传体长篇巨作《江南小镇》里，对自己的故乡南浔的自然风物和人文历史，有过声情并茂、细腻生动的描绘，字里行间充满对故土家园深深眷恋的赤子情怀，奔涌着、泛滥着情感的潮水。

我们的游程，是从大运河頔塘故道上的一处水岸开始的。无需小导游背书般喋喋不休的解说，更没有你推我搡的拥挤和急切杂乱的匆匆步履，踏着古朴斑驳的青石板路，沿着蜿蜒逶迤的市河，几个人闲闲散散，说说笑笑，身心有一种说不出的轻松愉悦。

一座座风格迥异的石拱桥，一间间飞檐雕栋的亭阁水榭，一户户临水人家的乌瓦粉墙，江南明清沿河民居的古风遗韵扑面而来。乌篷船从桥洞底下摇曳穿行，农妇沿着仄仄的河埠头在清幽的河水中洗衣，鸬鹚在流水潺湲的河溪中捕鱼，此情此景，又让我们真切地体味到傍水而居的传统水乡生活习俗。

令人啧啧称奇的是，除了鳞次栉比临河而建的古民居，小小的南浔古镇，竟拥有保存完好的尊德堂、懿德堂、崇德堂、求恕里、百间楼等众多富丽堂皇的豪门宅邸，拥有小莲庄这样清幽典雅的私家花园。

当地的朋友告诉我们，南浔的出名，不仅因为她如诗如画的江南水乡风光，更得益于两样东西，一是水晶晶的蚕桑丝绸，二是墨香浓郁的书卷气。

中国，是丝绸之国，是世界上最早的蚕桑丝绸产地。中国的丝绸在江南，江南的丝绸在浙江。如果说浙江是中国最大的丝绸之府，而浙江的湖州，湖州的南浔，便是丝绸的源头。明清时期，南浔周边遍地皆桑，家家养蚕，户户缫丝织绸。作为中国优质丝绸代名词的“辑里湖丝”，正出自这里。清代将辑里湖丝列为御用贡品，皇宫制龙袍凤衣，原材料必须是辑里湖丝。在一百多年前的伦敦首届世博会上，产自南浔的辑里湖丝荣获金奖，成为中国第一个获得国际大奖的民族工业品牌。当年的南浔，丝行林立，四乡蚕农摇着船儿赶赴丝市，呈现出“列肆喧阗，衢路拥塞”“一日贸易数万金”的繁华景象。蚕丝业，让南浔小镇获得空前繁荣，也为南浔人获取巨大的、富可敌国的财富。古镇上的富商大户，几乎全是靠经营丝行起家。号称“四象”的刘、张、庞、顾四个大家族，凭借辑里湖丝的优势，拼搏于上海十里洋场。除了致力于丝绸贸易，还投资盐业、铁路、典当业、房地产业等，聚集了丰厚的让世人称羡的资产。民间就有“湖州一个城，不及南浔半个镇”之说。可以说，南浔是中国资本主义萌芽的最早诞生地，是丝绸成就了一个闻名海内外的“丝韵南浔”。

南浔古镇，一直就有“诗书之邦”的美誉，不仅仅充满古老的商业气息，更有着随处可见的文化遗迹，有着不绝如缕的浓浓书香。历史上，那些富裕起来的富商巨贾并不满足于财富的积累，他们中的许多人，著书立说，建庄筑园，建楼藏书，捐资兴学，以至于区区弹丸之地，人文荟萃，俊采风流，文人学者辈出。

位于鹧鸪溪畔、毗邻江南名园小莲庄的嘉业堂藏书楼，是我们游览的最后一站，也是古镇最大的一个看点。

嘉业堂，是当年南浔首富刘承干创办的一座规模宏大的私人藏书楼，因末代皇帝溥仪赐“钦若嘉业”九龙金匾而得名。人称“傻公子”的刘承干，淡泊名利，“生平嗜书，与世俗之珠宝货财同”。他第一嗜好，便是读书，买书，藏书，刻书，印书，写书，送书，是中国近代史上私家藏书最多、花费精力及金钱最多的一个人。嘉业堂藏书楼建于上世纪二十年代初，占地二十亩，有书库五十二间，为中西合璧园林式布局，造景立意均围绕藏书展开，寓肃穆的书楼于幽静的园林之中。最盛时，有藏书六十万卷、十八万册，其中不少为海内外秘籍和珍本。在当时，嘉业堂是国内最著名的私人藏书楼之一，其声名，堪与宁波天一阁媲美。解放后，楼主人刘承干先生将藏书楼与藏书无偿捐献给国家。

今天的嘉业堂藏书楼，已成为浙江省图书馆的一个分馆，成为国家级文物保护单位。此刻，站在藏书楼偌大的天井内，环顾这座正方形结构、回廊式的两层楼房，心底里对嘉业堂旧日的主人充满了钦佩和敬意。

如果说经济是一个地方的血脉，那么文化就是一个地方的灵魂。历史上，南浔古镇崇文重教的风习，就如眼前这条穿镇而过的浔溪河清澈的流水，淙淙流淌，绵绵不绝。

走在古镇清幽绵长街市上，走在古镇温柔的波光水影里，让我们感受到江南水乡所独有的诗歌意境和江南丝竹的悠扬韵味，始终有一种身处梦里家园的美妙感觉。

“游过江南九十九，不如南浔走一走。”走过江南许多水乡古镇，还是这绸缎一样水晶晶的南浔古镇，最让我心驰神怡，不能释怀！

——原载 2019 年 8 月 18 日《合肥晚报》“文苑”副刊

盛开的紫荆花

最初知道“紫荆花”这个花名，是“九七”香港回归祖国的时候。第一次看见真正的紫荆花，是前不久行走在香港热闹繁华的街道上。

紫荆花，形态优美，风姿绰约，五片紫红的花瓣均匀地呈轮状排列，是香港街头常见的一种花，也是香港的市花，是香港这座魅力之城、时尚之都的标志。

紫荆花，又名满枝红、红花紫荆、红花羊蹄甲，是一种常绿小乔木，适宜暖热湿润的气候，喜欢生长在阳光充沛的地方，主要分布在我国香港、广东、广西、福建等南方沿海一带。紫荆花树易于繁殖，终年常绿，花大如掌，色泽艳丽，清香四溢，尤其受到香港同胞的酷爱，视作“繁荣、壮观、奋进”的象征，是香港市民心中永远无法割舍的“乡情树”。

花有花语，花开有情。牡丹代表富贵，玫瑰比作爱情。紫荆花，亦有它特殊的象征意义，那就是：家庭和美、骨肉情深。翻开中国古典文学长卷，那些描写紫荆花的文字，依然散发着幽幽的芳香。晋代文学家陆机“三荆欢同株，四鸟悲异林”的佳句，至今为人们所传诵。唐代诗人杜甫《得舍弟消息》，诗云：“风吹紫荆树，色与春庭暮。花落辞故枝，风回返无处。”诗人睹物寄情，表达的是兄弟之间的离愁别绪。韦应物《见紫荆花》，诗曰：“杂英纷已积，含芳独暮春。还如故园树，忽忆故园人。”抒发游子思归、忆念故里的缠绵之情。从古至今，紫荆花常被人们用来比拟血脉相连、亲情永在，象征兄弟和睦、家业兴旺。

南朝文人吴均的志怪笔记《续齐谐记》中，记述这么一则神奇感人的故事：传说南朝时，京兆尹田真与兄弟田庆、田广三人分家。当别的财产都已分置妥当时，最后才发现，院中还有一株枝叶扶疏、花团锦簇的紫荆花树不好处理。兄弟三人一番商量，决定将这株紫荆花树截为三段，每人分一段。第二天一早，三人前去砍树时却发现，紫荆花树的枝叶已全部枯萎，花朵也纷纷凋落。田真见状，不禁长叹一声："树本同株，闻将分斫，所以憔悴，是人不如木也！"于是，田氏兄弟又把刚刚分开的家重新合起来，从此和睦相处。而那株紫荆树，也很快恢复生机，更加葱郁繁茂。所以，紫荆树又被后人称为"兄弟树"，紫荆花称为"兄弟花"。"田氏仓促骨肉分，青天白日摧紫荆。交柯之木本同形，东枝憔悴西枝荣。"唐代大诗人李白《上留田行》一诗中，借田氏分家这一典故，激励人们珍惜骨肉亲情，团结和睦，共向美好。

中华民族，曾经遭受深重的灾难，国事飘摇，积弱积贫，饱受外侮，任人宰割。十九世纪中叶，西方列强盗贼蜂起。英帝国主义的坚船利炮，野蛮轰开中国闭关锁国的大门，强迫腐败无能的清政府签订"三个不平等条约"，强行霸占有着"南中国门户"之称的香港，开始长达一百多年的殖民统治。香港，山海之间这片宁静和平的土地，这座闻名世界的天然良港，从此蒙上一层厚厚的阴霾，遭受无尽的屈辱。无辜同胞，和祖国母亲长时间痛苦分离。芬芳美丽的紫荆花，亦遭受凄风苦雨的无情摧折。

百年流离，一朝回归；百年耻辱，荡涤殆尽。1997 年 6 月 30 日 23 时 59 分，随着"米字旗"的黯然降下，英国在香港一个半世纪的殖民统治宣告结束，"一国两制"伟大构想终成现实。位于沙头角地段那块风雨剥蚀的中英界石，已永久地消失。7 月 1 日零时整，在雄壮激昂的《中华人民共和国国歌》声中，鲜艳的五星红旗和香港特别行政区区旗冉冉升起。香港，这颗闪亮的东方之珠，历经百年沧桑，终于重归祖国阔大温暖的怀抱，迎来崭新的发展时代。

庭前紫荆树，今日再芬芳。香港特别行政区成立的当天，在那庄严神圣的历史性时刻，中央政府把一座象征主权的金紫荆雕塑赠送给香港。这座取名为"永远盛开的紫荆花"的巨型雕塑，高 6 米，重达 70 吨，安放于湾仔香港会议展览中心新翼前的金紫荆广场上，面朝景色迷人的维多利亚湾，和矗立在广场另一端高达 20 米的香港回归祖国纪念碑遥相呼应。

当我第一次踏上香港的土地，走向金紫荆广场，看到迎风飘扬的鲜艳国旗和这座庄重典雅的金紫荆雕塑时，一份民族自豪感和自信心，在心底油然而生。那金光灿灿的紫荆花，在正午明丽的阳光下熠熠生辉，愈发光彩夺目，寓意顺利回归的香港一定能保持长久的稳定和繁荣，更寓意香港和祖国永远团聚在一起，再也不会被任何困难分离。

广场上，以金紫荆雕塑为中心，每天聚集着成千上万来自祖国大陆和世界各地的游客。从他们异常兴奋的表情上，我感受到每一位站在金紫荆雕塑前拍照留影的海内外华人，都真切地读懂了一朵紫荆花所赋予的特殊寓意，记住曾经落后挨打的沉痛历史教训，更为祖国今日之强大而倍感自豪。

百年心事，尘埃落定。这一切，当然归功于祖国的繁荣强盛，归功于中国人民实现和平统一大业的坚定决心，归功于中华民族愈挫愈奋、敢于战胜一切惊涛骇浪的坚强意志。

香港特别行政区区旗，是一面中间配有五颗星的动态紫荆花图案的红旗。红旗代表祖国，紫荆花代表香港，花蕊上的五颗星，与中国国旗上的五星相对应，寓意香港是祖国不可分割的一部分。香港特别行政区区徽的设计，同样借用紫荆花的元素，一朵白色洋紫荆花图案，衬以红色底色，格外醒目。

香港归来，已有数日，但我的思绪，仍沉浸在美轮美奂的“香港印象”中。除了摩天的楼宇、闪烁的霓虹、壮阔的港湾、蔚蓝的海水，紫荆花美丽的芳影，更会长久地留驻在我的记忆深处，让我念念不忘。

唯愿娇艳芬芳的紫荆花，永远盛开在国人的心中！

大三巴沧桑

大三巴牌坊，是最具代表性的“澳门八景”之一，也是澳门一大标志性建筑。去澳门，肯定要去参观游览著名的大三巴牌坊。

抵达澳门的第二天一早，我们从入住的骏景酒店出发，第一站就来到位于澳门半岛炮台山附近的大三巴牌坊。

大三巴牌坊，其正式名称为“圣保禄大教堂遗址”，是圣保禄大教堂的正面前壁。它的历史，要追溯到四百多年前的1553年。当时，葡萄牙人借口商船触礁，要求登上澳门晾晒渍水货物，非法占领澳门，取得澳门居留权、贸易权。鸦片战争以后，面对昏庸腐败的清政府，葡萄牙人愈加肆无忌惮，分阶段强占了整个澳门半岛和氹仔、路环两个离岛。

西方人的到来，不仅带来了贸易，带来了鸦片，也把天主教和西方文化带到了澳门。1562年，葡萄牙人历经数年建起的一座教堂，取名“圣保禄”教堂。葡语“圣保禄”，发音接近当地方言中的“三巴”，所以人们习惯地称之为“大三巴教堂”。后来，教堂两次毁于火灾。圣保禄教堂第三次重建，由耶稣会会士意大利籍斯皮诺拉神父设计，1602年奠基，历时35年，于1637年完工，工程耗费白银多达300万两。但1835年的一场冲天大火，又让这座美轮美奂的教堂化为一片废墟，只剩下一面花岗石残壁和教堂前的68级石阶。因这面孑然独立的前壁遗址，貌若中国传统的牌坊，才有了后来“大三巴牌坊”的称谓。

圣保禄教堂，是当时远东最大的一座天主教堂，号称“东方梵蒂冈”，享誉东南亚。建筑风格上，属于矫饰主义风格，且糅合了东西方建筑艺术的精华。

巍峨壮观的大三巴牌坊，高 27 米，宽 23.5 米，厚度达到 2.7 米，是典型的欧洲文艺复兴时期巴洛克式建筑风格。其浮雕内容，有着浓郁的宗教色彩。建筑自下而上共分五层，底下两层为同等的长方形，三至五层构成金字塔形。最下一层，有三个门户，中间正门的楣额上，刻有一串拉丁文字母，意为“天主圣母”。两侧的门楣上刻有耶稣会的记号“IHS”。第二层，由 10 根柯林斯柱式及 3 个窗户组成，周围以玫瑰、棕榈树图案作装饰，柱间对称设有四个拱形龛壁，分别供奉着耶稣的四名圣徒。第三层，中央为圣母升天，数名天使奏乐欢庆，周围饰以牡丹和菊花图案。第四层，正中为一尊耶稣圣婴雕像，围以耶稣受难的各种刑具浮雕。第三层与第四层左右两侧，雕刻有中华民族传统文化艺术的象征动物——狮子。最上层三角形墙面上，雕有一只展翅的铜鸽，象征圣神。左右刻有日月星辰图案，顶端竖有一个十字架。大三巴牌坊上的各种雕像，精美绝伦，栩栩如生，堪称一部“立体的圣经”。整个建筑，既展现出欧陆古典建筑风格，又融入东方传统文化元素，体现了中西方文化完美结合的特色。仅这一面残缺不全的前壁，就足以令人震撼。不难想象，几百年前的大三巴教堂，是多么雄伟壮观和庄严肃穆。

屹立不倒的大三巴牌坊，见证了澳门四百多年的沧桑变幻，见证了近代史上中华民族所遭受的血泪屈辱，也见证了澳门同胞反抗西方殖民者奴役和压迫的斗争从未停止过。

“你可知‘MACAU’不是我的真名姓？我离开你的襁褓太久了，母亲！但是他们掳去的是我的肉体，你依然保管着我内心的灵魂。三百年来梦寐不忘的生母啊！请叫儿的乳名，叫我一声‘澳门’！母亲！我要回来，母亲！”现代著名爱国诗人闻一多，1925 年留学美国时创作的这首《七子之歌》组诗，语言质朴，情感真挚，曾打动无数人的心扉，激起人们强烈的民族自尊心。那痛彻肺腑的声声呼唤，那血浓于水的骨肉亲情，让亿万中华同胞潸然落泪、唏嘘浩叹。这首爱国思乡之作，以拟人手法，将中国当时被列强掠去的七处失地比着远离母亲的七个孩子，哭诉他们受尽异族欺凌、渴望回到母亲怀抱的强烈情感，同时也表达了全体国人祈盼骨肉同胞早日团圆、回归祖国的迫切愿望。

九九归一，莲花盛开。1999 年 9 月 9 日，澳门同胞自发在大三巴牌坊前放飞 1999 只象征回归的和平鸽，以此特殊方式，抒发他们期盼“回家”的激动心情。12 月 20 日零时，中国政府正式恢复对澳门行使主权。澳门，成为中华人民共和国的一个特别行政区，结束葡萄牙对澳门数百年的殖民统治，翻开澳门历史崭新的一页。这是继香港回归祖国之后，中华民族又迎来的一个极其重要的历史时刻。澳门，这个离散太久太久的孩子啊，终于回家了，回到睽违已久的祖国母亲温暖的怀抱！

今天的澳门，这片浮出于南海边宛若一朵莲花的圣土，重新绽放她最初的美丽。2005 年 7 月 15 日，包括大三巴牌坊在内的澳门历史城区，以其独特的历史文化风貌，正式被联合国教科文组织列入世界文化遗产名录。沧桑古老的大三巴牌坊，就像一部澳门历史教科书残破的封面，吸引无数海内外游客慕名前往，参观凭吊。

站在布满岁月风尘和充满历史厚重感的大三巴牌坊前，此时此刻，我思绪翻涌，感慨万端！

走到天边看草原

无数次，在电视画面里欣赏过大草原的壮美；无数次，在宛若天籁的歌声里领略过大草原的神奇。然而，真正来到祖国北疆内蒙古，置身于广袤无边的乌拉盖大草原，带给我视角和心灵的震撼，还真是始料未及的。

从通辽一路往北，去往中蒙边境的霍林郭勒。四个多小时的大巴车上，沿途一望，全是绿毯一样茫茫无垠的草甸，便知道我们已进入草原腹地。而接下来几天的行程里，我的视线，就再也没离开过这无边无际的大草原。

八月夏末，这是草原最美、最迷人的季节。温度适宜，空气湿润，绿草与鲜花为伴，蓝天和白云相衬，醉美的风景无处不在。当地人说，你们来得正是时候！

我如约而来，来看青青的野草，看奔驰的骏马，看雪白的羊群，看星星点点蓝白相间的蒙古包。在这一碧万顷的草原上，只管放纵自我，放飞心情，尽兴地唱，尽情地嗨，尽情享受这天边草原的梦幻之境和纯美气息。

草原上，蜿蜒流淌的乌拉盖河，也称乌拉盖郭勒，发源于大兴安岭西南东乌珠穆沁旗宝格达山，由泉水汇集而成。因河畔芦苇茂盛，又称芦河，是内蒙古自治区境内第一大内陆河，也是乌拉盖草原的母亲河。乌拉盖，蒙古语的意思是弯弯曲曲的河流。丰盈澄澈的河水，滋养着沿岸旷阔的土地，形成一处水草丰美纯天然的乌拉盖牧场。

古老的蒙古游牧部落，有着“逐水草而居”的传统生活习性。乌拉盖河流经之处，一直是蒙古先民理想的放牧、生息之地，是牧人眼里最为丰饶的“黄金牧场”。蓝天白云之下，成群的牛羊若隐若现，如上帝随手撒落大地的珍珠，呈现出一派安宁祥和的景象。风吹草低，殷红的地榆花、蓝紫色的铃铛花、雪白的狼毒花以及各种不知名的野花，夹杂在葱郁的牧草中轻轻摇曳。夏日的乌拉盖草原，花鲜草茂，如梦似幻，仿佛童话的世界。

九曲湾，乌拉盖河风光最美的一段，乌拉盖草原的精华所在，也是无数摄影爱好者心仪的取景之地。我和同伴观景心切，脚下生风，撒着欢地从山脚一口气跃上白音敖包高高的山顶，尽情俯瞰那九曲回环、流向天边的乌拉盖河，切身感受大自然的空灵悠远。沿河床一侧，密密地生长着郁郁葱葱的红柳，将弯弯曲曲的河道勾勒得格外清晰。清粼粼的河水，在无边的绿野上闪动着魅人的银光，宛若一条随风飘逸的洁白哈达。

驱车来到神奇的布林泉景区，这是千里茫茫的大草原上难得一见的天然温泉。布林，在蒙语中意为“温暖”。泉水常年不涸，四季长流，纯净甘美，始终保持摄氏 4 度恒温。据传，当年成吉思汗的父亲也速该带着九岁的儿子铁木真，前往母家弘吉剌部定亲。正值盛夏酷暑，父子俩途经此地，饥渴难耐。席地休息时，听见有泉水叮咚流淌之声，便循声找寻，终于在绿茵茵的草丛间发现汩汩流淌的一泓清泉。捧起清泉畅饮一番后，父子俩立刻精神大振，疲惫全无。父亲也速该感慨地说：“此泉圣洁清澈，甘爽怡人，且有美酒的清香。铁木真，今天算你运气到了，一定会遇上一位温柔、善良、美丽的好姑娘!”不久，两人在路上遇见弘吉剌部贵族特薛禅。特薛禅见眼前这个少年气宇不凡、聪敏过人，认定将来必有作为，便爽快地答应将自己美丽贤淑的女儿孛儿帖许配给铁木真。后来，铁木真凭借他的雄才大略，通过连年征战，开疆拓土，统一草原部落，建立起横跨亚欧大陆的超级帝国，成为蒙古帝国的大汗，成了草原人民心目中的“巴特尔”（蒙古语，英雄）。从此，当地牧民将此泉奉为“圣泉”，认定这布林圣泉是上苍的恩赐，泉水有强体健身之功效，能给人带来健康和运气。我毫不犹豫地走向池边，俯下身来，掬一捧清泉，美美地品尝了一口。

沿着古老的“苍狼之路”，我一步一步走向蒙元圣地——可汗山。山脚之下，由身着戎装的八百蒙古武士、元朝士兵雕塑组成的“蒙元兵阵”雕塑群，威风凛凛，栩栩如生，让我想象出当年“可汗大点兵”的壮观阵势。山坡上，分布着建功立业的元朝历代十六位帝王的雕像，昭示蒙元帝国曾经雄视天下、所向披靡、横扫亚欧大陆的显赫和辉煌。山之巅，矗立着元太祖成吉思汗和他的孙子元世祖忽必烈的巨型雕像，气度恢宏，令人震撼。整个雕塑群，和巍巍的可汗山、绵延无尽的绿色草原浑然一体，体现出浓厚的蒙元时代遗风，也让我们切身感受到蒙元文化的独特魅力。

带着异常好奇的心情，走进神秘的野狼谷。这里，曾经是苍狼出没的地方。而后来，由于过度的人类活动，加之肆无忌惮地围捕猎杀，打破了原本物竞天择、适者生存的自然法则。偌大的草原上，真正的野狼已难觅踪迹。随着人们生态意识的觉醒，草原狼成为禁猎对象。这里，现已成为草原野生动物的保护地，成了游客近距离观赏野狼的一个特色旅游景点。

提及狼，来自内地的我们，总会谈之色变，很自然地想到狼性的狡诈、凶残、嗜血。其实，狼本是草原不可或缺的一个群体，和其他动物共同构成一个完整的草原生态系统。狼的存在，可以抑制鹿、羊、兔等各类食草动物和鼠类等啮齿类动物种群发展过快，既有效防止天然草场的退化，也利于草原动物种群的健康与优化，是维系草原自然生态平衡的重要“调节器”。草原苍狼，是蒙古族人的图腾崇拜，代表机智、强悍和坚韧，时时激励草原上的男人，要像狼一样，勇敢顽强地去战斗。

走进草原深处的“兵团小镇”——哈拉盖图国营农牧场，参观兵团展览馆和兵团时期的众多老建筑，带给我们的，又是一番特别不同的体验。这里的一草一木、一砖一瓦，已成为沧桑岁月的见证，让我们感受到独具特色的军垦文化，也感知了上世纪六七十年代来自祖国内地屯垦戍边的兵团战士，为守护和建设祖国北疆，在这片人迹罕至的边陲荒原上所付出的种种艰辛与努力。前些年，随着电影《狼图腾》的上映，故事的发生地“兵团小镇”，开始为世人所熟知，并成为草原旅游的一个新亮点。

“草原夜色美，琴声悠扬笛声脆，晚风吹送天河的星啊，汇入毡房闪银辉……”

忘不了初来草原的第一个夜晚。在草原朦胧迷人的夜色中，隆重而热烈的欢迎晚宴开始了。坐在宽敞浑圆的蒙古包内，身着民族服饰的蒙古族少女手捧银杯，笑意盈盈地走到我们面前，热情地为我们敬上美酒，献上哈达，送上大草原最真情的祝福。品味着烤羊肉的鲜美和奶茶的醇香，耳畔马头琴的深沉旋律和蒙古民歌悠扬的长调好似天籁，我的心早已醉了！

来到草原，观赏一场精彩的赛马、蒙古风情歌舞表演和欢乐的篝火晚会，那是一定不可错过的。蒙古族青年男女那激情四溢、高潮迭起的表演，让我的心在惊奇和亢奋中，感受到"马背上民族"的剽悍、勇武和激情，感受到草原人民的坚韧、淳朴和浪漫。

"天边有一对双星，那是我梦中的眼睛，山中有一片晨雾，那是你昨夜的柔情……"蒙古族歌手布仁巴雅尔的一曲《天边》，旋律优美，一唱三叹，让我想起很久以前读过的小说名著《黑骏马》的故事情节。恍惚间，我看见主人公白音宝力格带着心灵伤痛，牵着他的黑骏马——钢嘎哈拉踽踽而行，回到养育他长大的草原之上，去寻找他心爱的恋人索米娅，寻找心灵的慰藉。

这里是遥远的天边，这里是天边的绿洲。这里，有不一样的天，不一样的地，不一样的风俗人情。在天边草原乌拉盖，我尽情饱览北方草原的壮阔和辽远，强烈地感受到这片天地的大美和神奇！

——原载 2020 年第 1 期《西部散文选刊（原创版）》

辑五 心灵水滴

莫听穿林打叶声，何妨吟啸且徐行。竹杖芒鞋轻胜马，谁怕，一蓑烟雨任平生……

何妨吟啸且徐行

今夜，独坐于书房，屋外淅淅沥沥的雨声不绝于耳。翻开案头一本书页泛黄的《宋词选》，再次读到苏轼的这首《定风波·莫听穿林打叶声》。

“莫听穿林打叶声，何妨吟啸且徐行。竹杖芒鞋轻胜马，谁怕，一蓑烟雨任平生。料峭春风吹酒醒，微冷，山头斜照却相迎。回首向来萧瑟处，归去，也无风雨也无晴。”

一向喜欢苏轼这首著名的词作，也经常反复吟诵，体味其构思之精巧、意境之优美、思想之深邃。这首记事抒怀之作，写的是诗人野外途中偶遇风雨的一件小事，一次寻常的生活经历。诗人借景抒怀，由自然界的狂风骤雨，联想到人世间的风风雨雨，表达了一份独到的人生感悟，寄寓着深刻的生活哲理。

这首词的创作时间，是苏轼被贬为黄州团练副使的第三个春天。在这之前，苏轼因“乌台诗案”被捕下狱，而且差点要了他的命。谪居黄州的苏轼，由于家口众多，生计艰难，他只好托请朋友在一个叫沙湖的地方买下几十亩薄田，除草开荒，挖井盖房，自耕自给。面对肆虐的政治风雨、困顿的生活境遇，陷入人生最灰暗、最低谷的诗人，一颗沧桑的心并没有完全“在风中凌乱”，也未曾改变胸怀坦荡的鲜明个性和乐观豁达的人生态度。

当时，苏轼和几位朋友一起出游，天气骤变，风雨忽至，没有车马可乘，没有雨具可挡，同行人深感狼狈，东躲西藏。而此时的诗人，却毫不在意，一路吟啸，潇洒徐行。风雨之中，仍不忘欣赏沿途的风景。不久，云收雨歇，诗人作词记之。

文学创作的灵感和激情，正是源自对生活的独特体验和感悟。在诗人眼里，自然界的风雨阴晴既属寻常，人生的荣辱得失又何足挂齿？面对人生路途的凄风冷雨，面对生命历程的艰辛磨难，诗人仍泰然处之，吟咏自若，走得那么潇洒悠闲，正所谓旷达超逸、宠辱不惊、笑傲人生。

人生不如意事十之八九。失意、忧伤和挫折，是人生的常态。然而现实生活中，有太多太多的人，因为参悟不透世事，也化解不掉苦痛，所以永远活得很累、很沉重。或是因一朝得意而迷失自我，或是因命运不公而自甘沉沦，或是因一点虚名浮利而疲于奔命，或是因遭小人嫉恨而心灰意冷。这样的人，不仅丢失了本真的个性，其一生都在纠结与痛苦之中挣扎。他们的人生态度和精神取向，与东坡居士“一蓑烟雨任平生”的人生境界何其远矣！

被誉为“江南第一风流才子”的明代大文人唐寅，他的诗、书、画被称为“三绝”，艺术造诣极高。不可思议的是，就是这位大名鼎鼎的唐寅，经常和他的几位画家好友扮作乞丐，沿街唱莲花落讨钱。钱讨过来后，就上酒楼喝酒。他写诗嘲笑那些利禄之徒“傀儡一棚真是假，髑髅满眼笑他迷”，自称“此生甘分老吴阊，宠辱都无剩有狂”。他的《桃花庵歌》中就有“别人笑我太疯癫，我笑他人看不穿”这样传之久远的名句。就是这样一位才华横溢的文化名流，留给世人的，却是一个放浪不羁、风流倜傥、功名富贵于我如浮云的“狂诞”形象。而在我看来，这便是智者在洞悉人生之后的无拘无管，这便是大彻大悟之后的潇洒自信。

处优而不养尊，受挫而不短志。人生路上，无论处于顺境还是逆境，无论是铺满鲜花还是布满荆棘，无论是晴空万里还是凄风苦雨，都要时刻保持自身的定力，拥有一颗平常心。在顺遂时不忘初心，继续前行；在窘困时亦能苦中作乐，不失志向。把生活的种种磨难，当作人生的财富，而不应心灰意冷，甚至惊慌失措。相信，只要不惊不惧，无牵无挂，风雨兼程，就一定能走出阴霾，看到前面那片晴朗的天空。

也许，有人很不以为然地反驳说，我们这些才智平庸的普通人，又怎能和苏轼这样一位千年不遇的世界级文化伟人相提并论。其实错了，这完全是一种修行的境界，是一种生命的状态。虽然很难达到苏轼那样的巨大成就，但在怡养情志方面，完全可以学学他“吟啸徐行”的精神境界，不断提升自己的人格档次。

“心似白云常自在，意如流水任东西。”当我们在感受大家先贤风流余韵的同时，也尽可能地调整好自己的心情和状态，少一点心浮气躁，多一份淡定从容，稳稳当当地走好人生的每一步。

——原载 2018 年 1 月 14 日《合肥晚报》“文苑”副刊

笔尖上的美丽

晚间，打开电视，无意中看到央视科教频道正在直播的“2013 中国汉字听写大会”总决赛。现场紧张而热烈的气氛，一下子感染了我，并牢牢地黏住我的目光。

这个暑期，在“书写的文明传递，民族的未雨绸缪”这一主题口号下，来自全国各省、市、自治区和港澳台地区的三十多支代表队同场竞技，争夺年度“识字王”的桂冠。这些参赛选手，均由年龄在 14 岁上下的初中二年级学生组成。虽然稚气未脱，但他们在听写时表现出的镇定自若、成竹在胸，让场内和荧屏前的观众惊叹连连。进入总决赛的几位小选手，过五关斩六将，你方写罢我登场。面对主考官、央视著名播音员报出的一个个生僻、复杂的字词，每个同学都有上佳的表现，赢得评委和场下观众阵阵热烈的掌声。

汉字，是世界上最古老、最优美的文字之一，也是中华文化的瑰宝。数以万计的汉字，无一不美。据说，日本人向来高傲自负，但在中国文字面前却变得格外谦恭。关于汉字的产生，人们赋予它一个神奇而美好的传说，那就是家喻户晓的“仓颉造字”的故事。自从有了文字，人类才开始进入文明时代。汉字从它起源演进到现在，经历数千年漫长时光，从未中断，伴随着整个中华文明史。今天的人们，很容易就读懂了两三千年前《诗经》中的句子，依然能感受到“蒹葭苍苍，白露为霜，所谓伊人，在水一方”的优美意境。汉字的典雅之美、巧思之美、韵律之美，是世界上任何一种文字所无法比拟、无法企及的。面对沧桑优美的汉字，国人无不为祖先的智慧而感到自豪。热爱中华传统文化，当然也应该包括热爱魅力独具的中国汉字。

观看这样一场角逐激烈的决赛时，我也很自觉地和场上形成互动，备上纸笔，和小选手们一起认真“听写”。考官在考选手，也是在考观众，也是在考我呀！这个词语，我听说过吗？我能理解吗？我能准确无误地把它写出来吗？许多时候，主考官报出的那些词，于我而言，有的光会认不会写，有的只会写不会读，有的既读不准也写不好。

发达的通讯技术，让朋友之间书信往来一律免掉，青年男女之间浪漫的鸿雁传书早已成为过往。由于电脑、手机等电子产品的广泛普及，现代人基本告别了纸和笔。网上的随意浏览代替捧书而读，写日记变成写博客或网上留言。平时需要整理点文字资料啥的，都是在电脑键盘、手机按键上用五笔或拼音操作。很难看到还有谁正儿八经在洁白的稿纸上一笔一画地书写。就连“笔耕不辍”靠写字吃饭的作家们，也纷纷“换笔”，改用电脑敲字、发送电子邮件(虽然速度与效率大增，但估计将来，作家手稿不仅十分珍贵，而且是难得一见)。就拿我个人来说吧，虽然当过多年中学语文教师、报纸编辑，一直和书报、文字打交道，也出版过个人的集子，但由于相当长一段时间不怎么拿笔，感觉自己手写汉字的能力明显退化，提笔忘字的尴尬、频写错字的情形经常遇到。很多眼面前的一些“熟字”动不动就卡壳，更别说那些不常用的冷僻字了。而小时候在父亲指导下搦管临帖的那股热情，早已消弭得无影无踪。每当此时，我便怀疑自己，还能不能算上一个正儿八经的“识字人”呢？

举办类似“中国汉字听写大会”这样的比赛，我以为，它的引领作用和象征意义远远超越了赛会本身。可以让人们真切感受到“中文衰微、汉字危机”在当下有多么严重，以便唤起人们特别是青少年一代对古老中华汉字的敬意，激发出人们汉字书写的兴趣。只有用心用意地欣赏汉字、中规中矩地手写汉字，才能充分体验到书写的快意，更好地领略笔尖上的美丽，传承和弘扬汉语文化。有媒体消息，许多人在收看这档让人耳目一新、不同于一般选秀的综艺节目后，深有触动，悄悄将自己的手机输入法改成手写。

我为这样的赛会叫好，并希望主办方能一届届坚持不懈地办下去，使其成为一场全民参与的“汉字听写盛会”。

——原载2013年7月15日《合肥晚报》“杏花村”副刊

把好书带回家

“宁可三日食无肉，不可一日居无书。”读书人，当然离不开书，就像农夫成天离不开自家庄稼地一个道理。

少年时，逮着什么书都读，一副饥不择食的样子。中年以后，读书就开始挑剔起来，不再需要那种快餐式的阅读，而是选择一些有营养、有温度、有品位的好书。好书，往往可遇而不可求。所以每到一个城市，我总希望抽空去当地新华书店逛逛，或去旧书摊前撞撞运气。

二十多年前，在淮南市一长途汽车站等车。见开车时间还早，就走到对面马路上蹓达。经过一旧书摊前，无意中看到一本名为《花木丛中》的小书。书的作者周瘦鹃，是我国现代著名园艺学家、科普作家。随便翻了几页，就被书中的文字和意韵吸引。这本书为金陵书画社出版，32 开本，定价只有 0.98 元。记得，当时仅花一元钱，书就归了我所有。坐了大半天的长途客车，一本书也让我从头至尾读得差不多了。闷热而又颠簸的车厢里，别的乘客昏昏欲睡，东倒西歪。而我，因为有这本书作伴，一路上兴头十足，没有丝毫倦意。直到现在，这本小书依然保存在我的书柜里，时不时地拿出来读读里面的一两篇文章，重新感受一番文字中氤氲的草木清香。

一次，毗邻单位搬迁办公室，除了淘汰老旧办公家具，还清理掉大量书报杂志。在一大堆准备当作垃圾处理的废旧书刊中，我无意中瞥见一本《便民图纂》旧书，赶忙上前把它捡起来，拍掉积满书页的灰尘。这是明代学者旷璠编著的一本农书，内容庞杂，载有农艺、园艺、养畜等古代农业技术知识和医药上的民间处方，还记载饮食器用方面的知识和阴阳占卜等内容。这是一本1959年版、农业出版社出版的旧书，繁体竖排版，书纸早已泛黄变暗。喜欢书中那些关于农事的知识和诗文，尤其喜欢书中的一幅幅手绘插图。你瞧，别人弃之如敝履、当废品丢掉的一本破书，却让我爱不释手，兴奋不已。

很早就知道西班牙著名诗人、作家胡安·拉蒙·希梅内姆这个名字，也知道他的那部十分有趣、影响深远的小说《小银和我》，但一直没有机会读到。一天晚上，独自散步在县城公园一角。见有临时摆出的一个书摊，便凑过去看。昏暗的路灯下，我一眼就瞅见《小银和我》这本书，是1984年人民文学出版社出版的精装本，烫金封面。书前，是著名儿童文学作家严文井为该书中文版所作的序言，文中配有多幅精美插图。这对我来说，简直如获至宝。把书紧紧抓在手里，摩挲半天。摊主没看出我心里有多么喜欢，见我拿着书半天不说话，以为我还在踌躇，舍不得花银子，便说："我也不向你多要，要是真想买，五块钱拿去得了！"我敢肯定地说，他若开口要个三二十的，我绝对不会有半点犹豫，更不会和他讨价还价，真担心有被某个识货者半途劫走的危险。我迅速掏钱递给摊主，头也不回地跑了。回到家中，立刻趴在书桌前，一口气读到窗外晨鸡啼鸣，仍不忍释卷。从此，小说的主人公——那头名叫"小银"的可爱的小毛驴，那个像个小男孩一样天真、好奇而又调皮的小毛驴，深深印在我的脑海里。

类似这样的淘书经历，还有很多。这些年，我像蚂蚁搬家一样，源源不断地把自己所喜爱的那些图书搬回家。省城的一位作家朋友特意致电，推荐阅读苇岸的两本散文集《太阳升起以后》《大地上的事情》。为买到这两本好书，我几乎跑遍合肥的大小书店。我的好几大柜子几千册藏书中，不小一部分书就是这样一本本"淘"来的，其中，有的还是我的"救命书""看家书"。

现在时兴网购，淘书也方便多了。去年，在我生日的时候，儿子电话中说一定要送我一件生日礼物，但又不知我最想要的是什么，让我自己做选择。想了半天，我说，谢谢你对老爸的这份心意，要不就在淘宝网上给我买两本书吧。接着，我随口报出我当时正想读的几本书的书名。才过两天，快递员就将《沙郡年记》《寂静的春天》《皋兰夜语》《草木一村》等几本散发油墨清香的新书送到我的办公室。

把一本心仪的好书带回家，就像带回一片美丽的风景。拥有一本好书，等于拥有一位心灵相知的朋友；拥有一本好书，等于与真善美为伴。浪掷光阴，哪如捧书而读。读书，可以让我生命的源流永不枯竭，精神的田园充满生机。

冬夜靠读书取暖，夏日靠读书乘凉。每当夜深人寂的时候，独坐灯下，沏杯香茗，翻翻闲书，读读美文，不亦快哉。一卷在手，感觉心灵愈加充盈，亦愈加宁静。

——原载2016年12月18日《合肥晚报》“文苑”副刊，获长丰县首届“全民阅读·开卷有益”征文一等奖

回到书房

一个真正的读书人，他最愿意待的地方，当然是自己的书房。

走进书房，走进一片书的天地，仿佛一只倦飞的小鸟回归绿色山林，又像一尾快乐的小鱼游进清澈河流。坐拥书城，面对四壁林立的整齐书架，无异于面对一座俊秀的高山，一片浩瀚的海洋，一片绝美的风景。

“为学深知书有味，观心澄觉室生光。”坐拥书城，沉浸在那独特的书香墨韵里，可以打开密闭的心扉，和历史对话，和哲人交流，和朋友谈心，平息内心浮躁的情绪，让自己变得异常安宁。斜依在枣红色的书架上，轻轻摩挲一部心仪的作品，便感觉呼吸顺畅，安然舒泰。我享受这种被书包围的感觉，享受这份阅读的快意，享受书籍对生命的滋养。

一座书房，即便是一间面积很小的陋室，也觉得面前海阔天空；即便没有豪华考究的装饰，也觉得富丽堂皇；即便是朔风凛冽的寒冬，身在其中也感觉春风扑面。

阅读，是人生最美的姿态。手中有书，心中便有了风景。我一向认为，一个人的口袋里可以没有多少钱币，生活可以简单朴素，但不能缺少诗意，更不能离开书本。在温馨的书房里，可以听一听《道德经》，也可以做一次《逍遥游》；可以走进《呼啸山庄》，也可以漫步《静静的顿河》；可以牵手《海的女儿》，还可以享受《百年孤独》。长时间在文字里浸淫，含英咀华，在潜移默化中，改变着人的性情，让内心变得强大和自信起来。

一日不书，百事荒芜。一个人长时期不读书，缺乏文字的浸润和滋养，就成了没有底蕴和厚度、没有宽博和根基的“平面人”。一个人的精神发育史，就是这个人的阅读史。阅读的广度和深度，既决定他的精神长相，更决定他生命厚度。

有那么一段时间，我疏远了书房，冷落了书本。柜子里的书，渐渐结上蛛网，积满灰尘。就像一株植物，缺失光照和水肥，很快就会枯萎。离开书房的日子，便感觉精神萎蔫，脑筋锈蚀，心灵沙化；离开书房的日子，那种烹煮文字的快感和冲动，也跑得无影无踪。

一个人，如果不能把尘世的喧嚣拒之门外，不能抵御各种各样的诱惑，精神上就会消极颓废，迷失自我。所以，我常常告诫自己，别忘了，你是个读书人。我也经常说服自己，尽可能不为眼前的俗事杂务缠身，从那些无谓的应酬中解脱出来，回归书房，回到本真，褪去浮华，致虚守静。

一诗一书度春秋，从此岁月不言愁。从现在开始，我再也舍不得浪掷光阴，愿意把我生命的大部分时光，一点一滴地消磨在温煦书房内，沐浴在幽幽书香里，让书籍成为我相伴一生的幸福。

有人说，互联网时代的今天，纸质书刊已经失宠了。有人甚至断言，供我们阅读了几千年的纸质书很快就会消亡，将被电子书取代，书房将失去它原有的藏书功能。可我，依然迷恋着纸质书，喜欢书房这种静谧的氛围。我总是固执地认为，那种有质感、有厚度、有温度的纸质书，那种翻动书页时发出的窸窸窣窣的美妙声音，永远是手机刷屏、电子阅读等随意性浅阅读无法比拟的。

在我诸多的藏书中，有的已成为形影不离的挚友，记不清翻过多少次、读过多少遍，但总是爱不释卷，常读常新。它们曾让我兴奋激动，唏嘘感慨，浮想联翩，甚至夜不能寐。阅读时，我喜欢在那些蕴含哲思的优美文字上勾勾画画、圈圈点点，思想的火花和心灵的感悟随之留在页眉页脚处。这种不动笔墨不读书的阅读习惯，至今未曾改变。

记不得哪位作家曾说过：家里默默地站立着一排顶到天花板上的书柜，就有了一种安静而又强大的力量。这句话，说得真好，让我感同身受。

阿根廷作家博尔赫斯说过："这世界上如果有天堂，那应该是图书馆的模样。"那么，一座清雅静洁、藏书丰厚的书房，无疑就是我们自己家里最美的天堂。

回到书房，回到一处可以安顿我灵魂的地方。

——原载 2018 年 2 月 4 日《合肥晚报》"文苑"副刊

初识青檀树

秋天的时候，一帮文友相邀前往皖北萧县采风。走进有“天然氧吧”之称的皇藏峪、天门寺景区，寻古探幽、访山问佛的同时，我认识了一种名为青檀的树。

恕我孤陋寡闻，少见多怪。青檀树，之前在我的家乡从未遇见过，在其他地方也不曾留意，所以压根儿就不认识这种树。然而，在皖北这一片山坳中，青檀树的身影随处可见，姿态万千。

皇藏峪的青檀树，漫山遍谷，长在山路边、峭壁上、岩缝中，或一树独立，或并肩牵手。许多青檀树，一看保护牌上标明的树龄，竟高达几百上千年，甚至一两千年。千年古刹瑞云寺附近一处半山腰上，我竟然见到一株三千二百岁树龄的青檀。这株庞然巨物，树高三十五米以上，树围五米开外，誉为“江北十大名檀之首”，是树木家族名副其实的“寿星佬”。守着寂寞，阅尽沧桑，暖暖秋阳下，活了这大把年岁的青檀树，依然枝叶繁茂，苍翠擎天，展示出一份顽强不屈、生生不息的生命活力。

说实在的，这青檀树，既无松柏、水杉那种伟岸端直的身躯，更无楠木、银杏那般气宇轩昂的风度，它的形象，甚至用“精灵古怪、面目狰狞”来形容也不为过。你看它，暴露在外的发达根系，青筋毕露，盘根错节，像无数只锋锐的利爪，紧紧抠住坚硬的石缝，形成“檀石共生”的自然奇观。粗壮的树干，凸凹不圆，千疮百孔，浑身上下布满疙里疙瘩十分难看的瘤状结疤。

小导游介绍说，青檀树不仅树身扭曲不直，普遍还有一种说法，叫“十檀九空”。她解释道，青檀树在它生长过程中，由于不断遭受蚁虫蛀食，树心一般都是空的。而且，树愈老，空洞愈大。但即使这样，青檀树并不会枯死，还是倔强不屈地向着无垠的天空拓展，向着更高处蓬勃生长。导游打趣说：“没心没肺，活得不累，这是长寿的秘诀，大概说的就是这种青檀树吧！”

小导游每每提及青檀树，总是用半开玩笑的口吻，说它生得怪异，长得丑陋，像个另类。她的这一观点，让我不能完全苟同，甚至有些反感。或许是审美观和审美角度的差异，在我眼里，每一株古老的青檀树，自有其独特的风韵和造型，不仅丝毫不觉得难看，以为本身就是天地造化、大自然的杰作，是山野之中一道美丽的风景啊。尤其是它嶙峋的枝杈，旁逸斜出，探入碧霄，如虬龙盘旋，似祥云升腾。

青檀树展现出的，是另一种形式的美，是更深层次、更高境界的大美。这让我想起贾平凹先生的散文《丑石》中那句名言：“丑到极处，便是美到极处。”

在皖北这片浑莽的山坳中，为什么会生长着如此众多的“千年古檀”？我猜测，或许正是因为在世俗的眼光里，它先天禀赋不足、形象丑陋，加之没有多少可用之材，所以才少有人关注它、理会它，才能够“因祸而得福”，避免了人类刀砍斧凿的无情戕害，躲过一次又一次灾祸劫难。我以为，青檀树所呈现出的这种卑微形象、这份谦恭姿态，恰恰是植物界的一种生存智慧吧！

在去往千年古寺天门寺低缓的山路上，所有人的目光，都会被斜依在路边的一株青檀树吸引。经历沧桑岁月，风霜剥蚀，从树根部开始，大半个身躯已经朽烂、脱落，只剩另一半扁薄的树身。但它那残疾之躯，依然屹立不倒，枝叶婆娑，苍翠如新，活得从容潇洒，显示出生命的坚韧与自信。我不禁肃然，在心里把它称为“树坚强”。

“你们都该知道这叫啥了吧？这就叫好死不如赖活着！”善于搞怪的小导游，冲我们诡秘一笑，继续她的即兴发挥，指着眼前的这株青檀树，竟然猛不丁冒出这么一句雷人的评语。

采风归来，查阅《中国树木志》，对青檀树有了更进一层了解：青檀树，檀树的一种，榆科，落叶乔木，中国特有单种属植物，分布于全国 19 个省区，属国家二级保护稀有树种、珍稀濒危植物……

其实，青檀树，并非人们认为的那么普通平凡，甚至一无是处。它树质坚实，纹理细密，韧性极好，且耐腐耐磨耐水浸，是园艺和室内装饰的理想用材。青檀树的皮，更是制作“纸寿千年，墨韵万变”的“文房四宝”之一宣纸所需的主要原料。脱身一变的青檀树，竟成了中国书画艺术传承不可或缺的重要载体。因为形象奇崛、古拙、风骨凛然，青檀树本身具有很高的艺术观赏价值，所以在今天，它也是盆景绿化的绝佳树种。

我牢牢地记住一株名为青檀的树，在感受青檀树风采神韵的同时，更为青檀树内在的精神品格所深深折服。

从一株青檀树的身上，我悟出一些人生的道理。

——原载 2016 年第 2 期《志苑》

风信子

我这人，一向懒散，缺乏耐性，很难用心用意去莳花弄草。过去，也在家中阳台种过一盆两盆，但经常多少天都对它不闻不问，不是懒于施肥，就是忘记浇水。偶尔想起，干脆劈头盖脸来它个大水漫灌。花草最终的命运，自然可想而知了。

秋天的时候，单位搬迁至现在的新办公室。为了美化装饰一下办公环境，每个房间都统一购买几盆绿植。我办公桌的电脑旁，就有了这样一瓶叫“风信子”的花。

这株风信子，刚从花店端过来的时候，只是一个光秃秃、圆乎乎极不起眼的球状茎，像是从菜市场捡来的一颗小洋葱头。放置在一只腹大口小的特制透明玻璃瓶中，用清水养着。

很长一段时间，也没见它有丝毫生长发育的迹象。季节进入冬天，风信子才开始有了一点点动静。最初，球茎上端萌出一两片碧绿的叶芽。几乎同时，茎下生出一束雪白肥嫩的根须。再过些日子，风信子又增加几片光洁油嫩的绿叶。白白胖胖的根须，也渐渐充塞了整个花瓶。直到这时，我才开始关注起它来。

向一位善于养花的朋友讨教养花的常识。他告诉我，水培风信子最易养，它的生长，主要靠鳞茎中储存的养分供给，只需过一段时间换一次新水，保持瓶内水质清洁即可。看来，这风信子，最适合我这样懒散随性的人养了！

平时，我偶尔只是给花瓶换一换水。天气晴好的时候，也会拿到窗台前晒晒太阳。天寒地冻的隆冬季节，室外寒风凛冽，草木凋零，而办公桌上的这株风信子，却不惧严寒，开始发力生长。一丛短剑似的叶片，葱葱郁郁，茁茁壮壮。花虽迟迟未开，但静待花开的日子，心中总怀着一份美好希冀。

春节小长假结束，走进办公室，第一眼就看到我的风信子。它不仅长高了，而且挺直粗壮的花葶上，还挂出数十个玲珑可爱的小花苞。又过大约一周时间，花苞自下而上次第绽放，原来是一株色彩鲜艳的红色风信子。如此近距离仔细欣赏风信子的花，于我还是第一次。它的花姿，端庄优雅，花冠呈漏斗状，顶端均匀裂成六瓣，像一个个卷边的小钟铃。一簇桃红，娇俏艳丽，在几片绿叶的衬托下，更显恬静典雅。

眼睛盯着电脑屏幕久了，感觉颈脖酸胀，头昏眼花。这时，就把视线移向旁边的风信子。风信子的花，不仅养眼、养心，还有一股淡淡的沁人心脾的清香，让我倦意顿消，精神振作。面对这瓶案头清供，让我有一种说不出的喜欢。

趁着花开正茂，我拿出手机，拍了一张风信子照片，指尖轻轻一点，发到微信朋友圈中。没想到，只一会工夫，就纷纷获得圈里朋友的点赞。还有几位好友，附上一句简短留言。说我“情趣高雅”的有之，赞我“心存美好”的有之，夸我是“养花高手”的有之。夸了花美，还不忘顺便夸一句养花人。看着这些与真实的我相差甚远的有趣留言，我只有窃窃一笑了。当然，一幅随手拍摄的风信子图片，能得到大家的分享和喜欢，一整天都让我心情温暖!

上网“百度”一下关于“风信子”的词条：风信子，别称洋水仙、西洋水仙、五色水仙、时样锦，为风信子科风信子属的多年生草本植物，具鳞茎，原产地为欧洲南部和小亚细亚一带的地中海沿岸。风信子花色丰富，有白、蓝、紫、黄、粉、玫红、桃红等多种颜色。俗话说“花语传情”。红色风信子，代表热烈，它的花语是：对生活的热情。

风信子，不仅有着美丽绰约的风姿，也不仅拥有一个好听且富有诗意的名字。养花的经历，还让我懂得，永远不要失掉对生活的热情。

——原载《合肥广播电视报》“闲趣·湖畔”副刊

合欢开

许多年以前，完全不认识合欢这种植物。或许压根没见过，或许遇见了却又不曾特别留意。因为，合欢树若不是赶在开花季节，看上去和其他诸如椿树、槐树、楝树等常见树种并无多么明显区别。

几年前一个夏日黄昏，踏上小城公园的湖心岛，沿一条弯曲的鹅卵石小径悠闲漫步。高大葱茏的绿树丛中，老远就看见其中一株树格外显眼。满树繁花，像笼上一层绯红的云霞，令人惊艳。忍不住走上前去仔细观赏，朵朵红绒绒的小花，形状都很奇特，极像一把把打开的粉红色小折扇。长而细密的花丝，像小鸟身上一团蓬松的绒毛，给人一种凌空欲飞的感觉。一阵微风吹过，有几朵小花从树间轻盈飘落，又好似只只小巧玲珑的彩色降落伞。热烘烘的空气中，酝酿着一缕缕似有若无的微微芳香。见我醉迷的目光长时间停留在那株花树上，同伴笑嘻嘻问我："这是一株合欢树，不认识吗？"

"合欢！合欢！"我在心里喜不自禁，一遍又一遍反复咀嚼着这棵花树的名字。合心即欢！多么美丽而富有诗意的字眼呵！

可是，植物的世界里，为什么会有这么个吉祥好听的称谓？出于好奇，回家后又是翻书又是上网。一番查阅，终于解开心中的疑惑：合欢树，又叫合昏树、夜合树，小叶对生，朝开暮合，如同人间永远相亲相恋、情意缠绵的一对。合欢花，更有一个美好的寓意，那就是"永世合欢、忠贞不渝的爱情"。

从此，合欢花美丽的身影，就牢牢地印在我的脑海里。每年夏季，在合欢花盛开的季节，我经常会独自来到这座幽谧的绿岛上，在合欢树前静静地驻足观赏。

秋天的时候，搬迁至一处新的地方办公。一瞥眼，发现办公楼前，恰巧就生长着一株粗壮高大、枝繁叶密的合欢树。旁逸斜出的枝叶，几乎快要挨着三楼的护栏，似乎伸手可及。更值得庆幸的是，这株合欢树正对着我们办公室的窗口，从早到晚，眼前像浮着一大片清凉的绿云。我想象着，等到来年花开时节，一树烂漫，该是怎样的绰约风姿，怎样的美丽俊雅！

刚刚入夏，一场雨就这么不紧不慢地下了一夜。早晨上班时，雨住天晴。刚转过楼道口，一抬头，看见庭院里这株合欢花开放了。清凉的晨风中，无数粉嘟嘟的花朵，调皮地探出树冠。合欢花悦目的颜色，可爱的花型，幽幽的香气，立刻让我心情大悦，忍不住一次次做深呼吸。我心下想，若能看到自己此时此刻的表情，肯定是一副很幸福很陶醉的样子。

“合欢蠲忿，萱草忘忧。”《本草纲目》记载，合欢树的皮和花，具有特殊的药用功效，可以起到镇静安神、清心解郁的作用，使人心情宁静、欢乐无忧。清代李渔《闲情偶寄》中这样描述合欢花：“凡见此花者，无不解愠成欢，破涕为笑。”

“合昏尚知时，鸳鸯不独宿。但见新人笑，哪闻旧人哭。”这是杜甫诗中的合欢树。“相思树上合欢枝，紫凤青鸾共羽仪。肠断秦台吹管客，日西春尽到来迟。”这是李商隐笔下的合欢树。“不见合欢花，空倚相思树。总是别时情，那得分明语。”这是纳兰容若对合欢花的描述。是的，从古至今，合欢花一直就有“相思树”的别名，被赋予最纯洁的男女之爱。合欢花，终是感性的花，有情的花，为世间有情人悄悄绽放，默默吐芳。

关于合欢树的来历，民间流传甚广的是这样一则动人传说：相传，舜帝南巡死于苍梧之野，其妃娥皇、女英沿湘水一路寻夫，终未寻见。二妃思夫心切，终日恸哭。泪干泣血，血尽而亡。后来人们发现，她俩的泪水滴落于竹竿上，成了斑痕点点的湘妃竹，舜帝与二妃的精灵相结合，化作美丽的合欢树。唐代诗人韦庄有感于其爱情传说的缠绵悱恻，作《合欢》诗一首：“虞舜南巡去不归，二妃相誓死江湄。空留万古得魂在，结作双葩合一枝。”

看过电视剧《甄嬛传》，剧情忘得差不多了，但却记住剧中这样一个很有意思的细节：果郡王的母亲舒太妃喜欢合欢花，先王在世时就给舒妃种植了满园的合欢树。果郡王从小耳濡目染，也十分喜爱这种温柔长久的花，一心一意要找到一位“合心即欢”的人。甄嬛再次入宫后第一次遇见宁贵人叶澜依，则是看见她正在专心捡拾合欢花，并用丝绢包起来。后一次宁贵人冒雨捡拾被雨打落的合欢花时也遇到了甄嬛。甄嬛渐渐明白了，叶澜依喜欢合欢花，是因为那是果郡王最喜欢的花。合欢花幽幽花香，渗透着她对果郡王深深的爱恋。

一花一世界，草木皆传情。小小合欢花，寄托人类美好的情感，暗藏几多凄美的爱情故事，不禁让人感慨唏嘘！

——原载2018年7月2日《合肥晚报》“文苑”副刊